Robert Muchamore • Rock War
Das Camp

ROBERT MUCHAMORE

ROCK WAR

DAS CAMP

Aus dem Englischen
von Tanja Ohlsen

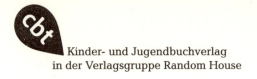

Kinder- und Jugendbuchverlag
in der Verlagsgruppe Random House

Verlagsgruppe Random House FSC® N001967
Das für dieses Buch verwendete FSC®-zertifizierte Papier
Super Snowbright liefert Hellefoss AS, Hokksund, Norwegen.

1. Auflage
© 2014 Robert Muchamore
Die englische Originalausgabe erschien unter dem Titel
»Rock War: Boot Camp«
bei Hodder Children's Books, London.
© 2015 für die deutschsprachige Ausgabe by cbt Verlag
in der Verlagsgruppe Random House GmbH, München
Alle deutschsprachigen Rechte vorbehalten
Aus dem Englischen von Tanja Ohlsen
Lektorat: Ulrike Hauswaldt
Umschlagkonzeption: Geviert, Grafik & Typografie
unter Verwendung mehrerer Motive von
© shutterstock (squarelogo, Makhnach_S)
he · Herstellung: kw
Satz: Uhl + Massopust, Aalen
Druck und Bindung: GGP Media GmbH, Pößneck
ISBN: 978-3-570-16334-4
Printed in Germany

www.cbt-buecher.de

Verbotenes Fett

**Juli 2014
Camden, Nordlondon**

Freitagabends schloss der Fish-&-Chips-Laden um halb zwei. Bei Tagesanbruch am Samstag hatte das Fett in den Fritteusen eine feste weiße Kruste, war aber noch heiß genug, dass sich Jay Thomas vorsichtig die Hände daran wärmen konnte.

Früher hatte es ihn fasziniert, wie das sprudelnde Fett fest wurde, wenn es erkaltete. Er hatte den Finger in die warme Kruste getunkt und dann halbherzig versucht, seine Spuren zu verwischen. Unter der Kruste war das Öl noch heiß, und er wäre gescholten worden, wenn man ihn erwischt hätte.

Ein kräftiger Knall aus dem Raum über ihm ließ Jay aus seinen Erinnerungen auffahren. Er teilte sich die Wohnung über dem Imbiss mit seiner Mutter, seinem Stiefvater und sechs Geschwistern. Es war selten ruhig, doch er hatte gelernt, den Lärm auszublenden, den seine kleinen Schwestern beim Herumjagen machten oder wenn sein Bruder Kai über FIFA 2014 fluchte.

Doch das ohrenbetäubende Krachen eines Koffers

voller Studiolampen war ebenso ungewohnt wie das darauf folgende Fluchen.

»Hol erst mal die Kabel, Damien!«, rief ein Kameramann. »Dann kann ich anfangen, alles anzuschließen, während du den Rest der Ausrüstung holst.«

Jay hörte Damien stöhnen, dann rannte der knapp zwanzigjährige Praktikant die Treppe hinunter und aus der Hintertür zu einem der drei Laster, die das Fernsehteam im Hof geparkt hatte. Jay konnte sehen, wie sich Damien und eine hübsche Kollegin namens Lorrie kurz unterhielten.

»Ich habe dir doch gesagt, in diesem Laster sind keine Kabel!«

»Na, wenn sie hier nicht sind, dann müssen wir sie vergessen haben, als wir die Sachen bei ProMedia abgeholt haben.«

»John kriegt einen Anfall, wenn…«

Während Damien loslief, um seinem Boss die schlechte Nachricht zu überbringen, verspürte Jay ein nervöses Zucken im Magen. Sein Herz hämmerte, er hatte kaum geschlafen, und seine Mutter hatte ihm bereits ein paar Imodium-Tabletten gegen den Aufruhr in seinem Bauch gegeben.

Für *Rock War* ausgewählt zu werden, war das Aufregendste, was Jay je passiert war, aber im Augenblick sehnte er sich fast nach den alten Zeiten zurück, in denen er seine Legolaster zwischen den Tischen des Restaurants hindurchgeschoben hatte und an seinen Knien Salz klebte, wenn er aufstand.

»Bist du Jay?«, rief eine Frau.

Jay sah, wie sie durch den Briefkastenschlitz blickte, der sich auf halber Höhe des Metalltores vor dem Laden befand.

Aus einem der oberen Fenster schrie jemand: »Könnt ihr am Set bitte mal leise sein! Wir versuchen hier ein Interview aufzunehmen!«

Anstatt der Frau etwas zuzurufen, winkte Jay ihr ein wortloses »Ich komme!« zu und ging durch die Hintertür in den warmen Sonnenaufgang. Auf der Hauptstraße war Rushhour, und gerade rumpelte ein Laster mit Schutt vorbei, als die Frau ihm eine schlanke Hand hinhielt, an der nachtleuchtende Armbänder prangten.

»Ich bin Angie, die Regisseurin vom Kamerateam B. Hättest du zehn Minuten für ein Interview?«

Jay fuhr sich mit der Hand durch die wirren Haare.

»Ich sehe aber ziemlich wüst aus und habe noch meine Schlafshorts an.«

»Keine Sorge«, meinte Angie, und Jay nahm einen leichten australischen Akzent wahr, »der Frisch-aus-dem-Bett-Look ist genau das, was wir uns für diesen Dreh wünschen. Es ist der erste Tag der Sommerferien. Ihr seid auf dem Weg ins Bootcamp von *Rock War*. Du bist aufgeregt und beeindruckt und genau das wollen wir mit der Kamera einfangen.«

Jay fand es gut, dass man von ihm erwartete, aufgeregt und beeindruckt zu sein. Obwohl er eigentlich nicht zugestimmt hatte, interviewt zu werden, deutete Angies Arm auf den Pub nebenan.

Der »White Horse«-Pub und das daran angrenzende Schnellrestaurant waren seit über fünfzig Jahren im Besitz von Jays Familie. Den Pub führte seine Tante Rachel, die mit ihren vier Töchtern, einer Enkelin und deren wechselnden Freunden über dem Pub wohnte. Jay folgte Angie durch die Saloonschwingtüren des White Horse, wo er zu seinem Erstaunen sah, dass die Fenster mit schwarzen Tüchern verhängt worden waren. Lichter und Kameras waren für die Filminterviews aufgestellt und die Dartscheibe des Pubs schmückte den Hintergrund.

»Den anderen habe ich nebenan eingefangen«, verkündete Angie ihrer Crew triumphierend lächelnd, als sie Jay hereinbrachte.

Die Crew bestand aus einer Kamerafrau, einem Tontechniker, einem Praktikanten sowie der Regisseurin Angie. An der Bar stand Jays hübsche Cousine Erin in engen Jeansshorts und einer hellgrünen Weste. Sie war braun gebrannt und sportlich und Jay war ein wenig verlegen. Er trug Shorts normalerweise nur im Bett, und es war ihm peinlich, seine nackten Beine im Fernsehen zu zeigen, weil er so mager war.

»Kann ich mir schnell noch eine Jeans holen?«, fragte er, als der Praktikant mit einem Make-up-Täschchen kam und ihm Grundierung auf die Stirn tupfte.

»Nur damit du im Licht nicht fettig glänzt«, erklärte er.

Jays Frage nach der Jeans beantwortete niemand, und das ganze Gewusel schüchterte ihn so ein, dass er es nicht wagte, noch einmal zu fragen.

Zwei Minuten später saß er mit einem drahtlosen Mikrofon unter dem T-Shirt auf einem Barhocker vor der Dartscheibe, während zwei Kameras auf ihn und Erin auf dem Hocker neben ihm gerichtet waren.

»Alles klar?«, fragte Angie und sah durch die Linse der Kamera auf den Bildausschnitt. Dann wandte sie sich beruhigend an die beiden Teenager. »Versucht euch zu entspannen, ich werde euch ein paar Fragen über eure Bands stellen. Wenn ihr eine Antwort verpatzt oder euch etwas von dem, was ihr sagt, nicht gefällt, fangt einfach von vorne an, dann werden wir es bei der Nachbearbeitung ändern... Kamera? Ton? Okay, Bob...? Action!«

Angie setzte die Brille auf, die sie um den Hals trug, nahm einen Fragebogen von einem Tisch und trat an Jay und Erin heran.

»Wir fangen ganz leicht an«, begann sie. »Ich möchte, dass ihr mir eure Namen, euer Alter, den Namen eurer Band und eure Rolle in der Band nennt. Okay?«

Die beiden Teenager nickten und Angie deutete auf Jay.

Jay erstarrte und hatte das Gefühl, hundert Dinge auf einmal wahrzunehmen: die Hitze der Lichter, die Sandsäcke auf den Gerätestativen, zig Kabel, die sich über den mit Zigarettenlöchern übersäten Teppich schlängelten. Millionen von Menschen würden ihn so zum ersten Mal sehen – mit stacheligen weißen Beinen und geerbten Superdry-Shorts.

»Seid locker«, meinte Angie beruhigend. »Stellt euch vor, nur ihr und ich sitzen hier bei einer schönen Tasse Kaffee.«

»Äh...«, begann Jay, dem plötzlich der Mund trocken wurde. »Mein Name ist Jay Thomas. Ich bin dreizehn Jahre alt und ich bin der Leadgitarrist bei Jet... War das okay?«

Angie hielt beide Daumen hoch.

»Du bist ein Naturtalent«, log sie und wandte sich dann an Erin.

»Ich bin Erin«, sagte die und schob sich schüchtern eine Haarsträhne aus dem Gesicht. »Ich bin dreizehn und singe und spiele Gitarre für Brontobyte.«

»Und woher kennt ihr euch?«

»Wir sind Cousin und Cousine«, erzählte Erin lächelnd. »Wir sind nur zwei Monate auseinander und außerdem Nachbarn. Als wir klein waren, waren wir so.« Sie legte die Hände aufeinander und fuhr fort: »Meine frühesten Erinnerungen sind von Jay und mir. Wie wir auf dem Boden herumgekugelt sind, Fangen gespielt haben, miteinander gerauft und so.«

»Süß«, fand Angie. »Aber wenn ihr euch so nahestandet, wie kommt es dann, dass ihr in verschiedenen Bands spielt?«

Erin zuckte mit den Schultern und lächelte.

»Wir sind immer noch Freunde. Aber ich glaube, wir stehen uns nicht mehr sooo nahe seit…«

»…wahrscheinlich seit der vierten oder fünften Klasse«, übernahm Jay. »Wir fingen an, unsere eigenen Freunde zu haben. Und Jungs und Mädels interessieren sich für unterschiedliche Dinge.«

»Das könnte stimmen«, fand Erin.

Jay war ein wenig erleichtert, dass seine Cousine genauso nervös klang, wie er sich fühlte.

»Soweit ich weiß, Jay, warst du ein Mitglied von Brontobyte«, sagte Angie. »Kannst du mir etwas mehr darüber erzählen?«

»Ja, schon«, antwortete Jay vorsichtig und wand sich ein wenig auf dem Barhocker. Die Kamerafrau gab ihm mit einem Wink zu verstehen, er solle sich wieder in ihre Richtung drehen. »Ich habe Brontobyte mit meinen Freunden Tristan und Salman gegründet, zusammen mit Tristans kleinem Bruder Alfie. Wir haben ein paar Jahre zusammen gespielt, aber dann kam es zu musikalischen Differenzen, und da bin ich schließlich gegangen.«

»Na, das habe ich aber anders gehört«, fuhr Erin auf.

Anklagend wandte sich Jay zu ihr.

»Wieso, ich bin doch gegangen, oder?«

»Jay hat seinen Bandmitgliedern ein Ultimatum gestellt«, ergriff Erin die Gelegenheit und erzählte: »Entweder sie ersetzen Tristan als Drummer oder er geht. Und er hat verloren.«

Jay sah Erin finster an. Es ärgerte ihn, dass sie seine Demütigung ausgegraben hatte. Angie hingegen wirkte sehr zufrieden. Sie hatte offensichtlich auf diese Entwicklung nur gewartet.

»Es war keine faire Abstimmung«, erklärte Jay. »Tristan hat für sich selbst gestimmt, und Alfie hat gewusst, dass er eins auf die Mütze kriegt, wenn er gegen seinen großen Bruder stimmt.«

»Wenn du es sagst, Cousin«, grinste Erin.

»Du warst nicht dabei«, wehrte sich Jay. »Und jetzt stehst du natürlich auf Tristans Seite, weil der Idiot dein Freund ist.«

Es entstand eine Pause. Jay war zwar wütend, aber er wollte es sich weder mit Erin verderben noch vor der Kamera kleinlich wirken. Also zuckte er nur mit den Achseln und lächelte Erin an, um anzudeuten, dass er das Ganze nicht so ernst nahm.

Erin verstand seine Geste, hob die Hände und stieß ein falsches Lachen aus.

»Du sagst, Tristan sei ein Idiot, aber war er nicht sieben Jahre lang dein bester Freund?«

Erins Frage traf Jay, daher wechselte er die Tonart.

»Zufällig nehme ich meine Musik ernst. Und was auch immer man von Tristan persönlich hält, am Schlagzeug taugt er einfach nichts.«

Plötzlich merkte er, dass »Ich nehme meine Musik ernst« ziemlich pompös klang, und ärgerte sich darüber.

»Falls du es noch nicht bemerkt hast, Jay*den*, euer Leadsänger würde auch nicht gerade die Oper in Sydney füllen. Und Tristans Schlagzeug war immerhin nicht so schlecht, dass es die Juroren davon abgehalten hätte, uns für Rock War auszusuchen.«

»Wer braucht schon einen tollen Sänger?«, meinte Jay gereizt, doch immer noch in die Kamera lächelnd. »Waren Kurt Cobain oder Elvis tolle Sänger? Ist Bob Dylan einer? Was zählt, ist die Bühnenpräsenz. Und der wahre Grund, warum Brontobyte zu Rock War gekommen ist…«

»Was?«, fuhr jetzt Erin richtig wütend auf.

Jay zuckte mit den Achseln und legte sich eine Hand übers Gesicht, um anzudeuten, dass er das nicht öffentlich sagen wollte.

»Oh nein«, beharrte Erin, beugte sich vor und stemmte eine Hand in die Hüfte. »Brontobyte ist *weshalb* zu Rock War gekommen?«

»Na gut, waschen wir gleich alle schmutzige Wäsche in der Öffentlichkeit«, stieß Jay hervor, »Jet kam zu Rock War, weil wir *Rock the Lock* gewonnen haben und ein super Demoband online gestellt haben. Brontobyte ist nur wegen unserer Rivalität dabei. Zwei Bands, die einander hassen, das macht sich gut im Fernsehen.«

»Du solltest dich mal hören«, spottete Erin. »Du bist ja nur eifersüchtig, weil deine Band dich rausgeworfen hat und ich mit Tristan zusammen bin.«

Jay ignorierte seine Cousine und fuhr fort: »Ihr seid die Lachnummer. Der totale Außenseiter im Wettbewerb. Brontobyte ist der, der bei der Tanzshow ständig hinfällt, oder die Brillenschlange, die bei der Talentshow nicht jonglieren kann.«

Erin antwortete nicht gleich und Jay sorgte sich wegen ihres flammenden Blickes.

»Du bist ja so eingebildet!«, spuckte sie und setzte zu einem Schlag in sein Gesicht an.

Jay duckte sich unter dem Schlag weg, doch dem Schubs mit beiden Händen konnte er nicht ausweichen, sodass er seitlich von seinem Hocker fiel.

»Du hühnerbrüstiger Freak!«, rief Erin und warf im Hinausstürmen noch eine Studiolampe um.

Jay blieb einen Moment auf dem abgeranzten Pubteppich sitzen, bevor er sich an dem Hocker wieder hochzog. Erst als er wieder stand und sich das T-Shirt geradezog, bemerkte er, dass die Kamera noch lief.

Sofort warf ihm Angie eine Frage zu.

»Jay, Brontobyte und Jet werden die nächsten sechs Wochen eng zusammen im Rock-War-Camp verbringen. Wie, glaubst du, wird das gehen bei der ganzen Spannung, die zwischen den beiden Gruppen herrscht?«

Jay erkannte, dass Angie ihn mit ihren Fragen die ganze Zeit manipuliert hatte, und entschied sich, ihr nicht noch mehr Futter zu liefern.

»Es wird ganz wunderbar«, knurrte er. »Schlicht und einfach traumhaft.«

Summer ist die Beste

Dudley, West Midlands

»Hi! Mein Name ist Summer Smith. Ich bin vierzehn Jahre alt und ich bin die Leadsängerin von Industrial Scale Slaughter... Entschuldigung, können wir das noch mal machen?«

»Warum?«, fragte der Regisseur Joseph. Der kleine Mann trug eine gepunktete Krawatte und einen grauen Weihnachtsmannbart und machte den Eindruck, als wolle er den Oscar für den besten Film gewinnen und nicht fürs Reality-TV eine Wettbewerbsteilnehmerin in einer Sozialwohnung in Dudley filmen.

»Ich weiß nicht. Klang meine Stimme nicht komisch?«

»Deine Stimme war perfekt«, fand Joseph und wandte sich an den Kameramann. »Alles im Kasten.«

»Kann ich jetzt fertig packen?«, erkundigte sich Summer.

Joseph ignorierte sie und sprach weiter mit seinem Kameramann. Sein geschniegelter Akzent passte nicht in diese Gegend.

»Ich brauche ein paar Aufnahmen von diesem Zimmer«, verlangte er. »Nimm die Bücher auf, die Kleidung auf dem Boden, auf jeden Fall die Schwimmmedaillen und das Foto der Mutter auf der Heizung.«

Summers Zimmer war nur einen Meter breiter als ihr Einzelbett, und auch wenn sie nicht so viele Sachen hatte, sah ihr Zimmer nie ordentlich aus, weil sie mehr Kleidung hatte, als in den pinkfarbenen Schrank passte.

»Ich würde lieber auf dem Balkon filmen«, meinte Summer, »die Lampen hier sind so heiß.«

Joseph trat zu ihr und legte ihr eine Hand auf die Schulter. Vielleicht lag es daran, dass ihr winziges Zimmerchen mit der Kamera und den Lampen schon völlig verstopft war, aber sie fühlte sich verunsichert durch die beiden Männer, die in ihren ganz privaten Raum eindrangen.

»Ich male ein Porträt von dir, Liebes«, erklärte Joseph. »Dieses Zimmer. Deine Kleidung, deine Musik, deine Poster. In den Händen eines geschickten Bearbeiters ergeben ein paar kurze Aufnahmen ein besseres Bild von dir als eine halbstündige Rede.«

Summer gefiel die Vorstellung, dass ihr Bild durch den Inhalt ihres tristen Zimmers geprägt wurde, nicht, doch sie wagte es nicht, gleich am ersten Morgen einem Regisseur zu widersprechen. Und außerdem musste sie sich um ganz andere Dinge kümmern.

Während der Regisseur hinausging, um im Wohnzimmer den nächsten Set vorzubereiten, führte Summer eine akrobatische Nummer mit dem Kameramann auf, indem sie hastig ihre Kleidung zusammensammelte, während er die Kamera vom Stativ nahm und ein paar Nahaufnahmen und Ansichten des Zimmers filmte.

Summer hatte keinen richtigen Koffer, daher stopfte sie ihre Sachen in zwei große Lidl-Einkaufstaschen.

»Aber meine schmutzigen BHs filmen Sie nicht, oder?«, fragte Summer.

Der junge Kameramann war ein wenig aus der Fassung, und Summer nutzte seine Verlegenheit, um das gerahmte Foto ihrer Mutter von der Heizung zu nehmen und im Spalt zwischen Bett und Wand verschwinden zu lassen. Auf gar keinen Fall wollte sie jemandem einen Anlass geben, Fragen nach ihrer Mutter zu stellen.

»Summer, Liebes«, rief Joseph fröhlich, »könntest du bitte so nett sein und in den Salon kommen?«

Summer war nicht ganz sicher, was er mit Salon meinte, aber sie fand ihn im Wohnzimmer. Dort saß ihre Großmutter Eileen in ihrem Sessel, wie üblich mit der Atemmaske vor der Brust, und neben dem Sofa standen zwei altmodische Hartschalenkoffer fertig gepackt.

»Deine Großmutter hat mir erzählt, wie sehr du dich um sie kümmerst«, sagte Joseph ehrlich beeindruckt.

»Waschen, kochen, einkaufen«, bestätigte Eileen. »Ohne Summers Hilfe läge ich schon längst unter der Erde.«

»Sei doch nicht albern, Nan«, wandte Summer ein.

Eileen wackelte mit dem Finger. »Wie oft hast du schon den Krankenwagen gerufen, wenn es mit meinen Lungen so schlimm wurde? Als sie das erste Mal den Notruf gewählt hat, war sie erst sechs.«

»Phänomenal«, fand Joseph und grinste Summer breit an. »Du bist ja eine Heldin. Und, Eileen, werden Sie bei Verwandten wohnen, während Summer im Bootcamp ist?«

Eileen schüttelte den Kopf.

»Wir haben keine weitere Familie, aber – dem Herrn sei Dank – Mr Wei hat sich bereit erklärt, mir einen sechswöchigen Aufenthalt in einem Heim zu bezahlen.«

Joseph kratzte sich am Bart.

»Und Mr Wei ist...?«

»Der Dad meiner Bandkolleginnen«, erklärte Summer. »Michelle und Lucy Wei. Ich habe wirklich ein schlechtes Gewissen, sein Geld anzunehmen und Nan in ein Heim zu stecken, während ich mich amüsiere. Aber ich habe ihr gesagt, wenn es ihr nicht gefällt, werde ich das Camp sofort verlassen und nach Hause kommen, um mich um sie zu kümmern.«

»Und ich habe dir gesagt, du sollst dir keine Sorgen machen, Summer«, warf Eileen bestimmt ein. »Du hast weit mehr getan, als du müsstest, und ich bin sicher, es gibt dort nichts, mit dem ich nicht ein paar Wochen lang fertigwerden würde. Und jetzt komm her und gib deiner Großmutter einen Kuss.«

»Ich werde mir immer Sorgen um dich machen«, behauptete Summer, als sie ihre Nan auf die Wange küsste. »Versuch lieber erst gar nicht, mich daran zu hindern.«

Joseph war gerührt von dem Kuss und wünschte sich, die Kamera würde laufen.

Sobald Summer zurücktrat, kam der Kameramann herein und verkündete mit der Lautstärke eines Nebelhorns: »Alles fertig da drüben, Boss!«

»Perfekt!«, fand Joseph. »Nun, dann haben wir also unser kleines Intro in Summers Zimmer. Jetzt möchte ich gerne Eileen filmen, die uns von ihrer Enkelin erzählt, und dann enden wir mit einem tränenreichen Abschied von Summer an der Tür.«

»Aber meine Großmutter kommt mit uns zu den Weis. Ihr Vater fährt sie dann später in das Heim.«

»Ja, ja«, meinte Joseph, »aber wir haben hier eine wunderbare Geschichte mit deinem schwierigen Hintergrund und wie du dich um deine Großmutter kümmerst. Wenn es nach mir geht, fangen wir die Show mit dir an.«

»Ich habe die Videos gesehen, wo du singst«, warf der Kameramann ein. »Du bist hübsch, du hast eine tolle Stimme und eine herzzerreißende Geschichte. Du wirst weit kommen bei *Rock War*.«

»Hast du das gehört, mein Liebes?« Eileen lächelte breit. »Du bist ein ganz heißer Favorit.«

»*Das* hat er nicht gesagt«, lachte Summer.

»Und du musst aufpassen«, neckte sie Eileen, »denn die Jungen da werden dir alle an die Wäsche wollen!«

»Nan!«, empörte sich Summer.

Joseph und der Kameramann lachten über Summers rote Wangen, und Joseph begann, Anweisungen zu geben, wie das Licht für das Interview mit Eileen eingerichtet werden sollte.

Die gelöste Stimmung verflog allerdings, als eine atemlose Hilfskraft in die Wohnung gestürmt kam. Es war ein Student, der hier einen Ferienjob machte. Er hatte eine Habichtsnase, schien aber nett zu sein.

»Da unten... da sind drei...«, keuchte er und hielt dann inne, um fast die ganze Luft im Raum aufzusaugen, »... da sind drei Kerle. Ich wollte eine neue Kamerabatterie aus dem Wagen holen, wie Sie gesagt haben, und da wollten die wissen, warum wir auf *ihrem* Gebiet filmen. Einer von ihnen sagte, er wolle fünfzig Pfund haben, und als ich versuchte, die Tür aufzumachen, hat er den Spiegel zerschlagen.«

»Kleine Scheißer«, bemerkte Joseph und richtete sich entschlossen auf.

»Vor ein paar Jahren hat mal ein Satellitensender eine Dokumentation über den Wohnblock gedreht«, erinnerte sich Summer. »Darüber haben sich viele Leute aufgeregt, weil sie meinten, wir würden alle als Sozialhilfeschmarotzer und Prolls hingestellt.«

»Nun, dann gehen wir mal runter und sehen, ob man mit denen nicht auch vernünftig reden kann, nicht wahr?«, schlug Joseph vor.

Der Kameramann war vierzig Zentimeter größer als Joseph und verstellte ihm den Weg.

»Und wenn es haarig wird? Sollten wir nicht lieber die Polizei rufen?«

Joseph blinzelte ihn an.

»Ich bin schon seit dreißig Jahren in diesem Geschäft, und ich bin, was ich bin, weil Joseph Tucker *immer* pünktlich liefert. Wenn wir die Cops rufen, dauert es eine halbe Stunde, bis sie kommen, und bis dahin sind die bösen Jungs längst weg. Und wir verschwenden den Rest des Tages damit, nutzlose Aussagen zu machen.«

Damit stürmte Joseph an dem Kameramann vorbei und griff im Hinauslaufen seinen Krückstock mit dem weißen Griff von einem Kleiderhaken. Summer folgte dem Kameramann und dem Studenten, während Eileen ihnen nachrief: »Seid vorsichtig!«

Summer hoffte, dass sie die Jungen draußen kannte, doch nach acht Geschossen Treppe bog sie vorsichtig aus dem Haus und stand vor ihr völlig unbekannten jungen Männern in Trainingsanzügen und Turnschuhen.

»Und was ist hier los? Ein kleiner Raubüberfall?«, wollte Joseph wissen, als er auf die drei Männer zuging und extravagant seinen Gehstock herumwirbelte, bevor er in die Tasche fasste und ein kleines Bündel mit 10- und 20-Pfund-Scheinen hervorholte.

»Wir wollen nicht, dass Leute von draußen hier filmen«, erklärte der kleinste der drei mit osteuropäischem Akzent.

Joseph ignorierte ihn und ging direkt auf den größten der Männer zu. Er hatte einen Stiernacken und einen kahl rasierten Kopf. Offenbar war er der Anführer, denn er hatte sich vor die hinteren Türen des Lieferwagens gestellt.

»Zeit ist Geld«, erklärte Joseph und baute sich furchtlos vor dem großen Mann auf. »Geh beiseite, Junge, bevor du dich noch vollends zum Narren machst.«

Summer glaubte ihren Augen nicht zu trauen. Joseph war mindestens sechzig und von nicht gerade imposanter Statur. Er trug Altmännerhosen, die ihm bis unter die Achseln reichten, und Wildledermokassins, die eine erschreckende Ähnlichkeit mit Pantoffeln aufwiesen.

»Fünfzig Mäuse, Santa«, erklärte der Große, als Joseph knapp einen Meter vor ihm stehen blieb.

»Höchst amüsant«, meinte Joseph und tippte auf seine Taschen, in denen etwas Kleingeld klimperte. »Du kriegst nicht mal fünfzig Pence. Und jetzt lass mich an meinen verdammten Wagen!«

Als Joseph einen halben Schritt auf die weißen Türen zumachte, holte der Große aus, um ihn wegzustoßen. Sobald er dabei sein Gewicht verlagerte, duckte sich Joseph, hakte ihm den Krückstock um den Knöchel und ließ ihn krachend zu Boden gehen. Summer war erschrocken, nicht nur darüber, dass Joseph einen so großen Gegner zu Fall gebracht hatte, sondern dass es bei ihm so leicht ausgesehen hatte wie ein Tanzschritt.

»Du alter Knacker!«, schrie der Kerl, rollte sich herum und sprang auf, um erneut anzugreifen.

Joseph wich zurück wie ein Matador vor einem angreifenden Stier und versetzte ihm einen sauberen Karateschlag ins Genick. Durch den plötzlichen Schmerz knickte der Mann ein und fiel hart auf die Knie, woraufhin Joseph zurücktrat und drohend den Stock hob.

»Willst du noch mehr?«, fragte er herausfordernd.

Der Kerl stöhnte, und seine beiden Kumpel schienen auch keine Lust zu haben, es zu versuchen, daher verzogen sich die drei nach einem kurzen, angespannten Augenblick, die Hände in die Taschen ihrer Kapuzenshirts geschoben und mit dem Gesichtsausdruck von kleinen Jungen, die von ihrem Vater gescholten worden waren.

»Gott steh mir bei, wenn ich je vergessen sollte, die SD-Karten zu sichern«, scherzte der Kameramann. »Wo hast du das gelernt, Joseph?«

»Bei der Militärpolizei«, erklärte Joseph, reckte die Brust vor und klemmte sich den Stock unter den Arm. »Ich bringe vielleicht nicht viel auf die Waage, aber ich habe zu meiner Zeit einige von seinem Schlag auf die Bretter geschickt.«

Theatralisch riss Joseph die Türen des Lieferwagens auf. Er kam Summer auf einmal viel großartiger vor.

»Voilà«, verkündete er. »Und jetzt hol die Ersatzbatterien und mach den Set im Wohnzimmer klar. Lasst uns die Großmutter interviewen und diesen ätzenden Ort verlassen, bevor noch jemand was versucht.«

Hopplahopp

Die Limousine hielt auf der Straße vor dem Fish-&-Chips-Laden der Richardsons mit zwei Rädern auf dem Gehweg und ohne Rücksicht auf die doppelte rote Parkverbotslinie. Das Gewirr von Leuten und Kameras auf der Straße zog einige verwunderte Blicke auf sich, doch vor allem waren Hupen zu hören und Stinkefinger zu sehen, weil der parkende Wagen den Morgenverkehr auf eine einzige Spur zwang.

Jay stieg von der Straßenseite her als Erster ein und rutschte über das weiche Leder bis zur anderen Seite der Rückbank. Durch die dunkel getönten Scheiben war es im Inneren düster. Die Sitze waren unglaublich, man konnte sie auf Knopfdruck zurückneigen, anwärmen oder eine Massage bekommen. Im Dach veränderten Hunderte von LEDs das Licht von Gold in Blau und in der Konsole aus Zebranoholz und Chrom standen Eiswürfel und Gläser mit dem Rage-Cola-Logo.

Nach ihm kamen der vierzehnjährige Adam und Theo, der gerade siebzehn geworden war.

»Rutsch rüber, Fettwanst!«, befahl Theo und schubste Adam, obwohl massenweise Platz war. »Fahrer, wo ist der Alk?«

Theo und Adam sahen Jay ähnlich genug, dass man erkennen konnte, dass sie Halbbrüder waren, doch die beiden waren sportlich und muskulös und zogen das andere Geschlecht magisch an, was Jay immer neidisch machte.

In der langen Limousine befand sich den Jungen gegenüber noch eine weitere Sitzbank, doch erst als sich Jay angeschnallt hatte, bemerkte er, dass sie von dort aus jemand filmte.

Der Kerl war so klein, dass er in der Limousine aufrecht stehen konnte.

»Sieht aus, als hättest du deine Nische gefunden«, meinte Theo. »Wie heißt du, Zwerg?«

»Aus irgendeinem Grund nennt man mich Shorty«, gab der Kameramann zurück. »Ihr sollt euch natürlich so benehmen, als wäre ich gar nicht da.«

Der Fahrer trat aufs Gas, kam jedoch kaum zwei Meter weit, da Angie ans Fenster klopfte und die hintere Tür aufmachte.

»Das müssen wir noch mal drehen. Fahren Sie bitte zurück.«

»Ich kann hier nicht stehen bleiben!«, erklärte der Fahrer wütend. »Hinter mir stauen sich fünfzig Autos!«

Angie sah die drei Brüder leicht gereizt an.

»Ich weiß, dass das euer erster Tag ist und so, aber denkt daran, dass ihr euch benehmen müsst, als wäre der Kameramann nicht da. Oder habt ihr je eine Show gesehen, wo die Leute anfangen, sich mit der Kamera zu unterhalten?«

»Ich hab mal einen Porno gesehen, in dem der Kameramann mitgemacht hat«, erklärte Theo.

Adam fing an zu lachen, doch Angie wurde nur noch gereizter.

»Also gut, steigt aus«, verlangte sie. »Wir drehen die Abfahrt später.«

»Sie müssen sich beruhigen, meine Liebe«, meinte Theo, während der Fahrer eine Flut von Flüchen losließ und irgendetwas von wegen *verarschen* wetterte. »Ich kann Ihnen eine Massage geben, die Ihre Spannung vollkommen löst.«

Angie wurde klar, dass Theo nur Unfug machen würde, wenn sie ihm auch nur einen Millimeter nachgab, und entschied sich, ihm einen Dämpfer zu geben.

»Ich stehe auf Männer, Theo, nicht auf Schuljungen«, erklärte sie knapp.

»Autsch!«, schrie Adam begeistert und schlug sich auf die Schenkel. Vor Lachen brüllend stiegen er und Jay aus dem Auto.

Jays Mutter, seine Geschwister und sein Stiefvater standen vor dem Laden und warteten darauf, gefilmt zu werden, wie sie zum Abschied winkten. Jay hörte plötzlich auf zu lachen, als er sah, dass seinem sechsjährigen Bruder Hank die Tränen über das Gesicht liefen.

»Hey«, sagte Jay und ging vor dem Kleinen, der das Bein seines Vaters umklammert hielt, in die Hocke. »Nicht traurig sein. Wir sind ganz schnell wieder zurück.«

»Ihr macht ganz tolle Sachen und ich muss hierbleiben«, beschwerte sich Hank.

Zu Jays Ärger entdeckte einer der Kameramänner die tränenreiche Szene. Da Hank nicht beim Weinen gefilmt werden wollte, legte er eine Hand übers Gesicht und versteckte sich hinter seinem Dad.

»He, Mann!« Jay richtete sich auf und sah den

Mann finster an. »Merken Sie nicht, dass er durcheinander ist?«

Wortlos zog sich der Kameramann zurück und Jays Stiefvater Len legte Jay beruhigend die Hand auf die Schulter.

»Hank fängt sich schon wieder«, meinte er. »Wenn wir erst an der Küste sind und Sandburgen bauen, ist er so fröhlich wie die Sau in der Scheiße.«

»Nein, bin ich nicht«, beharrte Hank, doch dann leuchteten seine Augen auf: »He, Mum! Dad hat ein schlimmes Wort gesagt!«

Jay konnte seinen kleinen Bruder nicht weiter beruhigen, denn die Kameras liefen, und Angie befahl ihm, wieder ins Auto zu steigen. Eine Frau in einem Mini-Cabrio hupte anhaltend und schrie die Crew an, sodass sie warten mussten, bis sie vorbei war, bevor sie wieder drehen konnten.

Die zweite Aufnahme wurde weit besser. Shorty filmte in der Limo, eine andere Kamera war auf das davonfahrende Auto und eine dritte auf die winkende Familie gerichtet. Jays unausstehlicher Bruder Kai hielt ein Plakat hoch, auf dem stand: »Hoffe ihr verlirt«

»Gott, und ich hoffe, sie zeigen ihn mit diesem Plakat«, seufzte Jay und winkte zurück.

»Warum?«, fragte Theo.

Adam und Jay grinsten einander an.

»Rechtschreibung ist auch nicht so deine Sache, was, Theo?«

»Nein, aber euch beiden die Zähne ausschlagen schon«, grunzte Theo.

Nach dreihundert Metern bog die Limousine in eine Straße ab, die zu den Wohnblöcken hinter dem Restaurant führte.

»Raus mit euch, Jungs«, verlangte Shorty.

»Was ist denn los?«, erkundigte sich Adam vom mittleren Sitz aus, während seine beiden Brüder Shorty nach draußen folgten.

Dort nahm der Kameramann einen Satz magnetischer Nummernschilder aus einem Rucksack und tauschte RW3 gegen RW2 aus.

»Sie können doch nicht einfach die Nummernschilder austauschen«, sagte Jay ungläubig. »Das ist illegal!«

Shorty lachte.

»Das ist doch nur für ein paar Minuten. Wir bringen die Limousine zurück, damit auch Erin ihre Abschiedsszene erhält.«

»Und dann kommt sie noch einmal zurück und bringt uns zum *Rock-War*-Haus?«, fragte Jay.

»Limousinen mietet man stundenweise und die sind teuer«, erklärte Shorty. Ein Nummernschild mit RW3 schepperte zu Boden und enthüllte darunter ein wesentlich profaneres KZ13 PPH. »Der Bus, in den ihr euer Gepäck gestellt habt, holt gerade euren Bandkollegen Babatunde ab. Er wird in ungefähr fünfzehn Minuten hier sein.«

»Das war aber ein gammeliger alter Schul-Minibus«, beschwerte sich Jay. »Der war innen total dreckig.«

»Wahrscheinlich sind darin das ganze Jahr Kinder von und zum Spielfeld gefahren worden«, meinte Shorty und grinste wissend. »Aber in den Sommerferien werden die Schulbusse nicht gebraucht, daher konnte unser geliebter Produzent Mr Allen ein halbes Dutzend davon recht billig mieten, um euch Blagen herumzukutschieren.«

»Und lassen Sie mich raten: Wenn wir bei der Rock-War-Villa ankommen, wird eine weitere Limousine auf uns warten«, vermutete Jay.

Shorty zeigte auf Jay und schnalzte mit der Zunge. »Du lernst schnell, Kleiner.«

* * *

Nach dem Fiasko mit der Limousine und einer dreistündigen Fahrt mit einer Pause bei einem Burger King an einer Raststätte erwartete Jay schon fast, seine Sommerferien im Schlafsaal eines heruntergekommenen Internats verbringen zu dürfen, doch die ersten Anzeichen waren nicht schlecht. Der Minibus setzte sie am Tor eines großen Landhauses ab, zu dem eine Kiesauffahrt durch einen weitläufigen Park mit einem krass modernen Erweiterungsbau am Ende führte.

Babatunde und die drei Brüder mussten allerdings eine Weile warten, bis sie mehr erfuhren, denn sie wurden am Tor ausgeladen, wo sie warten sollten. Fünfzehn Minuten später kam eine Band namens Dead Cat Bounce dazu und eine Produktionsassistentin brachte in Plastikfolie gewickelte Sandwiches und warme Rage-Cola-Dosen. Sie verkündete, dass die Bands alle zusammen ins Haus gebracht werden würden, um die *maximale Wirkung* zu erzielen.

Die Sonne brannte vom Himmel herunter, und während noch weitere Wettbewerbsteilnehmer ankamen, suchte Jay sich einen Platz im Schatten unter einem Baum und legte sich mit seinem Rucksack als Kopfkissen ins Gras. Theo begann mittlerweile den Aufstand zu proben. Er mochte es nicht, wenn man ihm sagte, was er tun sollte, und dass über seine Zeit jetzt von einem Fernsehteam verfügt wurde, passte ihm ganz und gar nicht.

Jet waren die Ersten gewesen, doch innerhalb einer Stunde tauchten noch weitere acht Bands auf. Erin und ihre Bandkollegen von Brontobyte hielten von ihnen Abstand, doch Jay freute sich, Summer, Michelle, Lucy und Coco von Industrial Scale Slaughter zu sehen, die er beim Rock-the-Lock-Bandwettbewerb im Frühling kennengelernt hatte.

»Ich war ganz aus dem Häuschen, als ich sah, dass ihr es zu Rock War geschafft habt«, erzählte Jay, der sich noch besser fühlte, als Summer ihn strahlend anlächelte und umarmte. Er stand total auf sie, obwohl sie älter war als er und für ihn wahrscheinlich unerreichbar.

Eine weitere Band, die er vom Rock the Lock kannte, waren Frosty Vader, aber sie kamen in einer neuen Zusammensetzung mit zwei Kids aus Belfast. Es waren ein Mädchen namens Sadie und ein Junge namens Noah, der in einem Rollstuhl saß.

»Ich wette, den haben sie in die Band aufgenommen, damit er in die Kamera sabbert und ihnen Sympathiepunkte einbringt«, stöhnte Theo, als nur seine Bandkollegen in Hörweite waren.

Jay kam mit Theo zwar gut aus, trotzdem traute er sich nicht, seine schwachsinnigen Bemerkungen zu kritisieren.

Doch Babatunde, der Drummer von Jet, protestierte.

»Es besteht ein feiner Unterschied zwischen einem Rebellen und einem Arschloch«, zischte er.

Einen Augenblick lang sahen die beiden sich feindselig an. Babatunde war ein cooler Typ, der stets eine dunkle Sonnenbrille trug und die Kapuze seines

Sweatshirts selbst im Hochsommer nicht absetzte. Er war zwar kein Schwächling, aber Theo war älter als er, hatte eine ganze Reihe von Boxtrophäen im Schrank und galt als aggressiv.

»Leute!«, mahnte Jay, der vermeiden wollte, dass sich zwei seiner Bandmitglieder in die Haare kriegten, noch bevor sie das Haus betreten hatten.

Doch dieses eine Mal schaffte Theo es, zu akzeptieren, dass er unrecht hatte, und gab nach.

»Ich mein ja nur«, murrte er abwehrend. »Ein Junge im Rollstuhl kriegt sicher Sympathiepunkte.«

»Vielleicht kriegen wir auch Sympathiepunkte, weil Theo so ein Idiot ist«, lachte Adam.

Das passte Theo überhaupt nicht, doch glücklicherweise kamen in diesem Moment ein paar weitere Produktionsassistentinnen zum Tor und begannen die Bandnamen aufzurufen.

»Crafty Canard?«, rief die erste Frau. »Delayed Gratification?«

Die andere Frau rief Jet aus und die vier Jungen stellten sich in eine Schlange. Beeindruckt nahm Jay ein dunkelblaues T-Shirt mit dem Bandlogo entgegen. Er hatte selbst eine primitive Version davon entworfen, als er das Profil von Jet auf der Rock-War-Webseite hochgeladen hatte, aber das Designteam der Show hatte es professionell überarbeitet, und die Band wirkte gleich viel realer, wenn man es so auf einem T-Shirt sah.

Die Kostümdesigner des Teams hatten sich offensichtlich richtig Mühe gegeben, denn Babatunde bekam ein Kapuzenshirt mit dem Jet-Logo und Adam und Theo eng anliegende Tanktops, die ihre Muskeln zur Geltung brachten. Weniger begeistert zeigten die vier sich von den Baseballkappen mit dem Sponsorlogo von Rage Cola.

Da er damit beschäftigt war, sein T-Shirt zu bestaunen, und eine der Assistentinnen schrie, dass auf dem Weg zum Haus alle ihre Rage-Cola-Baseballkappen tragen müssten, verpasste Jay die Ankunft von Meg Hornby.

Meg hatte eine Eintagsfliegenkarriere mit einem Fernseh-Hit namens »The Beater« gemacht. In den Neunzigern hatte sie als punkiges Model ein Vermögen verdient, indem sie sich Tattoos und Bodypiercings hatte stechen lassen, als das noch radikal genug war, um damit aufzufallen.

Jetzt, da ihr Aussehen verblasste, bildete die Gelegenheit, Gastgeberin für Rock War zu spielen, eine glanzvolle Abwechslung zu ihrer sonstigen Beschäftigung bei Promi-Spielshows und den gelegentlichen Auftritten im Frühstücksfernsehen als selbst ernannte Expertin für Musik und Mode.

Doch auch wenn Meg nicht gerade ein Megastar war, fand Jay es ziemlich aufregend, jemandem, der zumindest auf bescheidene Weise berühmt war, auf weniger als zehn Meter nahe zu kommen. Meg brauchte drei Anläufe, um »Willkommen in der Rock-War-Villa, lasst uns mal sehen, was euch dort erwartet« in die Kamera zu sagen, doch die Regisseurin Angie war immer noch nicht recht begeistert von ihrer Leistung.

Zwei Stunden nachdem man sie am Tor abgesetzt hatte, konnte Jay es durchschreiten. Mehrere Kameras waren auf die vierundvierzig jungen Musiker gerichtet, die ihr Gepäck und vereinzelt auch Gitarren über den weißen Kiesweg zum Haus hinaufschleppten.

Summer war die Einzige, die keinen Rollkoffer oder Rucksack dabeihatte, und Adam schnappte sich eine ihrer Supermarkttaschen.

»Oh, ein richtiger Gentleman«, bedankte sich Summer fröhlich und schenkte ihm ein strahlendes Lächeln, das Jay furchtbar eifersüchtig machte.

Jay lief am Ende der Gruppe, wo er überrascht feststellte, dass Theo Noahs Rollstuhl schob, wahrscheinlich aus Schuldgefühlen wegen seiner dummen Bemerkung. Noah bestand sehr auf seiner Unabhängigkeit und hasste es, geschoben zu werden, doch Gepäck und Räder, die im Kies stecken blieben, ließen ihm kaum eine Wahl.

»Ich bin Jay«, stellte Jay sich vor. »Ich habe das Video von Frosty Vader auf der Webseite von Rock War gesehen. Das ist ziemlich gut, mit den ganzen Samples und so.«

Neben dem Rollstuhl lief Noahs beste Freundin Sadie, ein weiteres Mitglied von Frosty Vader.

»Das war ganz okay, aber nicht das beste«, meinte sie. »Ihr seid Jet, nicht wahr? Euer Schlagzeuger – der Schwarze? Er ist *unglaublich*.«

»Er heißt Babatunde«, sagte Jay. »Deinen Namen habe ich nicht mitbekommen.«

»Weil ich ihn noch nicht gesagt habe«, erklärte Sadie schlicht. »Ich bin Sadie und das ist Noah.«

»Howdy-ho«, sagte Noah, winkte ihm zu und kam sich gleich darauf blöd vor, nicht einfach Hi gesagt zu haben.

»Ähm, ist Sadie dein richtiger Name?«, erkundigte sich Jay.

»Allerdings ist das mein richtiger Name«, erwiderte Sadie ein wenig beleidigt. »Ist etwas damit?«

»Nein«, wehrte Jay schnell ab, »ich habe nur noch nie eine Sadie getroffen.«

»Das ist jüdisch«, erklärte Sadie. »Ich bin zwar keine Jüdin, aber meine Familie war irgendwann vor langer Zeit wohl mal jüdisch.«

Theo neigte sich über Noah und flüsterte ihm absichtlich so laut, dass es jeder hören konnte, zu: »Wie man sieht, hat mein Bruder Jayden den Bogen bei den Damen so richtig raus, und ich vermute fast, dass er als Jungfrau sterben wird.«

Jay schnalzte ärgerlich mit der Zunge und Noah grinste.

Zwanzig Meter vor ihnen wedelten Angie und eine der Assistentinnen mit den Armen und befahlen allen, stehen zu bleiben. Nachdem sie schon Stunden am Tor hatten warten müssen, kam die Order nicht allzu gut an.

Angie sprach übers Mikrofon mit jemandem und organisierte dann drei Kameras so, dass sie auf eine ebene Rasenfläche neben dem Haus gerichtet waren.

»Helikopter auf zwei!«, rief Angies Assistentin. Jay blickte auf und bemerkte eine dunkle Silhouette, die zu einem ausgewachsenen Hubschrauber wurde. Auf der Heckflosse prangte das Bild eines finster dreinsehenden Pandabären und auf der Seite stand *Pandas of Doom*.

Einer der Kameramänner hockte sich hin, als der Hubschrauber landete und die Luft über dem penibel getrimmten Rasen aufwirbelte. Als der Kopilot die Kabinentür öffnete, stiegen die vier Bandmitglieder aus, zuerst ein dicker Junge, gefolgt von einem blassen Goth-Mädchen und zwei weiteren Jungen. Sie trugen rote T-Shirts mit ihrem Bandnamen und mussten ihre

Rage-Cola-Mützen festhalten, als sie in den Wind der Rotoren kamen.

»Na, das nenne ich Qualität«, beschwerte sich Sadie. »Ich durfte mich mit Noahs Rollstuhl bei Ryanair abmühen und die Seppel kriegen ihren eigenen Hubschrauber.«

»Ich habe keine Ahnung, wer die Pandas of Doom sind«, verkündete Theo. »Aber ich glaube, ich hasse sie jetzt schon.«

Bettenburg

Es passte nicht ganz zusammen. Auf der einen Seite wollten die Produzenten von Rock War durch den Austausch von Nummernschildern ein paar Pfund für die Limousinenmiete sparen, doch die Rock-War-Villa war einfach grandios.

Durch die riesigen Türen des Hauses gelangte man in einen marmorgetäfelten Flur voller Ausrüstungskoffer, am Boden angeklebter AV-Leitungen und massenweise Elektrokabel, die durch ein offenes Fenster zu einem Lkw führten, der genügend weit entfernt parkte, dass die Mikrofone das Geräusch des Dieselgenerators in seinem Inneren nicht mit aufnahmen.

Doch für das Fernsehen würden die Aufnahmen so geschnitten werden, dass die zwölf Bands von der Tür direkt in den großen Ballsaal gelangten. Shorty hatte eine gyrostabilisierte Steadicam an seiner Hüfte, mit der er einen Schwenk aufnahm und dabei Summers offenen Mund einfing, als sie den großen Saal mit dreifacher Geschosshöhe betrat.

Die gewölbte Decke bestand aus riesigen Eichenbalken, und an den beiden oberen Stockwerken verliefen ringsum Balkone, hinter denen einige der vielen Zimmer des Landhauses lagen. Für das Fernsehen hatte man diesem klassisch schönen Raum durch zwei schwarz und gelb gestrichene Wände und zwei gewundene Metallrutschen ein Hightech-Aussehen verpasst.

Auf Erdgeschossebene war der Raum wie ein Jugendklub eingerichtet, allerdings nicht wie ein normaler Jugendklub mit klebrigem Fußboden und kaputten Billardtischen. In der Mitte lagen vierfach aufeinandergetürmte Sitzsäcke mit dem Logo von Rage Cola. Die beiden Metallrutschen wanden sich umeinander wie DNA-Stränge und boten einen raschen Weg aus dem ersten und zweiten Stockwerk nach unten.

Von hier aus ging es in die eine Richtung zu Tischtennisplatten und Billardtischen, Lufthockey und elektrischen Massagestühlen. Auf der anderen Seite befanden sich ein Mini-Indoor-Basketballplatz mit richtigem Kunststoffboden und einer elektrischen Anzeigetafel, zwei Trampoline mit Umzäunung und ein riesiges Bällebad, wie es sie sonst nur für kleine Kinder gibt. Und an der Rückwand waren große Flatscreens angebracht, an die PlayStations und Sky-Boxen angeschlossen waren. Im Moment zeigten sie aber nur verschiedene Werbespots für Rage Cola.

Angies vier Kameramänner sowie einige mit Camcordern bewaffnete Praktikanten und Assistenten standen bereit, um die Reaktionen der Kids auf diesen unglaublichen Raum aufzunehmen. Doch da sie so lange hatten warten müssen, stellten sich Summer und die anderen Mädchen erst einmal in einer Schlange vor den Toiletten auf, während die Jungen – die bereitwillig an die Bäume gepinkelt hatten – sich um neongespickte Automaten versammelten und sich zu kostenloser Rage Cola verhalfen.

Als Theo merkte, dass er gefilmt wurde, plusterte er sich auf, grinste breit und hielt seine Plastikflasche hoch.

»Rage Cola«, sagte er theatralisch und nahm einen Schluck. »Sieht köstlich aus, riecht erfrischend. Schmeckt wie das, was man einem Affen aus der Arschritze kratzt.«

Der Kameramann mit den lila Haaren begann ebenso zu lachen wie etliche Jungen. Einige machten mit eigenen Versionen von Theos Spruch weiter, während andere so taten, als würden sie an Rage Cola ersticken. Jay hielt sich den Bauch und fiel tot um, sodass ein Junge über ihn stolperte. Mit schottischem Akzent entschuldigte er sich.

»Ich bin Dylan«, stellte er sich vor, als er Jay die Hand hinstreckte, um ihm aufzuhelfen. »Pandas of Doom.«

Dylan war vierzehn, gut aussehend, ein wenig untersetzt und seine gebleichten Haare wiesen einen schwarzen Haaransatz auf.

»Jay, Jet. Was war denn das mit dem Hubschrauber?«

Dylan zuckte mit den Achseln.

»Mein Dad kennt jemanden mit einem Helikopter. Den Fernsehleuten gefiel die Vorstellung, dass eine Band eingeflogen wird, und heute Morgen sind sie aufgetaucht, um die Logos aufzukleben.«

»Ich habe noch nie in einem Hubschrauber gesessen«, sagte Jay. »Wie ist das?«

»Eng und laut«, antwortete Dylan. »Aber neunzig Minuten in der Luft sind um Längen besser als acht Stunden im Zug, auch wenn man ein bisschen eingeklemmt wird.«

Angie kam herüber und schalt zuerst den lilahaarigen Kameramann, dass er weiterfilmte, obwohl die Jungen Rage Cola niedermachten. Dann wandte sie sich ernst an die Jungen und ein paar der Mädchen, die von den Toiletten zurückkamen. »Ihr müsst euch verteilen! Erkundet den Raum und steht nicht einfach so herum wie die Bowlingkegel!«

Theo schüttelte den Kopf.

»Sie haben uns den halben Tag in der Sonne warten lassen. Da müssen die Leute etwas trinken und aufs Klo!«

Angie stemmte die Hände in die Hüften und zog eine Grimasse.

»Wie ich schon sagte, Theo: Je schneller ich die Aufnahmen für die Show bekomme, desto eher könnt ihr tun, was ihr wollt.«

Nachdem sie ihm und dem Kameramann einen mahnenden Blick zugeworfen hatte, drehte sie sich um, und ein paar Kids zogen zögernd los, um den Ballsaal zu erkunden. Doch Theo war ihr wegen des Schuljungenkommentars vom Morgen noch böse, und da er sich daran erinnerte, dass er noch eines der plastikverpackten Sandwiches in der Tasche hatte, die am Tor verteilt worden waren, knüllte er es zu einem Ball zusammen und warf es ihr nach.

Die Folie riss und Stücke von Käse und Gurken trafen Angies Hinterkopf. Wütend drehte sie sich um.

»Wer war das?«

Keiner der lachenden Jungen wollte Theo verraten, und auch der Kameramann, den sie eben angefahren hatte, war keine Petze.

»Ich weiß, dass du das warst«, erklärte Angie, baute sich vor Theo auf und fuhr sich mit einer dramatischen

Geste über die Kehle. »Ich kann dich und deine Band *einfach so* rauswerfen lassen!«

Jay gefiel die Drohung gar nicht, doch Theo ließ sich davon nicht beeindrucken.

»Ich war das nicht, Miss«, behauptete er unschuldig, während ein paar Jungen hinter ihm vor Lachen fast erstickten. »Vielleicht war das ein altes Sandwich. Hat seit Jahrhunderten im Gebälk geklebt und ist gerade runtergefallen.«

Einige der Teilnehmer fanden das lustig, doch Theos Bandkollegen Adam, Jay und Babatunde sahen ihn wütend an, als Angie wieder davonstürmte.

»Wenn wir deinetwegen rausfliegen…«, begann Adam, wagte es jedoch nicht, seinem großen Bruder zu drohen.

»Keine Bange«, meinte der unbesorgt. »Die brauchen zwölf Bands, damit die Show läuft. Die schmeißen niemanden raus.«

Jay schüttelte den Kopf.

»Aber nur zehn Bands aus dem Bootcamp kommen im September in die Phase Battlezone.«

»Na und?«, gab Theo zurück. »Ich habe in der Schule nie gemacht, was man mir gesagt hat, und ich fange bestimmt nicht hier damit an.«

Mittlerweile hatten sich die Bands im Raum verteilt, und Angie bekam einige der Aufnahmen, die sie brauchte: Trampolin springende Mädchen, Brontobyte, die sich geschlossen ins Bällebad stürzten, ein Basketball, der durch den Korb flog, und Adam und Summer, die mit breitem Grinsen auf den Massagestühlen saßen und versuchten, herauszubekommen, auf welche Knöpfe sie drücken mussten, damit sie in Gang kamen.

Summers Sommer

»Wird das jetzt aufgenommen?«, erkundigte sich Summer.

Dylan stand auf und deutete auf das Licht über dem Sucher des winzigen Camcorders.

»Er zeichnet auf, wenn dieses Licht grün leuchtet.«

»Gut.« Summer stellte den Camcorder auf ein Fensterbrett und setzte sich auf ihre Bettkante. »Hier sind wir also in meinem Zimmer. Also, das Zimmer, das ich zusammen mit meiner Bandkollegin Michelle teile. Michelle ist gerade nicht da, dafür aber Dylan von den Pandas of Doom. Sag Hi, Dylan!«

Dylan hielt das Gesicht in die Kamera und winkte.

»Es ist jetzt also kurz nach halb sieben. Vor drei Stunden sind wir in die Rock-War-Villa gezogen. Mein Zimmer ist nicht riesig, aber ziemlich beeindruckend. Ich habe hier unglaublich flauschige Handtücher und einen Bademantel und so viele Seifen in verschiedenen Farben und duftende Sachen und so. Ich habe geduscht, aber die Dusche hat so Düsen...« Summer hielt inne und sah Dylan an. »Haben die einen bestimmten Namen?«

Dylan zuckte mit den Achseln.

»Also ja...«, fuhr Summer fort, »ähm... da ist also

eine Düse von oben wie bei einer normalen Dusche und dann noch zwei von den Seiten. Und dann sind da vier Hebel, und ich konnte nicht herausfinden, wie man sie einstellt, sodass das Wasser nicht entweder eiskalt oder brühheiß ist.

Oh ja, und cool ist außerdem, dass wir alle einen dieser kleinen Camcorder bekommen haben. Die eigentliche Rock-War-Show beginnt erst in einer Woche. Aber es gibt eine riesige Webseite, und wir wurden alle gebeten, Videotagebücher zu führen. Obwohl ich ja nicht sicher bin, ob es jemanden interessiert, was ich so treibe. Wir müssen unseren Tagebüchern Namen geben und ich nenne meines ›Summers Sommer‹.«

Nervös sah sie Dylan an.

»Was soll ich denn jetzt noch sagen?«

»Sag ihnen, wie du dich fühlst«, schlug Dylan vor. »Oder was du gemacht hast, nachdem du hier angekommen bist.«

»Okay«, sagte Summer, holte tief Luft und dachte ein paar Sekunden nach, bevor sie fortfuhr: »Sie haben uns *eeewig* draußen warten lassen, und wir durften nicht ins Haus, bis eine *gewisse Band* in einem Hubschrauber aufgetaucht ist.«

Summer hielt inne und Dylan hockte sich neben sie und warf ein: »Und wir mussten zwei Stunden am Boden bleiben und warten, während einer von Venus TV Dads Helikopter mit Aufklebern von Pandas of Doom und Rock War zugekleistert hat.«

Summer warf ihm einen Blick zu.

»Dein Vater hat einen Hubschrauber?«

»Das kam jetzt irgendwie falsch rüber«, behauptete Dylan leicht panisch. »Natürlich hat er keinen. Aber er kennt einen, der die Hubschrauber für die Versorgung der Ölbohrtürme in der Nordsee unterhält, und hat ihn deshalb billig bekommen. Also durften die anderen Bands alle zwei Stunden draußen warten, weil wir zu spät gestartet sind, und jetzt bin ich ziemlich sicher, dass sie uns alle für einen Haufen feiner Internatsschnösel halten und uns hassen.«

»Ach was«, behauptete Summer. »Du hast mich doch gerettet!«

»Du bist im Bademantel rausgerannt, und ich habe dir gezeigt, wie die Dusche funktioniert«, grinste Dylan.

»Auf jeden Fall«, fuhr Summer fort, »als wir endlich ankamen, hat man uns in den Ballsaal gebracht, und da gibt es jede Menge coole Sachen. Und dann mussten wir uns für ein unglaublich langes Meeting versammeln. Es ist immer ein Sozialarbeiter da, an den wir uns wenden können, wenn wir traurig sind oder schikaniert werden oder so. Und man hat uns gezeigt, wo wir uns sammeln sollen, falls Feuer ausbricht, und dann haben sie uns noch einen Haufen anderer Sicherheitsregeln und Vorschriften erklärt und uns erzählt, dass wir uns wirklich bemühen sollten, vor der Kamera nicht zu fluchen.«

»Echt langweilig«, stimmte Dylan zu, »aber wahrscheinlich mussten sie das.«

Summer nickte.

»Nach dem Meeting sagten sie, wir hätten ein paar Stunden für uns. Also sind ein paar Kids unten im Ballsaal herumgetobt, aber ich wollte nur ein wenig chillen. Ich habe meine Großmutter angerufen, die in einem Heim ist, solange ich weg bin. Sie hat den ganzen Nachmittag lang Scrabble gespielt und klang, als ginge es ihr ganz gut. Und dann...«

Summer sah Dylan an und brach ab.

»Wahrscheinlich hast du schon genug erzählt«, meinte er.

Plötzlich leuchteten Summers Augen auf.

»Oh ja! Und um Viertel vor acht sollen wir uns alle auf der Dachterrasse versammeln. Worum es geht, haben sie nicht gesagt, aber wir sollen uns schick machen. Was eigentlich Stress bedeutet, weil ich ehrlich gesagt eine ziemliche Vogelscheuche bin und lieber in T-Shirt und ausgeleierten Jeans herumlaufe. Was mich daran erinnert, dass ich jetzt mal mit *Summers Sommer* aufhören und etwas aus meinem Gepäck graben sollte.«

»Meinst du, das war gut so?«, fragte Summer Dylan. »Nicht zu langatmig?«

»Wahrscheinlich bearbeiten sie das sowieso noch«, meinte Dylan.

Als Summer den Camcorder ausstellen wollte, platzte ihre Zimmergenossin Michelle herein.

»Rock and Roll!«, schrie die Vierzehnjährige und wedelte wie wild mit den Armen, sprang auf ihr Bett und vollführte einen Purzelbaum, bei dem Summer an den Sportunterricht in der Grundschule denken musste. »Du hast ja schon einen Jungen auf dem Zimmer, du dreckiges kleines Luder!« Doch als Summer die Stopptaste am Camcorder drücken wollte, hielt sie sie auf. »Nein, lass ihn weiterlaufen, ich mache gleich etwas ganz Tolles!«

Michelle war immer überdreht, und Summer hatte eigentlich gehofft, dass sie mit einer ihrer anderen Bandkolleginnen zusammenwohnen könnte. Doch da Coco und Lucy schon seit der zweiten Klasse beste Freundinnen waren, hatte sie da den Kürzeren gezogen.

»Geht es dir gut?«, erkundigte sie sich. »Deine Augen sehen irgendwie... glasig aus.«

»Ich habe vier Flaschen Rage Blue getrunken«, bekannte Michelle. »Das Zeug ist... unglaublich!«

»Was ist denn Rage Blue?«

»Das ist die Energiedrinkversion mit extra viel Koffein«, erklärte Dylan. »Das trinkt man, wenn man sich die Nacht wach halten will, um zu lernen oder durch die Klubs zu ziehen.«

»Michelle, du brauchst Koffein so dringend wie ich eine Kugel in den Kopf«, meinte Summer. »Geh kalt duschen oder so!«

»Ach was denn, ich fühle mich bestens!«, sang Michelle, sprang zum Fenster und riss es auf.

Summer glaubte schon, sie wolle sich durch das offene Fenster übergeben, doch stattdessen rief sie hinaus: »Jetzt sieh mal her, Theo! Du glaubst, ich sei nicht Hardcore?«

Summer hatte Theos große Klappe schon am Tor vernommen und war gerade von der Toilette gekommen, als er Angie das Sandwich an den Kopf geworfen hatte. Mit ihm war Ärger vorprogrammiert, und die Vorstellung, dass er und Michelle sich auch noch gegenseitig anstachelten, erfüllte sie mit Schrecken.

Summer war größer als Michelle und versuchte sie an den Schultern zu packen.

»Du musst dich beruhigen«, mahnte sie streng. »Dieses Zeug hat dich ja total aufgehypt!«

Aber Michelle entglitt ihr und sie stolperte. Summer warf einen Blick aus dem Fenster und sah Theo, Adam und die Leute von Half Term Haircut sowie ein paar Kameraleute.

»Tu es, tu es, tu es...!«, begann Theo zu rufen.

»Tu was?«, erkundigte sich Dylan, stand auf und sah hinaus.

»Was rockt wohl am meisten, wenn man in einem Hotel eincheckt?«, schrie Michelle, schnappte den kleinen Flachbildfernseher von einem Tisch neben dem Schrank und riss ihn heftig von seinen Leitungen los.

Summer hatte keine Ahnung, was los war, doch Dylan wusste es genau. Sein Vater war der Frontmann einer legendären Rockband namens Terraplane gewesen und hielt gewissen Quellen zufolge noch den Weltrekord darin, Fernseher aus Hotelfenstern zu werfen.

»Aus dem Weg!«, schrie Michelle. »Niemand nennt mich einen Feigling!«

Der kleine Sony-Bildschirm gab für die ganze Aktion deutlich weniger her als die altmodischen Röhrenfernseher, wenn sie mit Karacho aus dem Fenster flogen. Aber er war leicht genug, dass Michelle ihn mit beiden Händen hoch über den Kopf heben konnte wie einen Fußball beim Einwurf.

»Filmt weiter!«, verlangte sie.

Mit lautem Krachen prallte der Fernseher auf den Steinplatten auf. Unten sprangen die Leute unwillkürlich zurück, als Plastiksplitter in alle Richtungen flogen. Noch mehr Kandidaten kamen nach draußen, um zu sehen, was da los war. Michelle stand am Fenster und boxte in die Luft, während ihr Name begeistert skandiert wurde und man sie aufforderte, noch etwas zu werfen.

Summer und Dylan wussten nicht recht, was sie tun sollten. Zum Glück wurde ihnen die Verantwortung dafür von zwei Sozialarbeiterinnen abgenommen, die hereingestürmt kamen und Michelle befahlen, vom Fenster wegzutreten, sich auf ihr Bett zu setzen und tief durchzuatmen.

Ihnen folgte dichtauf Zig Allen, der Produzent mit den gefährlich engen Jeans und den zu stark gegelten Haaren, der das Konzept von Rock War für seine Produktionsgesellschaft Venus TV entwickelt hatte.

»Was ist hier los?«, schrie er. »Warum werden hier Fernseher aus dem Fenster geworfen? Und sollten Sie beide nicht ein Auge auf die Kids haben?«

»Ouh, Zig«, meinte Michelle wegwerfend. »Wir hatten drei Kameras dabei. Da kriegen Sie total geile Aufnahmen für die erste Episode!«

Dylan war leicht geschockt, doch obwohl er Michelle nicht kannte, verteidigte er sie instinktiv.

»Unifoods hat letztes Jahr zehn Milliarden Umsatz gemacht«, erklärte er. »Ich bin sicher, Sie können aus dem Budget für Rage Cola einen neuen Fernseher bezahlen.«

Zig sah ihn wütend an.

»Rage Cola hat dieses Haus eingerichtet, ohne an den Kosten zu sparen, du Klugscheißer. Aber *meine* Gesellschaft, Venus TV, hat einen Vertrag unterschrieben, die Serie zu produzieren. Dieser Fernseher kommt aus *meinem* begrenzten Produktionsbudget. Sehe ich aus wie ein Milliardär?«

Dylan wich zu Summers Bett zurück. Zig war knallrot angelaufen, wischte sich mit dem Hemdsärmel über den schäumenden Mund und ging dann auf die Sozialarbeiterinnen los.

»Ich bezahle Sie nicht, damit Sie im Büro rumsitzen! Es ist Ihre Aufgabe, diese Bälger davon abzuhalten, dass sie durchdrehen!«

Eine der Frauen schien sich mehr Sorgen um Michelles Augen zu machen.

»Kleines, hast du Drogen genommen?«, fragte sie mit weichem neuseeländischem Akzent. »Ich möchte, dass du ehrlich zu mir bist. Du bekommst auch keinen Ärger.«

»Drogen?«, schrie Zig auf. »Machen Sie Witze? Wenn wir einen Drogenskandal haben, werden wir von Rage Cola schneller rausgejagt als ein Schimpanse mit einem Feuerwerkskörper im Hintern!«

»Mr Allen«, bat die andere Sozialarbeiterin streng. »Ich möchte Sie bitten zu gehen. Ihre Feindseligkeit verbessert diese Situation nicht gerade.«

»Bringen Sie diese Kids auf die Spur!«, grollte Zig beim Hinausstürmen. »Ansonsten suche ich mir jemanden, der das kann!«

Michelle setzte eine beschämte Miene auf, doch Summer kannte sie gut genug, um zu wissen, dass das nur gespielt war.

»Ich...«, begann Michelle kläglich.

Die Sozialarbeiterin aus Neuseeland rückte näher zu ihr und sagte beruhigend: »Du bekommst keinen Ärger, Kleines. Ich will nur wissen, was du genommen hast.«

Michelle machte den Mund auf, blinzelte Summer zu und übergab sich dann heftig in den Schoß der Sozialarbeiterin.

Karibische Nacht

Während auf Zigs Befehl hin die Produktionsassistenten und Helfer die Rock-War-Villa durchforsteten und jede einzelne Flasche Rage Blue aus den Automaten, den Kühlschränken in den Zimmern und den Küchenschränken entfernten, versammelten sich die Rock-War-Kandidaten am Fuß der Rutschen im Ballsaal.

Angie hatte sich für heute zurückgezogen und überließ die Regie Joseph, der die drei Kameraleute, die Licht- und Tontechniker, vier erschöpft wirkende Praktikanten und siebenundvierzig gereizte Teenager zu bändigen versuchte. Michelle hatte auch kommen wollen, doch Zig hatte darauf bestanden, dass sie sich in ihrem Zimmer erholte, und eine der Sozialarbeiterinnen vor ihrer Tür postiert, damit sie nicht entwischte.

»Wie lange noch?«, rief Adam. »Ich bin seit heute Morgen um fünf Uhr auf den Beinen und habe noch nichts als ein paar Sandwiches gegessen!«

Summer kam als eine der Letzten. Adam fand, sie sah in dem einfachen gestreiften Top und dem schwarzen Minirock toll aus, doch sie selbst empfand sich als underdressed, als sie einige der anderen Mädchen mit ihren kunstvollen Frisuren und zentimeterdickem

Make-up sah. Zum Glück hatten auch ihre Bandkolleginnen Lucy und Coco eine eher schlichte Linie gewählt.

»Dieses Mädchen von den Messengers«, meinte Coco leise und deutete mit dem kleinen Finger auf sie. »Wie hoch sind wohl die Absätze? Und diese Strümpfe! Das soll eine christliche Band sein, aber so sieht sie wirklich nicht aus!«

Summer kicherte. Sie war in Gesellschaft immer etwas verlegen und neigte dazu, zu kichern.

»Und was ist das auf ihrem Kopf?«, erkundigte sich Michelles große Schwester Lucy. »Sieht aus, als hätte jemand eine tote Ratte ausgestopft und mit Pailletten besetzt.«

Summer grinste immer noch, als Meg Hornby ihr ein Mikrofon vor das Gesicht hielt. Der Kameramann stieß sachte ein paar Jungen aus dem Weg, um Summer und Meg gemeinsam vor die Linse zu bekommen.

»Summer, wie war dein erster Tag?«, fragte Meg.

»Es war fast zu viel«, erwiderte Summer. »Ich kann es noch gar nicht fassen.«

»Und was glaubst du, was euch oben auf dem Dach erwartet?«

Da Summer keine Antwort einfiel, mischte Coco sich ein.

»Hoffentlich etwas zu essen. Wenn ich nicht bald etwas bekomme, werde ich wohl zur Kannibalin werden müssen.«

Meg sah Joseph vom Fuß der Treppe aus winken, und einer der Praktikanten machte den Weg frei, damit Noah seinen Rollstuhl auf einen Treppenlift rangieren konnte.

»Los geht es, Leute!«, rief Meg und zog, zur Kamera gewandt, eine Augenbraue hoch. »Sehen wir mal, was unsere Kandidaten erwartet!«

Zwischen einigen der kunstvoll zurechtgemachten Mädchen und den größtenteils mit T-Shirts, Shorts und Turnschuhen bekleideten Jungen herrschte ein ziemlicher Kontrast. Noahs beste Freundin und Bandkollegin Sadie hielt nichts vom Schickmachen und lief in abgeschnittenen Jeans und ausgetretenen All Stars neben ihm her.

Ihr Tempo wurde durch den leise surrenden Treppenlift vorgegeben. Noah sah als Erster, was vor ihnen lag, als er auf die von Kerzenlicht erhellte Dachterrasse des modernen Anbaus rollte. Die Kerzen umgaben einen großen ovalen Swimmingpool mit einem dampfenden Whirlpool dahinter.

»Das ist Joe Cobb«, entfuhr es Sadie fast mit einem Quieken, für das sie sich schämte, als sie merkte, dass der Kameramann links von ihr sie dabei aufgenommen hatte.

Noahs Kopf befand sich einen halben Meter tiefer als der von Sadie, daher musste er ein wenig weiter rollen, bevor er den höchsten Teil der Terrasse sehen konnte. Mit Kochshows kannte er sich zwar nicht besonders aus, aber seine Mutter kaufte viele Kochbücher, und er erkannte den gut aussehenden jungen Fernsehkoch, der der lockenköpfige und kürzlich zu Ruhm gekommene Sohn eines noch berühmteren Fernsehkochs war.

Außerdem erkannte er die Küchenschränke und Geräte aus der Show, doch erst jetzt sah er, dass sie auf Rollen standen, sodass man sie überall aufbauen konnte, sogar an einem Dachterrassenpool, wobei die

Gasflaschen und ein Gewirr von Stromkabeln ein Stück weit abseits lagen.

Zwei Kameras waren auf Noahs Gesicht gerichtet, als er einen Holztresen voller Grillzutaten betrachtete. Im Hintergrund warfen zwei von Cobbs Assistenten Koteletts und Hähnchenteile auf einen riesigen Grill.

»Willkommen in meiner Küche«, begrüßte Cobb sie überschwänglich. »Möchtet ihr etwas Bestimmtes?«

Mit einer auf ihn gerichteten laufenden Kamera fühlte Noah sich unter Druck gesetzt.

»Was für Arten von Hühnchen gibt es denn?«

»Ich habe hier wunderbare in Limone und Joghurt marinierte Hähnchenteile mit Mandeln. Diese hier sind nur mit Kräutern und Knoblauchbutter und die glänzend schwarzen am Ende sind die karibische Art. Süß, aber scharf.«

»Je schärfer, desto leckerer«, entschied sich Sadie, während Noah noch zögerte. Er mochte einfaches Essen, daher wählte er ein Lachsfilet und einen Cheeseburger. Nachdem sie sich die Styroportabletts mit Reis, Kartoffelecken und der unvermeidlichen Rage Cola beladen hatten, setzte sich Sadie auf eine niedrige Mauer, während Noah sich neben sie stellte. Von dort aus betrachteten sie die Hunderte von Kerzen, die sich im leise schwappenden Pool spiegelten.

»Wie ist das Essen?«, erkundigte sich Meg.

»Super«, fand Noah. »Das beste Barbecue, das ich je gegessen habe.«

Sadie nickte und leckte sich die scharfe Soße vom Daumen.

»Ich war am Verhungern, aber das ist echt perfekt.«

»Meine Mutter ist eine tolle Köchin«, erzählte Noah

in die Kamera. »Aber sorry, Mum, Joe Cobb ist vielleicht doch noch besser.«

»Pass bloß auf, dass deine Mutter nicht ganz aufhört, dich zu füttern«, lachte Sadie. »Aber mich darf sie trotzdem noch jederzeit zum Essen einladen.«

»Das war oberspitze«, erklärte Regisseur Joseph den beiden. »Lustig, kurz und knapp. Genau solche Takes wollen wir haben.«

Während Joseph Meg zu den nächsten Kids folgte, die am Pool saßen, kam eine der Praktikantinnen namens Lorrie und sammelte leere Pappteller von der Terrassenmauer.

»Was glaubst du, was es kostet, wenn Joe Cobb für uns hier oben kocht?«, erkundigte sich Sadie bei ihr.

Lorrie war eine der rangniedrigsten Angestellten am Set und freute sich, dass jemand sie nach ihrer Meinung fragte.

»Nichts«, erklärte sie. »Da wäscht eine Hand die andere. Cobb's Kitchen und Rock War sind beides Produktionen von Venus TV. Cobb kommt also hierher, um für euch zu kochen, und später werden ein paar der Kandidaten oder wahrscheinlicher der Juroren von Rock War einen Gastauftritt in seiner Show haben.«

»Cobb bekommt also Publicity in einer Show mit jungen Zuschauern und Rock War bekommt Publicity durch Cobb's Kitchen«, stellte Noah fest. »Nett.«

»Genau«, bestätigte Lorrie und wischte etwas Dip, der von Noahs Teller getropft war, vom Boden neben dem Rollstuhl auf. »Ich habe schon mal in Cobb's Kitchen mitgearbeitet. Diese Köche tun alles für Publicity. Sie verschenken ihre Shows praktisch an die großen Fernsehkanäle und machen ihr Geld durch

Restaurants mit ihrem Namen und den Verkauf von Kochbüchern.«

Nach einer zweiten Portion Grillfleisch und einem Sommerfrucht-Biskuit-Dessert fühlte sich Noah pappsatt und rollte eine Rampe zu ein paar Kids am Pool hinunter. Einige von ihnen saßen am Beckenrand und ließen die Füße ins Wasser hängen. Anscheinend waren alle übersättigt und hatten keine große Lust, sich zu bewegen, geschweige denn zu schwimmen.

Sadie streifte ihre Schuhe ab und gesellte sich dazu, daher ließ sich Noah aus dem Rollstuhl gleiten, rollte die Hosenbeine hoch und tat es ihr nach.

»Eigentlich ist das sinnlos«, bemerkte er. »Das Wasser könnte kochend heiß sein, und ich würde es erst merken, wenn ich die Blasen auf meiner Haut sehen würde.«

»Das ist finster«, fand ein Mädchen, das hinter ihm lag, ernst.

Noah drehte sich zu ihr um, um sie zu betrachten. Sie war ein Emo/Goth, wie sie im Buche steht. Trotz des heißen Wetters trug sie dicke schwarze Leggings, Armeestiefel und ein schwarzes, langärmeliges Stricktop.

»Ich bin Dylan«, sagte der Junge, in dessen Schoß der Kopf des Goth-Mädchens lag. »Das ist meine Freundin Eve.«

»Pandas of Doom«, erkannte Noah.

»Wir haben euren Hubschrauber landen sehen«, erklärte Sadie eine Spur bissig.

»Das wird uns jetzt ewig verfolgen, was?«, lachte Dylan.

Ein paar Meter weiter erklang aus einer kleineren Gruppe von Kids plötzlich ein Quieken. Noah drehte sich schnell um und sah, wie Tristan von Brontobyte von seinen drei Bandkollegen mit Wasserpistolen nass gespritzt wurde.

»Wo haben sie denn die her?«, fragte Dylan, während Tristan sich seinen kleinen Bruder Alfie schnappte.

Alfie war gerade erst zwölf geworden und somit der jüngste Teilnehmer bei Rock War, aber er legte sich furchtlos mit seinem viel größeren Bruder an, der versuchte, ihm die leere Wasserspritzpistole wegzunehmen.

»Gib her, oder du fängst dir eine!«, drohte Tristan.

Doch Erin hatte andere Pläne, trat hinter ihren Freund und zog ihm die Shorts herunter.

»Die hat der Kameramann geholt«, erklärte Jay, der ebenfalls die Füße in den Pool hängen ließ, und schrie dann: »Schicke Unterhose, Tristan! Hat deine Mama sie dir gekauft?«

»Aaaahh!«, schrie Tristan. Um den Pool herum brach Gelächter aus, als sich Alfie losriss, in den Pool sprang und seine Pistole nachfüllte. »Ich krieg dich, Erin! Ich weiß, dass du das ausgeheckt hast!«

Erin versuchte nicht allzu eifrig, davonzulaufen, und raufte kurz mit Tristan, bevor sie sich von ihm in den Pool stürzen ließ.

Ihr Kleid wurde durchweicht, doch das schien ihr nichts auszumachen, denn sie packte Tristan um die Taille und zog ihn unter Wasser. Die Verfügbarkeit von Wasserpistolen hatte zu einer Kettenreaktion geführt, und am anderen Ende des Pools drängten sich die Jugendlichen um einen rollbaren Korb, um sich zu bewaffnen.

Dylan zog es vor, mit Eves Kopf im Schoß sitzen zu bleiben, doch er fand es saukomisch, dass nach dem

Vorfall mit Tristan eine Art gemeinsamer Beschluss gefasst worden zu sein schien, die am aufwendigsten zurechtgemachten Mädchen unter Beschuss zu nehmen.

Die mit der ausgestopften Ratte auf dem Kopf quietschte unter einem Ansturm von Wasserstrahlen. Sie landete schließlich auf den Knien, irgendwo zwischen Tränen und Gelächter. Nachdem sie ihrem nächsten Gegner einen roten Stiletto an den Kopf geworfen hatte, rannte sie barfuß zur Treppe.

»Ich komme im Badeanzug wieder!«, drohte sie. »Und dann werdet ihr das bereuen!«

»Hol mir auch so eine Spritze!«, rief Noah, als Sadie loslief.

Dylan wurde von seinem Zimmergenossen Leo durchweicht und bequemte sich widerwillig, mitzumachen. Noah ärgerte sich, dass offenbar niemand den Jungen mit dem Rollstuhl nass spritzen wollte, daher ließ er sich am tiefen Ende des Pools ins Wasser gleiten.

Seine Beine funktionierten zwar nicht, doch er hatte kräftige Arme und erschreckte Summer fast zu Tode, als er von unten vor ihr auftauchte.

»Wo kommst du denn her?«, keuchte sie.

Summer hatte zwar eine Wasserpistole, aber Noah fand, dass er sie nicht gut genug kannte, um zu versuchen, sie ihr wegzunehmen. Glücklicherweise warf ihm Sadie eine zu und schrie: »Fängst du etwa schon ohne mich an?«, bevor sie ins Wasser sprang.

Als Noah seine Spritzpistole füllte, bemerkte er einen großen Mann in Union-Jack-Shorts und mit einer Kochmütze auf den Pool zurennen.

»Arschbombe!«, schrie Joe Cobb.

Noah bemühte sich, Abstand zu gewinnen, wurde aber dennoch von einer ordentlichen Flutwelle getroffen. Das Wasser zwang ihn, die Augen zu schließen, und aus irgendeinem Grund erinnerte er sich daran, dass mal jemand gesagt hatte, man solle nicht mit vollem Magen schwimmen. Er rieb sich die Augen und bemerkte, dass ihn zwei Kameras filmten, während ihn ein Fernsehkoch umarmte, der offensichtlich etwas weit Stärkeres getrunken hatte als Rage Cola.

»So was passiert mir sonst nie«, erzählte Noah in die Kamera und grinste wie irre, als Sadie ins Bild schwamm. »Das ist echt das Größte!«

Lass uns Freunde sein

Sadie und Noah waren seit drei Uhr morgens unterwegs gewesen, um ihren Flieger von Belfast zu erwischen, und kamen erst nach Mitternacht ins Bett. Für die Crew, die schon morgens den Abschied der Kids hatte filmen müssen und bis in die frühen Morgenstunden die Kerzen auf dem Dach gelöscht und den Set von Joe Cobb weggepackt hatte, war der Tag sogar noch länger gewesen.

Daher war es kein Wunder, dass der Samstag recht gemächlich anfing. Noah und Sadie hatten das einzige Zimmer im Erdgeschoss, und es war fast Mittag, als die beiden den Speisesaal fanden, in dem ein paar Köche an einem Tisch saßen und die Samstagszeitungen lasen.

Sie boten ihnen an, Omeletts zu machen oder gefüllte Baguettes, doch die beiden Teenager waren noch satt vom Barbecue des Vorabends. Sadie nahm sich etwas Müsli und Noah steckte ein paar Scheiben Brot in den Toaster und bestrich sie mit Schokocreme. Dann gingen sie mit ihren Tellern und Bechern in den Ballsaal, in dem nur sieben Leute auf den Sitzsäcken saßen und einen der großen Bildschirme anstarrten.

»Was ist das denn?«, sagte Noah, als er sich selbst

auf dem Bildschirm erkannte, wie er am George-Best-Airport zum Abflugterminal rollte.

»Tagesbericht«, erklärte eine sexy Sechzehnjährige von Delayed Gratification. »Offensichtlich arbeitet das Schneideteam die ganze Nacht, sieht die Aufnahmen der verschiedenen Crews vom Tage an und sucht die Clips aus, die online gehen, und was in die Fernsehshow kommt, wenn die gesendet wird. Diese DVD hat vor etwa einer Stunde einer vorbeigebracht.«

Von den sieben Jugendlichen auf den Sitzsäcken kannten Noah und Sadie nur Dylan von den Pandas und Summer von Industrial Scale Slaughter mit Namen, aber eine stundenlange Wasserschlacht am Pool vor dem Schlafengehen hatte das Eis gebrochen, selbst zwischen Kandidaten, die sich noch nicht mit Namen kannten.

Sie waren alle fertige Fernsehshows gewohnt, daher war es merkwürdig, wahllos aneinandergereihte Clips zu sehen, ohne Sprecher oder Musik, mit unterschiedlichen Lautstärken und Farben, die nicht bearbeitet worden waren. Alle lachten über einen Clip, in dem Sadie Noahs Rollstuhl in voller Fahrt über den Flughafen schob und fast stürzte, als sie stolperte und gefährlich nahe an den Auslagen von Sonnenbrillen und Reiseadaptern vorbeischrammte.

In den nächsten Ausschnitten wurde Jet gezeigt, und alle stöhnten auf und schlugen sich auf die Schenkel, als sie hörten, wie Jay zu Erin sagte, Brontobyte sei die Lachnummer im Wettbewerb. *Die Brillenschlange, die bei der Talentshow nicht jonglieren kann.*

»Oberautsch!«, rief Dylan, sah sich aber verstohlen um, um sicherzugehen, dass niemand von Jet oder Brontobyte in der Nähe war.

»Ich habe bemerkt, dass die Jungs von Jet und Brontobyte gestern Abend im Pool echt heftig aufeinander losgegangen sind«, erzählte Sadie. »Es würde mich nicht wundern, wenn es da noch zu einer Prügelei käme, bevor das hier alles vorbei ist.«

»Aber die von Jet sind viel größer«, stellte Summer fest. »Theo ist riesig.«

»Theo ist sexy!«, warf das Mädchen von Delayed Gratification ein. »Er hat mich gestern huckepack genommen. Der ist total voller Muskeln!«

Dylan hörte nur halb zu, weil er den Blick auf Summers Beine gerichtet hatte. Er fand, sie hatte hübsche Zehen, einen göttlichen Busen und ein müdes Lächeln, das er gerne geküsst hätte.

Seine Freundin und Bandkollegin Eve fand er nicht halb so anziehend wie Summer oder die meisten anderen Mädchen, die er am Abend zuvor um den Pool hatte herumlaufen sehen. Er hatte nur deswegen etwas mit Eve angefangen, weil es an seinem Internat nur Jungen gab und er während des Schuljahres Mädchen nur bei Tanzveranstaltungen mit anderen Schulen oder samstagvormittags in der Stadt zu sehen bekam.

Aber es ging ihm nicht nur um das Aussehen. Eve war ständig mürrisch, und Dylan war fast davon überzeugt, dass sie nur angefangen hatte, mit ihm herumzuknutschen, damit er sie nicht verpfiff, weil er sie dabei erwischt hatte, wie sie sich selbst ritzte. Doch als die Pandas in der letzten Woche bei Dylan zu Hause geprobt hatten, war sie recht fröhlich gewesen, daher schien ihm der Zeitpunkt, mit ihr Schluss zu machen, jetzt ganz günstig.

Andererseits wollte Dylan Rock War gerne gewinnen und ein Bruch mit Eve konnte zu Spannungen in der Band führen. Aber er war es leid, die Situation mit Eve ständig wieder durchzugehen, und wollte endlich handeln.

»Wo willst du denn hin?«, fragte sein Zimmergenosse Leo.

»Geht dich nichts an«, erklärte Dylan keineswegs unfreundlich.

»Wenn du wieder einen deiner legendären Haufen kackst, benutz danach die Klobürste!«, rief ihm Leo nach, woraufhin die Mädchen »Iiihh!« kreischten.

»Ist auch nicht schlimmer als das Zeug, das du dir unter die Achseln spritzt«, gab Dylan zurück. »Das ist so stark, dass die Taube auf dem Fensterbrett rückwärts abgestürzt ist.«

»Da fällt mir ein Witz ein«, rief Leo, der sich nun, da Dylan nicht mehr neben ihm lag, mehr Platz auf dem Sitzkissen verschaffte. »Was macht man, wenn einem ein Täubchen auf den Kopf kackt?«

»Wer weiß?«, meinte Summer.

»Wen interessiert's«, fügte jemand anders hinzu, sodass sich Leo schon fast wünschte, er hätte den Witz gar nicht erst angefangen.

»Mit der gehst du nicht noch mal aus«, erklärte er.

Ein paar Kids stöhnten, aber es lachten ausreichend viele, dass Leo sich besser fühlte. Doch Summer warf mit einem kleinen Kissen nach ihm.

»Ich bin kein Täubchen!«, rief sie streng.

Zwei Stockwerke höher klopfte Dylan an Eves Tür.

»Hi!«, begrüßte Eve ihn fröhlich.

Sie saß im Schneidersitz mit der Akustikgitarre um den Hals auf dem Bett in der Ecke des L-förmigen-Zimmers, das sie mit ihrem Zwillingsbruder bewohnte.

»Wo ist denn der mächtige Max?«, fragte Dylan.

»Im Bad.« Eve deutete auf die geschlossene Tür. »Einer der Make-up-Leute hat ihm gesagt, er solle sich von dem lächerlichen Teenagerschnauzer trennen.«

»Gute Idee«, fand Dylan und fuhr sich mit der Hand durch die wirren Locken. »Also… ich habe gedacht…«

»Du willst mit mir Schluss machen«, stellte Eve sachlich fest.

Dylan war erschrocken, dass sie es vermutet hatte.

»Wie kommst du darauf?«

»Stimmt es?«, fragte Eve und kniff die Augen zu.

»Ich schätze schon«, erwiderte Dylan. »Woher weißt du es?«

Eve zuckte mit den Achseln und stellte die Gitarre ans Kopfende des Bettes.

»Du hast mich die ganze letzte Woche kaum angerührt, außer das eine Mal, als du eine halbe Flasche vom Whiskey deines Vaters intus hattest und in mein Zimmer gekommen bist und meintest, du bräuchtest einen Fick.«

»Ich habe doch gesagt, dass mir das leidtut.«

»Auf komische Art und Weise war das eigentlich ganz niedlich«, fand Eve. »Als du angefangen hast zu heulen und gesagt hast, dass es dir leidtut.«

»Ich hatte wirklich zu viel getrunken«, gab Dylan zu. »Max, Leo und ich waren echt hackedicht.«

»Und gestern Abend am Pool. Ich hatte meinen Kopf in deinen Schoß gelegt, aber ich habe gemerkt, dass du nur die anderen Mädchen angesehen hast. Besonders die abgerissene Blondine. Sarah oder wie sie heißt.«

»Summer«, sagte Dylan.

»Du leugnest es also nicht?«

»Du hast mich durchschaut«, meinte Dylan. »Du bist gut in so etwas. Warum sollte ich also lügen?«

Eve brachte ein schiefes Lächeln zustande.

»Du bist ehrlich«, sagte sie. »Das ist etwas, was ich an dir wirklich mag.«

»Hauptsächlich sage ich die Wahrheit, weil ich ein grottenschlechter Lügner bin«, stellte Dylan fest. »Dann ist zwischen uns alles klar? Du scheinst nicht allzu traurig zu sein. Das wird sich doch nicht negativ auf unsere Proben auswirken oder so?«

»Alles in Ordnung«, gab Eve zurück. Sie wickelte sich eine lange dunkle Haarsträhne um zwei Finger und klang ein wenig traurig. »Im Internat ist man so abgeschottet, dass man nicht viel Zeit mit dem anderen Geschlecht verbringt. Ich habe in der Zeit mit dir eine Menge über mich selbst gelernt.«

»Du musst dich mies gefühlt haben, als du gemerkt hast, dass ich am Pool den anderen Mädchen nachgeglotzt habe – es tut mir wirklich leid«, sagte Dylan. »Und es ist zwar toll, dass du es so cool nimmst, aber ich weiß, dass du die Dinge in dich hineinfrisst. Wenn du lieber kreischen und schreien möchtest, dann nur zu, nur bitte, bitte fang nicht wieder an, dich zu schneiden...«

Eve legte eine Hand an die Gitarre.

»Ich muss diesen Song lernen, den Max geschrieben hat. Es ist ein Duett, ohne Schlagzeug.«

Dylan versuchte sich einzureden, dass alles in Ordnung war, als er auf den Gang trat. Doch er wusste, dass er Eve verletzt hatte, und fühlte sich deswegen elend.

Intermezzo

Zum Abendessen gab es einen richtigen Braten. Die Kandidaten packten in ihren Zimmern ihre Sachen aus und brachten ihre Musikinstrumente in ein umgebautes Stallgebäude, wo jede der zwölf Bands einen Probenraum mit ihrem Logo auf der Tür zugewiesen bekam.

Ein paar Bands probten, aber die meisten Kids verbrachten den Samstag im Ballsaal oder am Pool auf dem Dach. Da sie vom Vortag alle noch müde waren, hatten sie das Gefühl, der Tag sei vergangen, bevor er richtig angefangen hatte.

Am Sonntag begann dann das Camp richtig. Nach dem Frühstück wurden die zwölf Bands in drei Gruppen eingeteilt. Zur Gruppe eins gehörten Jet, Industrial Scale Slaughter und die Pandas of Doom. Sie versammelten sich in einer Art Klassenzimmer mit einem langen Tisch und einem Flipchart. Michelle und Theo hielten sich im Hintergrund, bereit, Unfug zu treiben.

»Mir ist jetzt schon langweilig«, verkündete Theo und brach einen Bleistift durch. Dann sprang er auf einen Tisch und stieß das spitze Ende in die Styroporverkleidung der Decke.

Er saß immer noch auf dem Tisch, als Helen Wing eintrat. Die meisten Kandidaten kannten ihr Gesicht aus dem Wetterbericht der BBC, doch sie begann damit, zu erklären, dass sie ihren Abschied beim Meteorologischen Institut genommen habe und sich jetzt auf Medientraining spezialisiere.

Helen unterrichtete hauptsächlich Geschäftsleute darin, wie sie mit der Aufmerksamkeit der Medien umgehen und Interviews geben sollten, und war zappelige Teenager nicht gewohnt. Einige von ihnen, wie Jay und Summer, passten auf und machten sich Notizen, die anderen jedoch wirkten richtig gelangweilt und begannen mit ihren Smartphones zu spielen oder Blätter zu Flugzeugen oder Origami-Kranichen zu falten.

»Ich habe mich eigentlich nicht in den Schulferien zum Unterricht angemeldet«, beschwerte sich Theo, als sie eine Pause machten. Dann sah er Michelle an und fragte: »Hast du Lust zu schwänzen?«

Michelle nickte, doch die Bandkollegen der beiden schritten energisch ein, sagten, dass es ihr erster Tag sei, und erinnerten sie daran, dass sie das Werfen von Fernsehern und Sandwiches bereits fast so weit gebracht hatte, dass sie hinausgeworfen werden könnten.

»Ihr werdet uns das noch allen versauen«, fasste Michelles Schwester Lucy es zusammen. »Und wenn ihr das macht, dann trete ich euch beiden in den Hintern.«

Also wurden Theo und Michelle auch zur zweiten Hälfte des Medienunterrichts mitgeschleift, wo es glücklicherweise interessanter wurde. Helen brachte sie nicht wieder in den Klassenraum, sondern in ein

Zimmer, das zu einem kleinen Übungsstudio umgebaut worden war. Hier standen zwei professionell beleuchtete Sets und Plastikstühle für alle.

Der erste Set bestand aus zwei Sofas und einem großen Glastisch wie in der Miniversion einer Fernsehtalkshow. Der zweite Set enthielt einen langen Tisch mit Stühlen drum herum, auf dem Kopfhörer und Mikrofone lagen, und bot die Möglichkeit, ein Radiointerview nachzuspielen. Man konnte die Stühle auch hinter den Tisch rücken und so ein Nachrichtenstudio imitieren.

Die drei Bands mussten leise eintreten, weil die Moderatorin Meg Hornby gerade etwas für die Kamera sprach.

»Beim Rock-War-Camp geht es nicht nur um Musik«, strahlte Meg. »Jeder Kandidat muss eine Reihe von Trainingsprogrammen absolvieren, die ihn dazu befähigen, sich dem Druck eines Lebens als Berühmtheit zu stellen. In unserem modernen, rund um die Uhr aktiven Leben und unserer dauervernetzten Welt ist es mindestens ebenso wichtig, zu wissen, wie man sich gegenüber einem neugierigen Journalisten oder Fernsehreporter verhält, wie die richtige Note zu treffen oder ein schwieriges Riff zu spielen.«

Megs Stimme wurde eine Oktave tiefer, als sie den Kameramann ansah und fragte: »War das okay?«

Der gab ihr einen Wink, sie solle weitermachen, und flüsterte ihr ein Stichwort zu: »Alle zwölf Bands...«

»Mist, sorry«, sagte Meg und fuhr mit ihrer professionellen hohen Moderatorinnenstimme fort: »Alle zwölf Bands werden heute ein Medientraining durchlaufen. Am Ende wird die frühere BBC-Wetterfee Helen Wing sechs Bandmitglieder heraussuchen, die sich besonders gut gemacht haben, und ihnen einen Spezialpreis verleihen.

Sie werden nach London reisen, wo sie einen Zweihundertfünfzig-Pfund-Gutschein für einen Einkauf im Luxuskaufhaus Eldridges bekommen sowie eine Einladung zur Network-Launch-Party von Channel Six im Naturkundemuseum.«

Damit schwenkte eine Kamera herum, um die Reaktion der Bandmitglieder einzufangen. Unglücklicherweise wurden die damit überrumpelt und sahen eigentlich nur verwirrt aus.

»Okay, Meg«, meinte der Kameramann/Regieassistent. »Noch mal von vorne. Und, Kids, bitte versucht ein wenig begeisterter dreinzusehen, wenn Meg den Wettbewerb verkündet.«

Während Meg ihren Vortrag wiederholte, zog Helen Jay beiseite und reichte ihm einen Fragebogen.

»Ich möchte, dass du in unserem ersten Rollenspiel den Interviewer gibst«, erklärte sie. »Diese Fragen kannst du als Ausgangspunkt nehmen, aber wenn du das Gefühl hast, dass dein Interviewpartner am Ende ist, kannst du auch deine eigenen Fragen stellen und kräftig nachbohren, okay?«

Jay betrachtete angelegentlich den Fragebogen, und Helen wandte sich an die gesamte Gruppe, während Meg hinausging und die beiden Kameraleute zurückließ.

»Nun sind wir mit der langweiligen Theorie fertig, und ich hoffe, ihr habt alle gut aufgepasst«, erklärte Helen. »Wir werden Interviews nachstellen. Ihr werdet jeder in mindestens zwei Szenen eine Rolle spielen, wobei es alles sein kann, zwischen einem ernsthaften Radiointerview und einem Paparazzo, der euch an der Tür abfängt, wenn euch eure Mutter zum Bäcker schickt, um Brot zu holen.

Im ersten Szenario stellen wir eine seriöse Fernsehnachrichtensendung nach wie etwa bei *Newsnight* oder den *Channel Four News*. Jay spielt den Moderator, und da er ja so aufmerksam zugehört hat, kann sein großer Bruder Theo die Rolle des Studiogasts übernehmen.«

Ein paar aus der Gruppe lachten, als Jay und Theo sich hinter den Tisch setzten.

»Alles klar?«, fragte Helen.

Jay grinste verlegen, schlug mit seinem Fragebogen auf den Tisch, setzte sich auf und sprach mit tiefer Stimme:

»Unser erster Gast heute Abend ist Theo Richardson, einer der Kandidaten in der nagelneuen Realityshow, die diesen Herbst gestartet wird. Guten Abend.«

»Na, ihr Loser!«, grüßte Theo, was ihm ein paar Lacher und einen missbilligenden Blick von Helen eintrug.

»Theo, erzähle uns etwas von Rock War.«

»Na ja...«, begann Theo. »Das ist... öh, eine Talentshow. Aber es ist mehr als Pop. Es ist, na ja, Rock.«

Helen hob die Hand und sah die anderen fragend an. »Das reicht, Theo. Was hat er falsch gemacht?«

»Er ist so hässlich, dass man ihm eine Papiertüte über den Kopf ziehen sollte«, antwortete Theos und Jays Bruder Adam.

Damit erntete er ein paar Lacher, doch Summer gab eine ernsthafte Antwort: »Er hätte ein paar Antworten vorbereiten sollen.«

»Genau«, bestätigte Helen. »Vor einem Auftritt in den Medien braucht ihr einen Plan. Ich habe euch vorhin gebeten, euch die vier Fragen aufzuschreiben, die euch mit größter Wahrscheinlichkeit in einem Interview gestellt werden, und ein paar Antworten darauf zu formulieren. Ich glaube, ihr wart alle der Meinung, dass die wahrscheinlichste Frage die ist, um was es bei Rock War eigentlich geht. Da Theo nicht zugehört hat, sehen jetzt Millionen von Menschen, wie er mit *Na ja, öh* und *äh* herumdruckst... Gut, Jay, dann die nächste Frage.«

Mit seiner Nachrichtensprecherstimme fuhr Jay fort: »Es ist allerdings über fünfzehn Jahre her, seit die Talentshows das Samstagabendprogramm im Sturm eroberten. Und da die meisten dieser Shows ihren Höhepunkt schon längst überschritten haben, ist da Rock War nicht einfach eine Show zu viel?«

»Sie können sagen, was Sie wollen, aber das ist nur Ihre Meinung«, grunzte Theo.

Jay bekam nicht oft die Gelegenheit, seinen großen Bruder in Verlegenheit zu bringen.

»Vielen Dank für diese äußerst intelligente Antwort«, sagte er und beschloss, mit einer eigenen Frage vom Skript abzuweichen. »Theodore, könnte es sein, dass man mit einer Show wie Rock War jungen Menschen ein Beispiel setzen will? Soweit wir wissen, wurdest du von drei Schulen verwiesen und wegen mehrerer kleinerer Straftaten verurteilt.«

Theo schoss von seinem Platz hoch, sodass Jay panisch seine Stuhllehne zurückkippte.

»Wenn du nicht deine blöde Klappe hältst, kannst du dein nächstes verdammtes Interview mit verdrahtetem Unterkiefer führen!«

Die Lehne wackelte, und Helen sah die Brüder besorgt an, doch Theo griff Jay nicht wirklich an.

»Okay«, keuchte Helen, als Theo sich wieder setzte. »Ich glaube, das ist ein gutes Beispiel dafür, wie jemand, der beim Medientraining nicht aufgepasst hat, es vor der Kamera schwer haben wird. Wie könnte Theo diese schwierige zweite Frage beantwortet haben?«

Summers Bandkollegin Coco sah in ihre Aufzeichnungen und antwortete: »Sie haben gesagt, dass man aus einem Nachteil einen Vorteil machen könnte, zum Beispiel wenn ein Interviewpartner eine gefährliche Frage stellt.«

»Das stimmt«, bestätigte Helen. »Was hätte Theo denn sagen können?«

Coco zuckte mit den Achseln. »Vielleicht so was: *Ich glaube, die Beliebtheit dieser Shows in der Vergangenheit hat gezeigt, wie sehr sich die Leute dafür interessieren. Aber es stimmt, die Talentshows sind ein wenig schal geworden. Rock War wird dem Genre neuen Schwung verleihen.*«

»Perfekt!«, freute sich Helen. »Das war eine fabelhafte Antwort. Und auch dein Tonfall war perfekt, nicht aggressiv, aber du hast klar gezeigt, dass dich dein Gegenüber nicht einschüchtert. Die Welt ist voller Heckenschützen, und wenn ihr mit den Medien sprecht, werdet ihr negative Fragen über Rock War gestellt bekommen. Es wäre sehr vernünftig, wenn ihr euch alle ein paar ähnliche Antworten überlegt wie die von Coco eben.«

Die meisten Kids machten sich Notizen, während Helen Theo und Jay wieder an ihre Plätze schickte.

»Als Nächstes möchte ich eine etwas angenehmere Szene spielen«, verkündete Helen. »Eine Art Gruppeninterview, wie ihr sie aus dem Frühstücksfernsehen oder aus Talkshows kennt. Ich möchte, dass Industrial Scale Slaughter auf dem Sofa Platz nimmt. Max und Eve, rollt ihr bitte das Pult zum Sofa, dann könnt ihr die beiden Moderatoren spielen.«

Gezeitentabellen

Montag

Jay saß auf seinem Bett und nahm vor der Spiegelfront seines Schrankes sein Videotagebuch auf.

»Das Medientraining war eigentlich ganz okay. Die Rollenspiele waren lustig. Helen hat uns eine Menge Dinge beigebracht, an die ich nie gedacht hätte, und ich schätze, wenn mich das nächste Mal jemand interviewt, werde ich viel selbstsicherer sein. Nach dem Lunch hatten wir Tanzunterricht.

Viele von uns meinten, *iihh, nein, Rockbands tanzen doch nicht.* Aber der Lehrer hat uns Videos von Freddy Mercury und Guns N' Roses auf der Bühne gezeigt. Die machen zwar keine Gangnam-Style-Bewegungen, aber wenn man genau hinsieht, dann steckt doch recht viel Choreografie dahinter, ob es nun Axls Kicks sind oder wie sich zwei Gitarrenspieler bei einem bestimmten Song gegenüberstehen.

Auch der Trainer war echt gut. Er hat uns Spagat üben lassen. Ich hasse Sport und habe voll versagt. Aber meine beiden Brüder boxen und sind total gelenkig. Theo hat vor der Kamera Grimassen gezogen und Summers Hose ist gerissen – vor aller Augen!

Ich hätte ja nie geglaubt, dass mir eine Tanzstunde so viel Spaß machen würde, aber ich glaube, am Donnerstag ist die nächste, und ich freue mich fast darauf. Heute Nachmittag werden wir nach Instrumenten getrennt, und es geht das Gerücht, dass unser Lehrer irgendein Megastar sein soll. Irgendwer hat sogar erzählt, es wäre Keith Richards von den Rolling Stones. Aber im Ernst, wie wahrscheinlich ist es wohl, dass ein Typ, der praktisch Milliardär ist, nach Dorset kommt, um uns eine Gitarrenstunde zu geben?

Es ist schon komisch, denn irgendwie ist der Unterricht, als wäre man in der Schule. Aber es fühlt sich nicht an wie Schule, weil ich mit den anderen Kids so viel gemeinsam habe, und ich muss nichts über so einen Scheiß wie Siliziumdioxid oder die Gezeitentabelle für Tenby pauken. Hier lerne ich etwas, was mich wirklich interessiert. Außerdem gibt es keine Hausaufgaben, abgesehen von den Proben, und außerdem ist Unterricht nur bis um eins, deshalb bleibt jede Menge Zeit zum Jammen und Blödsinnmachen.«

Jay überlegte ein paar Sekunden, ob er noch etwas sagen wollte, und dann fiel ihm ein, dass ihn wahrscheinlich jemand dafür anmachen würde, dass er vor der Kamera »Scheiß« gesagt hatte. Sein Zimmergenosse Babatunde war extra früh zum Frühstück gegangen, damit er vor dem Unterricht noch am Schlagzeug üben konnte. Jay hatte halbherzig Schuldgefühle, weil er im Bett liegen geblieben war, anstatt zu üben.

Er schlüpfte in alte Crocs, überprüfte schnell sein Haar im Spiegel und machte dann die Tür auf, die zum Balkon im zweiten Stock führte, wo ihm augenblicklich Kameralichter ins Gesicht leuchteten und seine Mitkandidaten auf ihn zustürmten.

Bevor er begriff, was los war, sprangen von beiden Seiten Mädchen hinzu und schütteten Eimer voller klarer, klebriger Flüssigkeit über ihm aus. In einer zweiten Welle von Leuten erkannte er Summer und Michelle, die ihn mit Mehl und kleinen Styroporkugeln bewarfen, die sie aus einem der Sitzsäcke im Ballsaal hatten.

Jay versuchte zu atmen, inhalierte aber nur Mehl. Nachdem er einen Augenblick lang blind durch die weiße Wolke getaumelt war und Schreie und Lachen gehört hatte, spürte er, wie ihn jemand unter den Achseln ergriff. Er wurde zurückgezogen und jemand anderes packte ihn an den Knöcheln. Er bekam die Augen weit genug auf, um seine Brüder Theo und Adam zu erkennen.

»Eins!«, schrie Theo und schwang Jay erst in die eine Richtung über die Balkonbrüstung und dann wieder zurück.

»Zwei!«

Jay versuchte, sich loszureißen, zerrte sich aber dabei nur einen Muskel im Bauch.

»Lasst mich los, ihr Drecksäcke!«

Er war allerdings eher wütend als ängstlich, denn obwohl Theo ziemlich verrückt war, hatte Jay doch die Kameras gesehen und wusste, dass sie ihn nicht wirklich über die Balkonbrüstung werfen würden.

»Drei!«, schrien die anderen zusammen.

Theo und Adam ließen ihn los, und Jay durchfuhr ein unglaublicher Schrecken, als er über die Balkonbrüstung segelte. Die Zeit schien innezuhalten, und während des dreisekündigen Sturzes schaffte er es, Selbstgespräche zu führen.

Wie können sie das tun? Werde ich mir den Rücken

brechen? Werde ich sterben? Das muss doch ein Traum sein...?

Doch Jay landete nicht auf den Schachbrettfliesen des Ballsaales, sondern prallte elastisch auf und hörte knarrende Federn. Sie hatten das große Trampolin verrückt, in dessen Mitte er gelandet war.

Fluchend machte er die Augen auf und sah zu den hölzernen Deckenbalken und Kronleuchtern auf. Über die Balustrade beugten sich die Kandidaten und filmten mit ihren Smartphones und Camcordern.

»Ihr...!«, keuchte Jay, setzte sich auf und rieb sich das Mehl aus den Augen. »Ich bringe euch Schwachköpfe um!«

Doch dann bemerkte er den lilahaarigen Kameramann und Zig Allen sowie den Regisseur Joseph, die lächelten und klatschten.

Er war immer noch geschockt, als Babatunde durch das Sicherheitsnetz krabbelte und ihm die Hand reichte, um ihm aufzuhelfen.

»Das ist die Strafe dafür, dass du die erste Stunde verpasst hast«, grinste er.

Jay schüttelte den Kopf und betrachtete seinen Körper, der aussah wie der eines Aliens – aus Glibber, Mehl und Styroporkügelchen.

»Ich habe doch die erste Stunde gar nicht verpasst«, beschwerte er sich. »Es ist erst Viertel nach neun.«

»Nein.« Babatunde schüttelte den Kopf. »Es ist halb elf.«

»Ich habe doch im Zimmer noch auf die Uhr gesehen!«

»Vielleicht hat ja jemand die Uhr im Zimmer verstellt?«, vermutete Babatunde grinsend. »Und die an deinem Handy auch?«

»Oh!«, machte Jay. »Als du gesagt hast, du gehst früh runter, um zu üben, da war es normale Unterrichtszeit…? Verdammt! Kein Wunder, dass es mir vorkam, als hätte ich richtig lange ausgeschlafen!«

Die anderen kamen vom Balkon herunter, während Jay mit immer noch zitternden Knien vom Trampolin stieg. Dieser Sturz hatte ihm die schrecklichsten Sekunden seines Lebens beschert. Einerseits wollte er schreien und toben, doch die Kameras liefen, und bei so vielen neuen Freunden sollte er vielleicht lieber so tun, als fände er das alles total cool.

Adam und Theo rasten herunter. Sie kamen aus einer nicht gerade gefühlsduseligen Familie, aber der Regisseur Joseph drängte sie und bekam eine schöne Aufnahme, wie sich die drei Brüder umarmten.

»Ich hasse euch beide echt total«, verkündete Jay, was ihm großes Gelächter einbrachte.

Ein paar Praktikanten kamen, um die Schweinerei wegzumachen, und Jay wurde durch eine der Terrassentüren des Ballsaales nach draußen gebracht. Dort setzte er eine Schwimmbrille auf und bekam von dem Praktikanten Damien einen Eimer glücklicherweise warmes Wasser über den Kopf geschüttet, während Shorty filmte. Jay stellte fest, dass die klebrige Flüssigkeit wohl ein Spezialprodukt der Unterhaltungsbranche sein musste, denn es löste sich unter dem Seifenwasser sofort ab, sodass Mehl und Styropor wie ein Gummilaken von seinen Kleidern glitten.

Nach einem zweiten Eimer Wasser musste er sich auf einen Stuhl setzen und eine Maskenbildnerin kämmte ihm ein paar statisch aufgeladene Styroporkugeln aus den Haaren und sah mit Taschenlampe und Pinzette in seinen Ohren nach.

Trotz des warmen Julimorgens fröstelte Jay, als Meg erschien.

»Ich weiß, dass du frierst, Jay«, meinte sie, »und dass du gerne aus den nassen Sachen herausmöchtest, aber könntest du uns sagen, wie du dich fühlst?«

»Ähh...«, machte Jay, stellte sich aber gleich vor, wie ihn seine Medientrainerin böse ansah. »Ich denke, das war eine sehr interessante Art, den Tag zu beginnen.«

»Ganz gewiss«, stimmte Meg zu. »Was hast du gefühlt, als du gefallen bist?«

»Entsetzen«, gab Jay zu. »Im Nachhinein war es offensichtlich, dass sie mich nicht ohne ein Sicherheitsnetz über das Geländer werfen würden. Aber in dem Moment hatte ich keine Zeit, logisch nachzudenken. Und Theo hat schon eine Menge durchgeknallte Sachen gemacht.«

Meg lachte und dieses Mal klang ihr Lachen nicht nur wie für die Kamera aufgesetzt.

»Du hast toll mitgespielt, Jay. Und zum Dank dafür wird es dich freuen zu hören, dass du eines der sechs Bandmitglieder bist, die heute Abend bei der Party in London dabei sein werden. Was hältst du davon?«

»Cool«, antwortete Jay und versuchte, fröhlicher zu klingen, als er es war, denn auf Partys fühlte er sich immer fehl am Platze, und außerdem würde er den Gitarrenunterricht am Nachmittag versäumen, auf den er sich gefreut hatte. »Dann gehe ich mir lieber mal etwas Schickes anziehen.«

Kaufrausch

Summer war noch nie in der Innenstadt von London gewesen und ließ aufgeregt die dunkle Fensterscheibe der Limousine herunter, um ihre Umwelt anzustaunen und alles zu kommentieren, davon angefangen, dass sie unbedingt zum London Eye wollte, bis zu der Tatsache, dass Starbucks hier viel größer war als im Merry Hill Centre in Dudley.

Jay stammte aus London und tat, als sei das alles ganz normal, obwohl die engen Straßen und die eleganten Läden von Mayfair eigentlich auch nicht seine gewohnte Umgebung waren. Selbst die parkenden Autos waren alle todschick, und Theo erntete Gelächter, als er auf einige Modelle zeigte, die er schon mal gestohlen hatte.

»Wenn man ein älteres Mercedes-Modell klaut, muss man daran denken, dass die diese komischen pedalgesteuerten Handbremsen haben«, belehrte Theo sie. »Ich habe so lange gebraucht, bis ich die gefunden hatte, da hätte mich fast der Eigentümer erwischt.«

Noah lachte. Er hatte Jays großen Bruder ins Herz geschlossen, seit Theo ihn am ersten Tag die Auffahrt hinaufgeschoben hatte. Obwohl Noah sein Leben liebte, war es mit einem Rollstuhl doch schwer, völlig unabhängig zu sein, und Theos übertriebene Geschichten von Diebstahl, Sex und Schlägereien waren für ihn ein Fenster in eine Welt, die er sich wünschte.

»He, du Superhirn«, meinte Jay mit einem Blick auf seinen Bruder, der ihm gegenübersaß. »Ist dir klar, dass du hier gerade ungefähr zwanzig Verbrechen gestanden hast?«

»Na und«, meinte Theo, »ist doch keine Kamera dabei.«

Grinsend tippte Jay auf eine kleine dunkle Halbkugel in der Deckenverkleidung der Limousine.

»Bist du dir da sicher?«

Theo neigte sich vor und betrachtete die Halbkugel misstrauisch.

»Das ist Bespitzelung!«, stieß er hervor. »Was ist mit meinen Bürgerrechten?«

»Sie haben uns gesagt, dass sie in der Limousine filmen würden«, erinnerte ihn Jay. »Aber du warst ja viel zu sehr damit beschäftigt, das Mädchen von Delayed Gratification anzubaggern. Da konntest du dir natürlich nicht Angies Hinweise anhören.«

»Angie ist so eingebildet«, beschwerte sich Theo, sah dann zur Kamerakugel hoch und meinte ungewöhnlich unsicher: »Das mit den Autodiebstählen habe ich mir nur ausgedacht. Und wenn ihr irgendwas hiervon in der Show bringt, stöbere ich euch auf und schlitze euch die Eier auf.«

Die anderen lachten ein bisschen angestrengt, als sich Theo wieder zurücklehnte. In dem dichten Verkehr wären sie den letzten Kilometer zu Eldridges zu Fuß schneller gewesen, doch irgendwann kamen sie tatsächlich an. Zwei Kameramänner und zwei der fantasievoll gekleideten Türsteher des Kaufhauses kamen über das Pflaster geschwebt und öffneten die Türen der Limousine.

Trotz der Behauptung, die sechs Teilnehmer an der Launch-Party würden nach ihren Leistungen im Medientraining ausgesucht werden, vermutete Jay, dass eher die Vielfalt ausschlaggebend gewesen war.

Er selbst war als Belohnung für sein cooles Verhalten bei dem Balkonstreich ausgewählt worden. Theo – dessen Beurteilung im Medientraining absolut mies gewesen sein musste – war der gut aussehende Rebell. Alfie von Brontobyte war der jüngste der Kandidaten. Er war gerade erst zwölf geworden, sah zum Knuddeln aus und wäre auch als Zehnjähriger durchgegangen. Summer war das arme Mädchen, das einen Ausflug in die Welt des Glamours machte, und Eve das vornehme Emo-Girl aus Schottland. Und ein Junge im Rollstuhl, um die Sache abzurunden?

Nach drei Tagen in der Rock-War-Villa hatten sie sich langsam daran gewöhnt, gefilmt zu werden, aber bei Eldridges kam noch dazu, dass es in der Öffentlichkeit geschah. Nachdem sie dem Geschäftsführer vor laufender Kamera die Hand geschüttelt hatten und er ihnen je fünf Fünfzig-Pfund-Gutscheine gegeben hatte, gingen sie paarweise los und konnten, verfolgt von einem zweiköpfigen Kamerateam, den Laden erkunden.

Noah ging gerne mit Theo als Partner, Summer und Eve schlängelten sich zu den Damenmoden, und so blieb Jay mit Alfie zurück. Das war unangenehm, denn sie kannten einander zwar schon ihr ganzes Leben, hatten aber nicht mehr miteinander gesprochen, seit Jay Brontobyte unfreiwillig verlassen hatte.

»Das ist schon okay…«, meinte Jay. Die Situation

mit Alfie, dem Kameramann direkt hinter ihm und all den Kunden, die sehen wollten, wer da gefilmt wurde, ließen diese Worte zu den schwierigsten werden, die er je hervorgebracht hatte. »Ich weiß, dass du bei Brontobyte nur gegen mich gestimmt hast, weil du Angst hattest, dass Tristan dich sonst verprügelt.«

»Er ist immerhin auch mein Bruder«, erinnerte ihn Alfie. »Familienloyalität und so. Meine Mutter bläut uns ständig ein, dass die Familie zusammenhalten muss.«

»Und wie läuft es so bei Brontobyte?«, erkundigte sich Jay. »Die Proben und so?«

»Ganz gut«, erwiderte Alfie. »Sie lassen mich jetzt wesentlich mehr in der Band machen. Unser Lehrer, Mr Currie, und jetzt auch der Lehrer im Haus wollen, dass ich die Leadgitarre spiele und bei ein paar Stücken, bei denen Tristan zusammen mit Erin singt, auch Schlagzeug.«

»Das ist vernünftig«, fand Jay. »Wir haben dir immer nur die schlechteren Parts gegeben, weil du der Jüngste warst. Aber du bist ein besserer Musiker als Salman oder Tristan.«

»Tristan hat deinen Kommentar darüber gehört, dass Brontobyte eine Lachnummer ist, und er hat gesagt, wenn deine Brüder nicht wären, würde er dir den Hintern versohlen.«

Jay fühlte sich unbehaglich. Er fand es schrecklich, dass er so mager war und sich nicht verteidigen konnte. Mittlerweile waren sie bei den Turnschuhen angekommen. Alfie betrachtete ein Paar Nikes, doch man sagte ihm, dass seine Größe unten in der Kinderabteilung zu finden wäre. Jay kaufte sich ein Paar Converse und ein Paar Badelatschen, die die alten

Crocs ersetzen konnten. Alfie bekam in der Kinderabteilung seine Nikes und dann spielten sie in der Spielwarenabteilung mit den neuesten technischen Geräten. Jay kaufte seinen kleinen Geschwistern Geschenke und Alfie kaufte ein Babyspielzeug von Fisher Price.

»Ist Tristan dafür nicht doch eine Spur zu alt?«, fragte Jay bissig.

»Wusstest du nicht? Mum ist schwanger«, erklärte Alfie. »November.«

»Oh verdammt«, entfuhr es Jay. »Ich wusste gar nicht, dass man in ihrem Alter noch Babys kriegen kann.«

Sie hatten nur anderthalb Stunden Zeit, um ihre Gutscheine auszugeben, und nachdem sie schnell noch in der Schreibwarenabteilung das letzte Geld verschleudert hatten, trafen sich Alfie und Jay mit den anderen vor dem Haupteingang.

Als Abschluss der Einkaufsaktion wurden sie gefilmt, wie sie durch die Drehtüren des Ladens kamen, jeder mit mindestens zwei der typischen lila Einkaufstüten beladen, und dann nacheinander in die wartende Limousine stiegen.

»Das war so cool!«, strahlte Summer, als sie losfuhren, und fügte dann schuldbewusst hinzu: »Ich kann nicht fassen, dass ich neunzig Pfund für Parfüm ausgegeben habe. Das ist mehr, als wir zu Hause in zwei Wochen für Lebensmittel ausgeben.«

»Aber dafür riechst du gut«, fand Jay und wurde dafür mit einem breiten Lächeln belohnt.

»Danke«, antwortete Summer.

Jay stellte sich vor, wie sie wohl nackt aussah.

Zu ihrem nächsten Halt in der Savile Row waren es

nur zehn Minuten. Dort gelangten sie über eine gefährlich steile Treppe in einen großen Anproberaum über einer Schneiderei. Dabei hatte man zwar nicht an Noahs Behinderung gedacht, doch Theo schlug Angies Sicherheitsbedenken in den Wind und trug ihn huckepack hinauf.

»Das ist doch Dingsda aus *Pebble Cottage*«, verkündete Summer, als ihnen im Gang jemand entgegenkam.

»Wer von was?«, fragte Theo nach und äffte ihre Aufregung mit erhobenen Händen nach.

»Das ist eine Seifenoper auf Channel Six«, erklärte Summer. »Davon verpasst meine Nan keine einzige Folge.«

Nach einer kurzen Wartezeit kamen zwei kräftige Schneiderinnen und rollten je einen Kleiderständer herein. Eine Frau, ein Kleiderständer und die beiden Mädchen verschwanden in einem Nebenraum, während die andere Frau auf die vier Jungen und dann auf ihr Klemmbrett blickte, während Jay sah, wie ein Moderator von den Channel-Six-Nachrichten auf dem Gang einen Journalisten anschnauzte.

»Rock War«, meinte die Schneiderin. »Davon habe ich noch nie gehört. Ist das eine neue Show?«

Noah nickte und wollte gerade zu einer Erklärung ansetzen, doch Theo kam ihm zuvor.

»Wir sind Geologen«, verkündete er. »Rock wie ›Steine‹, verstehen Sie? Wir finden seltene und teure Steine und damit führen wir dann Krieg und werfen sie uns gegenseitig an den Kopf. Wer zuerst auf die Bretter geht, wird an die Pandas im Zoo von Edinburgh verfüttert.«

Alfie und Noah lachten, doch die Schneiderin sah

Theo nur über den Rand ihrer Brille hinweg an und meinte todernst: »Tatsächlich, junger Mann? Nun, sehen wir mal, was wir für euch haben.«

Jay sah argwöhnisch drein, als sie die Reißverschlüsse der Schutzhüllen aufzog und er Jacketts darin erblickte. In seiner Familie trug man Anzüge nur zu Hochzeiten und wenn man vor Gericht erscheinen musste, doch als er den weichen Wollstoff fühlte und das karierte Futter sah, begann ihm die Sache zu gefallen. Und als er das Ganze angezogen hatte und sich im Spiegel betrachtete, war er vollends gewonnen: ein himmelblaues Hemd, eine bleistiftdünne Krawatte, schiefergraue, enge Chinos und ein dunkelrotes Jackett aus Harris-Tweed.

»Wie gefällt dir das?«, erkundigte sich die Frau.

»Gut«, antwortete Jay, der sich gar nicht genug bewundern konnte. »Auf diese Farben wäre ich nie gekommen, aber das passt wirklich gut zusammen.«

»Schön, dass du mir da zustimmst«, meinte die Frau und ließ sich auf ein Knie nieder.

Sie war nicht ganz zufrieden und verbrachte fast zehn Minuten damit, Jays Outfit abzustecken und mit Schneiderkreide zu markieren.

»Ich lasse die Mädchen unten die Änderungen machen. Bis um fünf sind die Sachen in eurem Hotel.«

Theo war schon ein schwierigerer Kunde, der sich beschwerte, dass der Hemdkragen zu eng sei, und scherzte, dass er extra viel Platz im Lendenbereich brauche.

»Autsch!«, quiekte er dann plötzlich reichlich mädchenhaft, weil ihn die Schneiderin mit einer Nadel gepikt hatte.

»Tut mir leid«, sagte sie, klang aber nicht sonderlich

betrübt, »aber du musst ganz still stehen und ruhig sein, sonst könnte das vielleicht noch einmal passieren.«

Jay grinste und schnappte dann nach Luft, als die Tür zum Nebenraum aufging und Summer in einem halterlosen weißen Seiden-Minikleid, Cowboystiefeln aus Schlangenleder und einer Halskette mit einem mit zwölf großen Diamanten besetzten Kreuz hereinkam. Es sah einerseits total schick aus, war aber immer noch Rock 'n' Roll.

»Wow!«, stieß Jay hervor. »Du siehst unglaublich aus!«

»Danke. Es kommt jemand ins Hotel, um uns die Haare zu machen«, verkündete Summer bescheiden. »Das ist super, denn im Moment sieht mein Kopf wie ein Vogelnest aus.«

»Ich könnte dich glatt poppen«, sagte Theo zu Summer und quiekte dann erneut auf, weil ihn die Schneiderin mit einer Nadel erwischt hatte.

Diamanten und Champagner

Es war ein Augenblick wie aus einem Film, als sie vor dem Naturhistorischen Museum aus der Limousine stiegen. Summer in Cowboystiefeln und Diamanten, Eve wie ein Laufstegmodel in einem Fransenlederrock und einer punkigen Lederjacke mit über hundert Reißverschlüssen.

Jay gefiel es nicht, dass sich seine Hose um seinen Hintern spannte, aber sie sah gut aus, und der Friseur hatte seine Haare ausgedünnt, geschnitten und zu schwarzen Spitzen gegelt.

Über zwanzig Kameras blitzten auf, doch die drei Reporter auf dem Teppich sahen etwas verwirrt drein. Dann begann einer von ihnen plötzlich zu strahlen, hielt Jay an und streckte ihm das Mikrofon ins Gesicht.

»Willkommen bei der Preview von Channel Six. Du siehst großartig aus – hast du dich vom Dreh erholt?«

»Klar doch«, antwortete Jay und erinnerte sich an sein Medientraining: lächeln, freundlich bleiben und keine Ähs und Öhs. »Es war ein toller Tag. Wir sind in einer Limousine durch London gefahren, haben uns unser Hotel angesehen – das superschick ist – und viele Stars von Channel Six getroffen.«

»Wie ich gehört habe, hast du dir während der Dreharbeiten zu *Gullivers Reisen* den Rücken verletzt. Geht es dir wieder gut?«

»Mir geht es bestens«, erklärte Jay und fragte dann leiser nach: »Sagten Sie *Gullivers Reisen*?«

»Du bist doch Hugo Portman, der Schauspieler, oder?«

Jay schüttelte den Kopf. »Ich bin Jay Thomas von Rock War.«

»Oh ja ... das ist diese neue Talentshow, nicht wahr?«

»Genau«, erwiderte Jay, woraufhin der Reporter ziemlich enttäuscht wirkte.

Mittlerweile war die nächste Limousine vorgefahren, und der Reporter entschuldigte sich nicht einmal, bevor er davonschoss. Am Ende des roten Teppichs standen ein paar Fans, die zu kreischen begannen und Fotos und Autogrammkarten vorstreckten. Jay kannte das Gesicht des hübschen Jungen aus ein paar Filmen, aber sein Name fiel ihm nicht ein.

Die anderen waren weitergegangen, und Jay holte sie in der Lobby ein, wo ihnen eine PR-Managerin namens Jen verschwörerisch mitteilte, dass sie versuchen wolle, mit einigen Journalisten zu sprechen, die sie vielleicht zu Rock War interviewen wollten.

Das Museum war wegen der Party geschlossen und die große Halle, von dem riesigen Skelett eines Diplodokus in zwei Hälften geteilt, war in gespenstisch grünes Licht getaucht. Hier befanden sich ein Buffet für Fingerfood und Tische für Interviews. Sobald die PR-Managerin außer Sichtweite war, stürmte Theo auf einen Tisch voller perlender Champagnergläser zu, stürzte zwei davon hinunter und griff nach dem dritten. Die anderen waren vorsichtiger und sahen sich erst um, ob jemand auf sie achtete, bevor sie sich selbst jeder ein Glas nahmen.

»Ich frage mich, wie groß die Haufen von diesem Dino wohl waren«, meinte Theo und starrte das Skelett an. »Ich wette, die waren mindestens so groß wie ein Mini.«

»Wie sollte denn etwas von der Größe eines Mini aus dem Arschloch eines Dinosauriers kommen?«, fragte Jay kopfschüttelnd.

»Wie groß war denn so das Arschloch eines Dinos?«, fragte Theo zurück, griff sich das vierte Glas Champagner und drängte Eve ein zweites auf. »Bist du so eine Art Arschlochexperte, Jay?«

Aus derartigen Diskussionen mit Theo ging man nie siegreich hervor, daher ignorierte Jay ihn einfach. Als sie sich unter die Menge der plaudernden Journalisten, Werbeleute und kleineren Berühmtheiten mischten, wurden Noah und Summer von Jen für ein Interview mit einem Teenagermagazin beiseitegezogen, während Eve von einem merkwürdigen Kerl angemacht wurde, der offensichtlich sein Mittagessen auf der Krawatte trug und behauptete, der Drehbuchschreiber für *Pebble Cottage* zu sein.

Mittlerweile waren alle bei ihrem zweiten Champagner, bis auf Theo, der ein wenig wackelig von dannen zog, um eine jugendliche Moderatorin anzubaggern, die man meist mit einer pinkfarbenen Latzhose in einer Vorschulsendung namens *Sunshine City* herumhüpfen sah.

Zu Jays größtem Ärger ließ die Moderatorin Theo nicht abblitzen, und er wandte sich angewidert ab, als sie sich vorbeugte, um ein Tattoo auf Theos Hals zu inspizieren. Nach einem Ausflug ans Buffet fand sich Jay allein vor einem Tisch wieder, auf dem bunte Flyer lagen.

Er klappte einen davon auf und stellte fest, dass das Pressemappen für die verschiedenen Shows von Channel Six waren. Sie enthielten Einzelheiten zu den Sendungen, Fotos und Biografien der Darsteller und Angaben dazu, wen man kontaktieren musste, um ein Interview zu bekommen oder eine Preview-DVD zu erhalten.

Die Mappen waren ganz unterschiedlich, von schwarz-silbernen Metallic-Mappen für die wirklich wichtigen Shows bis zu zusammengetackerten Din-A4-Blättern für eine deutsche Krimiserie, die um zwei Uhr morgens ausgestrahlt wurde.

Die Pressemappe von Rock War war irgendwo dazwischen, in einem orangen Hefter mit einem Aufkleber. Als Jay sie durchblätterte, um nach einem Foto von sich selbst zu suchen, näherten sich eine langbeinige Frau und ein großer Kerl mit Brille und nahmen sich eine der Mappen.

»Hast du davon schon gehört?«, sagte der Mann und wedelte mit dem Rock-War-Flyer. »Das sollte ganz groß werden. Rage Cola hat Unsummen für das Sponsoring ausgegeben, doch sobald KT unterschrieben hatte, wurde es als Show für Jugendliche auf den Fünf-Uhr-dreißig-Sendeplatz verschoben.«

Jay bekam keine Zeit, darüber nachzudenken, weil Summer gerade zu ihm kam.

»Ich habe noch nie Champagner getrunken«, bekannte sie vorsichtig. »Das schmeckt gut, aber er steigt mir sofort zu Kopf.«

»Wie war das Interview?«, erkundigte sich Jay.

»Ganz gut, glaube ich«, meinte Summer und griff

nach einer Rock-War-Mappe. »Das war für irgend so eine Kinderzeitschrift. *Mad House* oder *Mad Hat* oder so.«

»Noch nie gehört«, gestand Jay.

»Ich sehe, unsere Broschüre liegt auf dem Tisch mit den ganzen Kindershows«, bemerkte Summer.

Jay hatte sich so darauf konzentriert, ein Foto von sich zu finden, dass ihm gar nicht aufgefallen war, dass Rock War von Pressemappen für Sendungen von *Panda-Zeit!* bis *Prinzessinneninsel* umgeben war.

»Ja«, sagte er misstrauisch. »Gerade war ein Kerl hier, der erzählt hat, dass Rock War samstags um halb sechs gesendet werden soll. Das heißt wohl, dass uns ein Haufen Kids sehen werden.«

»Das ist nicht gerade die Hauptsendezeit«, meinte Summer enttäuscht. »Und wenn sie die Show auf kleine Kinder ausrichten, dann können wir den ganzen Kram vergessen, den uns Zig Allen erzählt hat, dass die Show richtig Hardcore wird und dass es nur um die Musik geht.«

Plötzlich wurde die Beleuchtung des riesigen Dinosaurierskeletts gedimmt und die Gespräche verebbten. Ein Mann im Anzug stieg auf eine kleine Bühne hinter den Interviewtischen und das Logo von Channel Six leuchtete doppelt an der Wand hinter ihm auf.

»Man hat uns gesagt, wir würden es nie schaffen«, verkündete der Manager, der so tat, als sei er leicht außer Atem. »Es gäbe keinen Platz für ein sechstes Unterhaltungsprogramm in Großbritannien. Aber hier stehen wir, acht Jahre später. Profitabel, innovativ und mit den besten Preisen für Werbung in der gesamten Fernsehbranche.«

In der Halle erklangen ein wenig Gelächter und ein paar zustimmende Rufe.

»Doch vor allem *eine* Show hat unsere frühen Jahre geprägt«, fuhr der Manager fort. »Es war die erste Sendung, mit der Channel Six in die Top Ten der Zuschauercharts kam. Sie war die Plattform, die meinem Kreativteam und unseren Werbepartnern das Vertrauen gab, in andere Shows zu investieren, und es war die Show, die uns zu einer Größe machte, mit der man rechnen musste. Als sie vor zwei Jahren auslief, hatten wir alle das Gefühl, als sei ein Stück Geschichte von Channel Six zu Ende gegangen.

Doch heute Abend kann ich dem hochverehrten Publikum aus Talenten, Presse und Werbefachleuten verkünden, dass *Hit Machine* diesen Herbst zu Channel Six zurückkehren wird!«

Ein paar Leute stießen verwunderte Rufe aus, und Jay begriff jetzt, was der Mann mit der Brille gesagt hatte: Rock War war aus der Hauptsendezeit auf den späten Nachmittag gekickt worden, weil die größte Realityshow von Channel Six ihr Comeback feierte.

Redet nur!

»Aber mein Gewäsch will keiner hören«, verkündete der Manager von Channel Six. »Ladys und Gentlemen, hier ist sie, die Einzige, die legendäre Karen Trim!«

Die Frau, die auf die Bühne sprang, war klein, hatte breite Schultern und ein jungenhaftes Aussehen. Ihr Spitzname war »der Panzer«, weil sie alles niederwalzte, was sich ihr in den Weg stellte. Mit der Produktion von Reality-TV-Sendungen, die weltweit gesendet wurden, hatte sie Millionen verdient, und *Hit Machine* war ihr größter Erfolg gewesen.

In den ersten vier Staffeln von Hit Machine war Karen eine der Juroren gewesen. Ihre beißende Kritik hatte die Kandidaten in Tränen ausbrechen lassen und eine Zusammenstellung ihrer schärfsten Sprüche hatte auf YouTube über fünfzig Millionen Treffer erzielt.

»Ich bin wieder da, Leute!«, schrie Karen, riss die Hände hoch und grinste ein wenig schief in die Kamera. »Reden sind langweilig, also fragt einfach drauflos!«

Vor der Bühne drängten sich Journalisten und Fotografen und versuchten einander aus dem Weg zu stoßen.

»Werden Sie wieder als Jurorin dabei sein?«, fragte jemand.

»Darauf könnt ihr wetten!«, antwortete Karen. »Und die Namen der beiden anderen Juroren für die neue Staffel von Hit Machine werden auch bald verkündet werden.«

»Und was ist mit Ihren USA-Projekten?«

»Wir haben mit dem Sender einen Vertrag für drei weitere Staffeln von Hit Machine und Talented unterzeichnet. Und auf CMTV wird im Frühjahr 2015 eine völlig neue Countrymusic-Version von Hit Machine laufen.«

Die nächste Stimme, aus einem Rollstuhl kommend, den sein Besitzer direkt vor die Bühne gerollt hatte, erkannten Jay und Summer.

»Warum lassen Sie Hit Machine wieder auferstehen?«, fragte Noah ernst. »Hat Channel Six die Sendung nicht vor zwei Jahren abgesetzt, weil die Zuschauerzahlen in den Keller gingen und das Format sich überlebt hatte?«

Der »Panzer« hatte seinen Ruf nicht umsonst, und die Journalisten keuchten unisono auf, als die kleine Frau Noah ins Visier nahm.

»Unter welchem Stein bist du denn hervorgekrochen?«, fragte sie scharf. Und anstatt Noahs Frage zu beantworten, riss sie erneut die Hände hoch, warf ihr schiefes Lächeln in die Runde und schrie: »Ich bin wieder da! Bis später, Leute!«

»Beantworten Sie meine Frage!«, verlangte Noah, doch Karen warf nur ihr drahtloses Mikrofon fort und stürmte verärgert von der Bühne.

Nachdem sich Fotografen und Journalisten verzogen hatten, kam Theo zu Noah und gab ihm High Five.

»Cool, dass du die alte Schreckschraube geärgert hast. Hier, du brauchst noch mehr Champagner!«

»Wo ist deine Freundin geblieben?«, erkundigte sich Noah und nahm das Glas entgegen.

Die Lichter gingen wieder an und auf beiden großen Leinwänden liefen Vorschauen zu den Herbstshows von Channel Six.

»Sie musste ein paar Interviews geben«, erklärte Theo und wedelte mit seinem Samsung. »Aber sie hat mir ihre Telefonnummer geschickt.«

»Nicht schlecht«, fand Noah und wünschte sich einmal mehr, dass er Theos Leben führen könnte.

Mittlerweile hatten auch Summer und Jay Noah unter der sich lichtenden Menge von Reportern entdeckt.

»Das war klasse«, fand Jay. »Ihr Gesichtsausdruck war unbezahlbar!«

Die PR-Managerin Jen hingegen war weniger beeindruckt. Sie beugte sich zu Noah vor und zischte: »Was zum Teufel sollte das? Sie sollte zehn Minuten lang Rede und Antwort stehen, und du hast sie dazu gebracht, dass sie abhaut. Die Direktoren des Senders sind außer sich. Und... trinkt ihr da etwa Champagner?«

»Das ist nur Apfelsaft mit Kohlensäure«, erklärte Noah, konnte jedoch ein Grinsen nicht unterdrücken.

»Ich rieche es an deinem Atem«, erboste sich Jen und nahm Noah das Glas weg. »Gebt mir eure Gläser, alle! Ihr habt ja keine Ahnung, was ich morgen für Ärger mit meinem Boss bekomme!«

»Also«, begann Jay streng, »ist es wahr, dass Rock War zu einer Kindersendung gemacht wurde, jetzt, wo die alte Hexe für eine neue Staffel Hit Machine unterschrieben hat?«

Jen versuchte es mit ihrem schönsten falschen Lächeln.

»Die Sendezeit um halb sechs ist zwar nicht so gut wie die, die ursprünglich für Rock War geplant war«, gab sie zu, »aber die Show bleibt genau die gleiche.«

»Das ist doch Scheiße«, lallte Theo und schielte Jen auf den Busen.

»Du bist ja betrunken«, stellte Jen fest. »Um Himmels willen, reiß dich doch mal ein bisschen zusammen! Was glaubst du, was du für eine Publicity bekommst, wenn ich jetzt ein Interview für dich arrangiere, und du bist betrunken?«

»Geben wir denn noch mehr Interviews?«, erkundigte sich Summer.

Noah schnaubte und zeigte zum Ausgang. »Die holen ihre Mäntel. Das Comeback von Hit Machine ist das Einzige, über das sie schreiben werden.«

»Diese Party ist nicht nur für Journalisten«, erklärte Jen. »Rock War ist eine kostspielige Show mit einer etwas problematischen Sendezeit. Wir müssen Werbung verkaufen, daher werde ich versuchen, euch einigen sehr wichtigen Leuten vorzustellen, also benehmt euch.«

»Sonst was?«, spottete Theo. »Für so was habe ich nicht unterschrieben. Das ist etwa so Rock 'n' Roll wie eine Loge in der Oper!«

»Ich geb's auf!«, stöhnte Jen, stampfte leicht mit ihrem hohen Absatz auf, ging fort und tat so, als müsse sie etwas auf ihrem iPhone lesen.

»Mehr Champagner?«, schlug Noah vor.

»Sehr weise«, fand Theo.

»Ich muss mal«, verkündete Summer. »Bin gleich wieder da.«

Ein wenig schwankend ging sie.

Theo stieß Jay sachte an.

»Los, geh ihr nach!«

»So betrunken ist sie auch wieder nicht«, meinte Jay. »Sie kommt schon klar.«

»Nein, du Trottel, sie steht auf dich!«, erläuterte Theo.

»Summer?«

»Nein, der Papst«, meinte Theo kopfschüttelnd. »Summer flirtet mit dir.«

»Echt?«

»Und dabei bist du angeblich der Schlauberger in der Familie«, stöhnte Theo. »Sie hält Augenkontakt. Sie lächelt dich an und legt dir die Hand auf den Rücken.«

»Sie hat gesagt, dass sie die High Heels nicht gewohnt ist.«

»Sie trägt doch gar keine High Heels!«

»Oh«, machte Jay verdutzt.

»Babatunde, Adam und die Hälfte der Jungen im Haus schleichen um sie herum«, mahnte ihn Theo. »Du hast jetzt die beste Chance, aber nach heute Abend…«

»Was soll ich denn machen?«, erkundigte sich Jay.

»Gib ihr einen Kuss«, schlug Theo vor. »Du hast doch schon mal ein Mädchen geküsst, oder?«

»Klar«, antwortete Jay und bemühte sich, lässig zu klingen, obwohl er eigentlich nur ein Mal ein Mädchen auf den Mund geküsst hatte, und das auch nur für zehn Sekunden.

Mit Schmetterlingen im Bauch ging Jay Summer nach. Im Zwischengeschoss holte er sie ein, als sie gerade die Damentoilette betreten wollte.

»Zu viel Champagner«, grinste sie. »Ich platze gleich.«

»Ich auch«, behauptete Jay und schob sich in die Herrenabteilung.

Er pinkelte, wusch sich die Hände und versuchte, seinen Atem zu prüfen. Er wünschte, er hätte Mundspülung benutzt, bevor er das Hotel verlassen hatte. Draußen auf dem Gang wartete er so lange, dass er schon glaubte, Summer wäre ohne ihn zurück in die große Halle gegangen.

»Gott sei Dank bist du noch hier!«, keuchte Summer und sah sich ängstlich um, als sie endlich herauskam.

Jay erschrak. »Ist das Blut auf deinem Kleid?«

»Eves, nicht meines«, erklärte Summer, zerrte ihn am Arm und zog ihn in die Damentoilette.

Jay wurde schlecht beim Anblick von Blut, und er wurde noch nervöser, als er in den leeren Waschraum trat. Summer öffnete die Tür der mittleren Kabine der Fünferreihe. Eve saß zusammengesunken auf dem Toilettendeckel und hielt sich einen Klumpen Klopapier auf eine Bauchwunde, während ihr die Tränen übers Gesicht liefen.

»Was ist passiert?«, wollte Jay wissen.

Als er sich in die Kabine zwängte, bemerkte er, dass der Kleiderhaken von der Tür abgeschraubt worden war. Er lag auf den Fliesen, rot gefärbt und von Blutspritzern umgeben.

»Sie müssen doch einen Sanitäter hier haben«, meinte Jay.

»Ich habe drei Glas Champagner getrunken und mir war schlecht«, erklärte Eve. »Der ganze Lärm und die Leute, das war zu viel für mich. Und außerdem hat Dylan mit mir Schluss gemacht. Das ist nicht so schlimm, wie es aussieht. Ich mache das manchmal, wenn es mir schlecht geht.«

Jay sah sie verdutzt an.

»Selbstverletzung«, sagte Summer. »Kannst du googeln. Das gibt es.«

Jay wollte sein Telefon zücken.

»Nicht jetzt, Dummkopf!«, fuhr Summer ihn an. »Wir müssen sie ins Hotel bringen, ohne dass sie jemand sieht.«

»Das ist aber viel Blut«, wandte Jay ein. »Was ist, wenn das genäht werden muss oder wenn es sich entzündet?«

»Das ist schon gut«, beruhigte ihn Eve. »Wenn ihr mich verpetzt, fliegen die Pandas aus Rock War.«

»Vielleicht brauchst du ärztliche Hilfe«, meinte Jay. »Das ist doch nicht richtig.«

»Wir brauchen *deine* Hilfe, Jay«, erklärte Eve. »Du bist doch cool, oder?«

Summer und Jay sahen sich verlegen an.

»Eve hat dreißig Pfund für ein Taxi«, sagte Summer. »Aber ich habe Blut auf dem Kleid und Eve kann nicht gut laufen.«

»In der Halle ist es dunkel«, überlegte Eve und senkte die Stimme zu einem Flüstern, weil jemand in den Waschraum kam. »Wir gehen durch die Halle und über den roten Teppich. Draußen ist ein Taxistand vor der Tür. Die Blutung hört immer nach ungefähr einer Stunde auf.«

Jay verstand nicht, warum Eve sich verletzen wollte, aber er war angetrunken, und bei ihrem Plan mitzumachen war immer noch einfacher, als sich selbst etwas zu überlegen.

»Na gut, machen wir es so«, beschloss er, als zwei

Kabinen weiter ein Riegel zugeschoben wurde. »Eve, leg deinen Arm um meinen Hals. Summer, du nimmst Eves Tasche und gehst hinter uns, damit niemand dein Kleid sieht.«

* * *

Jay erwachte im Hotel in London. Die Uhr stand auf zehn, doch nach dem gestrigen Streich schaltete er lieber die Nachrichten ein, um sicherzugehen. Auf Theos Bett lag ein Haufen verknüllter Laken, doch von ihm selbst war keine Spur zu sehen.

Jay ging aufs Klo und blickte in den Spiegel. Seine Gelfrisur, die am Abend so gut ausgesehen hatte, klebte ihm jetzt platt am Kopf. Im Zimmer nahm Jay sein Telefon, verband es mit dem Wi-Fi-Netz des Hotels, sah nach neuen WhatsApp-Nachrichten und suchte dann bei Wikipedia nach *selbstverletzendem Verhalten*.

Mit selbstverletzendem Verhalten (SVV) oder autoaggressivem Verhalten beschreibt man eine ganze Reihe von Verhaltensweisen, bei denen sich betroffene Menschen absichtlich Verletzungen oder Wunden zufügen, meist ohne suizidale Absicht.

Die Seite war ziemlich trocken, daher wechselte Jay nach ein paar Zeilen zu Google und fand auf einer Seite mit persönlichen Berichten von Ritzern hilfreichere Informationen zu diesem Thema. Es schien ihm merkwürdig, dass irgendjemand – meist Mädchen, wie es schien – sich selbst verletzen konnte oder dass ihnen Schmerz irgendwie helfen sollte, wenn sie sich deprimiert fühlten.

Nach den Berichten suchte er noch nach Bildern, doch das war ein bisschen heftig, daher schloss er seinen Browser und nahm sich vor, ein wenig auf Eve achtzugeben.

Um elf sollten sie zum Haus zurückfahren, daher wollte Jay noch schnell duschen und dann nach unten gehen. Die Frühstückszeit war wahrscheinlich schon vorbei, aber er hatte an der Straße einen McDonald's gesehen und hatte Lust auf einen McMuffin. Gerade als er sich auszog, klickte das elektronische Türschloss.

»Guten Morgen, alter Hengst«, begrüßte ihn Theo fröhlich und schlug ihm auf den Rücken. »Ich wusste gar nicht, dass du so was draufhast.«

Theo trug Shorts und hatte eine Laufweste in der Hand. Sein Oberkörper glänzte schweißnass.

»Du stinkst«, beschwerte sich Jay und wich zurück, als er die Schweiß- und Alkoholdünste seines Bruders wahrnahm.

»Ich habe im Fitnessraum ein paar Gewichte gestemmt und bin dann 5 Kilometer auf dem Laufband gerannt«, erklärte Theo. »Training ist der beste Katerkiller, den ich kenne.«

»Na, genug getrunken hattest du auf jeden Fall«, meinte Jay.

»Na, wer lehnt denn Gratis-Schampus ab?«, fragte Theo. »Also erzähl mal. Da muss doch was ganz Großes passiert sein, oder?«

»Von was redest du?«, erkundigte sich Jay.

Er hatte nicht die Absicht, etwas von Eve zu erzählen, denn Theo war ungefähr so diskret wie die Glocken von Big Ben.

»Na komm schon«, meinte Theo. »Ich schicke dich Summer nach und dann seid ihr den Rest des Abends verschwunden.«

Jay war so mit dem Drama und seiner Neugier, was Eve betraf, beschäftigt gewesen, dass er gar nicht daran gedacht hatte, seine Abwesenheit von der Party zu erklären.

»War das dein erstes Mal?«, fragte Theo neugierig. »Keine Sorge, falls du dein Pulver verschossen hast. Das passiert jedem beim ersten Mal.«

»Wir haben uns nur unterhalten«, erklärte Jay und überlegte fieberhaft. »Die Party war echt laut. Wir waren beide sauer wegen Hit Machine und keiner von uns hatte Lust, zurückzugehen.«

»Ihr habt *geredet?*«, hakte Theo angewidert nach. »Ich schicke dich einem sexy Mädchen nach und du redest? Echt, ich schäme mich, dein Bruder zu sein.«

Jay grinste. »Na, dich in der Familie zu haben, macht einen auch nicht gerade stolz.«

Theo hob halb die Faust, doch Jay zuckte nicht einmal. Er kannte Theo lange genug, um zu wissen, wann der wirklich zuschlug.

»Ich muss duschen«, erklärte Theo.

»Da wollte ich gerade rein«, protestierte Jay, doch Theo stand schon in der Tür und warf mit dem verschwitzten Hemd nach ihm. Jay konnte ihm gerade noch ausweichen.

»Reden«, empörte sich Theo, als er das Wasser anstellte, um sich die Zähne zu putzen. »An deinen Fähigkeiten bei den Damen müssen wir noch feilen, mein Lieber.«

Sommerferien

Zeitschrift *TV Week*

**Tagestipp: Rock War – Bootcamp
Donnerstag, 6. August, 19:00 Uhr, 6point2**

Rock War, einst angekündigt als Rettung für den Samstagabend von Channel Six und jetzt von der überraschenden Rückkehr von Hit Machine *beiseitegefegt, debütiert auf einem nur über Satellit zu empfangenden Kanal in den Tiefen des Fernsehsommerlochs.*

Das Camp soll unseren Appetit für die K.-o.-Runden der Show anregen, die im September dann richtig auf Channel Six laufen.

Obwohl in fast jeder Einstellung das Sponsorenlogo von Rage Cola auftaucht und eine recht fragwürdige Szene gezeigt wurde, in der ein verschreckter Kandidat »aus Spaß« über ein Balkongeländer geworfen wurde, sollte man diese Teenager-Talentshow noch nicht ganz abschreiben.

Die Entscheidung, im Pseudo-Dokumentarstil zu filmen, bedeutet, dass Rock War ohne den Glamour einer Karen-Trim-Produktion auskommen muss. Doch das macht die Tests und Herausforderungen für die Kandidaten nur umso realistischer.

Zehn Tage später

Theo war gesanglich kein Gottesgeschenk, aber das spielte kaum eine Rolle, wenn er nackt bis auf Cargoshorts vor einem Mikrofon stand und in die Kamera stierte, als wollte er sie umhauen. Babatunde wäre in jeder Band ein guter Drummer gewesen. Keiner hieb energischer auf das Schlagzeug ein als er und selbst mit dem Schallschutz um sich herum dominierte er noch den zum Probenraum umgebauten Stall. Adams Bass klang gut, und er sah entsprechend aus, nur Jay wollte vor seinen besser gebauten Brüdern sein Hemd nicht auszuziehen, was ein schweißnasses T-Shirt zur Folge hatte und geblümte Badehosen, die noch von seinem Bad zur Mittagszeit feucht waren.

Die Jet-Version des Aerosmith-Klassikers »Sweet Emotion« verklang, woraufhin Theo seinem Mikro einen Tritt versetzte und einen Satz machte. Der Kameramann Shorty stolperte zurück, als ihn der Ständer am Bein traf. Die beiden anderen Kameramänner sahen ihren Regisseur an, doch der bedeutete ihnen mit einer kurbelnden Handbewegung, weiterzufilmen.

»Ja, verdammt!«, rief Jay mit breitem Grinsen, als es still wurde.

Adam nickte und grinste ebenfalls. »Wir werden richtig gut. Wer hätte gedacht, dass harte Arbeit und tägliche Proben sich tatsächlich auszahlen würden?«

Es war ihnen allen heiß, aber Babatunde saß zudem

noch hinter einer Plastikabschirmung. Den Reißverschluss des unvermeidlichen Hoodies hatte er aufgezogen und zeigte darunter eine schweißnasse Brust. Er nahm eine große Wasserflasche, die neben ihm auf dem Boden stand, stieg über die Beleuchterkabel und schüttete sie sich vor dem Stall über den Kopf.

Shorty überprüfte, ob seine Schulterkamera beschädigt war, und bemerkte dann einen Kratzer an seinem Bein, wo ihn der Mikrofonständer getroffen hatte.

»Was sollte das denn?«, schrie er Theo an. »Du hättest mich mit diesem Stunt k.o. schlagen können. Ganz zu schweigen davon, dass diese Kameras sechstausend Pfund kosten!«

Theo zuckte mit den Achseln, um anzudeuten, dass ihn das nicht die Bohne interessierte, woraufhin sich der Kameramann vor ihm aufbaute. Joseph eilte zu ihnen.

»Du zuckst mit den Achseln«, rief Shorty. »Aber ich verdiene mir damit meinen Lebensunterhalt, du verwöhntes Blag!«

»Dann mach halt was anderes«, empfahl ihm Theo wütend. »Bei McDonald's suchen sie Leute, falls du groß genug dafür bist!«

Joseph war für die Sicherheit zuständig, allerdings auch dafür, gute Aufnahmen zu bekommen. Er hatte Theos Sprung und den fliegenden Mikrofonständer auf seinem Monitor gesehen. Das war genau die Art von Aggression, die ein Regisseur von einer Rockband erwartete, daher wollte er nichts tun, was Theo von so etwas abhielt.

»Sebastian, mein Bester«, sprach er den Kameramann mit seinem richtigen Namen an und legte ihm den Arm um die Schulter, »ich helfe hier beim Zusammenpacken. Gehen Sie doch zurück zum Haus, tragen Sie etwas Salbe auf, und machen Sie sich eine schöne Tasse Tee.«

»Salbe und Tee?«, erboste sich Shorty. »Der Schwachkopf hat mich fast umgehauen!«

Während sich Joseph weiter bemühte, Shorty zu beruhigen, folgte Theo seinen drei Bandkollegen in die Sonne. Vor den Ställen befand sich eine alte Koppel, auf der jetzt Gras und Löwenzahn wuchsen. Jay legte sich auf den Rücken und schützte die Augen mit der Hand vor der Sonne. Aus den anderen Übungsräumen erklang Rockmusik, weil die meisten wegen der Hitze die Türen offen stehen hatten.

»Die anderen Bands klingen auch ganz gut«, fand Adam, bevor er sich die letzten Tropfen aus der Wasserflasche ins Gesicht spritzte. »Will jemand Nachschub?«

»Ja, bitte«, rief Jay und warf Adam seine Flasche zu. Dann streckte er sich gähnend.

»Eigentlich schade, dass wir gegeneinander antreten«, fand Babatunde. »Ich bin jetzt fast zwei Wochen hier. Die Lehrer sind gut, die meisten der anderen Leute sind cool, und selbst das Wetter ist spitze.«

Jay antwortete nicht, er genoss nur die Sonne auf seinem Körper und fühlte sich so richtig entspannt. Gerade wollte er wieder gähnen, als ihn ein Plätschern ablenkte und er sich abrupt aufsetzte. Theo hatte die Shorts heruntergezogen und pinkelte kaum einen Meter weiter ins Gras.

»Mann, Theo!«, schimpfte Jay und rollte sich angeekelt weg. »Das Klo ist doch gleich da vorne!«

»Ich gieße doch nur die Blumen«, gab Theo zurück. »Und hör auf, meinen Schwanz anzustarren.«

Jay musste lachen.

»Theo, deinen Schwanz habe ich echt zur Genüge gesehen. Du pinkelst in die U-Bahn, du pinkelst an parkende Autos, du wurdest sogar mal vom Unterricht ausgeschlossen, weil du bei der Schwimmvorführung in der Grundschule nackt vom Fünfmeterbrett gesprungen bist.«

Babatunde lachte. »Ist das wahr?«

»Hast du schon mal eine bekloppte Geschichte über Theo gehört, die nicht wahr war?«, fragte Jay.

Theo war mittlerweile fertig und Adam kam mit drei frisch gefüllten Wasserflaschen zurück.

»Riecht es hier nach Pisse?«, stellte er fest.

Sie wollten gerade ein Stück weiter von dem Gestank wegrücken, als ein paar der anderen Bands aus den Übungsräumen kamen. Auch in den meisten anderen hatte die Musik aufgehört.

Theos Blick begegnete dem von Michelle von Industrial Scale Slaughter.

»Was ist los?«

»Zuerst hat sich die Erde abgekühlt«, entgegnete Michelle. »Dann kamen die Dinosaurier. Und jetzt führt die Erderwärmung dazu, dass wir auf eine globale Katastrophe zusteuern.«

»Die hat echt einen an der Waffel«, flüsterte Jay Babatunde zu, doch Summer setzte zu einer informativeren Antwort an.

»Habt ihr keine SMS bekommen?«, fragte sie. »Die haben wir doch alle.«

Jay hatte das leise Ping auf seinem Telefon gerade eben gehört, doch er hatte es ignoriert, weil die Einzige, die ihm Nachrichten schickte, seine Mutter war, die wissen wollte, ob er frische Unterwäsche brauchte oder ob Theo sich benahm.

Er sah auf den Bildschirm und las laut: »Alle Rock-War-Kandidaten bitte sofort für eine wichtige Ankündigung in den Ballsaal.«

»Vielleicht haben sie den Koch gefunden, der am Dienstagabend diese miese Pastete gebacken hat«, vermutete Adam.

»Du bist vielleicht pingelig beim Essen«, fand Jay. »Ich fand, es schmeckte wie ganz ausgezeichnetes Pferdefleisch.«

Sieben der zwölf Bands waren in ihren Übungsräumen gewesen und gleich darauf zog eine lärmende Menge über den gepflasterten Weg zum Haupthaus. Eine Kamerafrau ging rückwärts vor ihnen her, um sie zu filmen. Jeder war begierig, zu wissen, was für eine Überraschung auf sie wartete, doch keiner wollte so uncool sein und das zugeben.

Im Ballsaal waren bereits ein paar Kids, die entweder dort gewesen waren, als die SMS eintraf, oder sich in ihren Zimmern aufgehalten hatten. Als Jay hereinkam, reagierte er ein wenig gereizt, als Meg ihm ein Mikrofon unter die Nase hielt.

»Nun, Jay«, begann sie mit gespielter Aufgeregtheit. »Was glaubst du, was für eine Überraschung euch erwartet?«

»Ähh… keine Ahnung«, gab Jay zu. »Vielleicht kommt irgendeine Berühmtheit für ein paar Tage her oder so?«

Michelle und Theo drängten sich ins Bild.

»Ich tippe auf eine große Sexorgie!«, rief Michelle.

»Von der ganzen Rage Cola habe ich Brüste bekommen!«, ergänzte Theo.

Adam stöhnte laut, sodass Meg ihren Kameramann genervt anwies, abzubrechen.

Im Ballsaal war Angie für die Aufnahmen verantwortlich. Sie brauchte Ewigkeiten, bis die Lampen richtig standen und die Kids auf den bunten Sitzsäcken dicht beisammensaßen. Da es in den zwei Wochen, die sie im Camp waren, noch keine solche Ankündigung gegeben hatte, waren alle ziemlich gespannt, als Angie endlich mit der Einstellung zufrieden war und ihre drei Kameraleute so positioniert hatte, dass sie die Ankündigung und die Reaktionen der Kandidaten darauf filmen konnten.

Jay stellte angewidert fest, dass er im Dunstkreis von drei müffelnden Jungen saß, die auf dem Minibasketballplatz gespielt hatten. Andererseits saß Summer neben ihm und ihre nackten Knie berührten sich.

»Okay, fangen wir an«, rief Angie. »Bringt ihn rein!«

Alle sahen sich um, als ein Mann in einer Nietenlederjacke und mit wirren grauen Haaren den Saal betrat. Er schien ziemlich betrunken, stellte sich vor die Sitzsäcke, deutete vorwurfsvoll auf eine Kamera und schrie mit schwerer Zunge: »Neues Album im Mai! *Tiger Bright* bei Clarkson Records. Das muss auf jeden Fall in die Show! Das ist der einzige Grund…«

Er brach ab und Angie sah verzweifelt zur Decke.

»Wer ist das?«, flüsterte Jay, doch die anderen sahen ihn nur verständnislos an.

»*Tiger Bright*«, wiederholte der Mann, während Meg zu einer Rettungsaktion an seine Seite eilte.

»Hallo zusammen!«, begrüßte sie sie fröhlich. »Vielen Dank für eure Geduld. Und jetzt begrüßt doch bitte mit donnerndem Rock-War-Applaus den legendären Gitarristen Sammy Barelli!«

Meg sah zu Angie, die ihr bedeutete, weiterzumachen. Jay war einer der wenigen, die Sammy Barelli als großen Gitarristen bei mehreren Rockbands kannten. Doch er brauchte eine Weile, bis er den gut aussehenden Mann auf einer Handvoll Albencover mit dem strubbeligen Säufer vor ihnen in Verbindung brachte.

»Sammy wer?«, fragte jemand, da die erwarteten Jubelrufe ausblieben.

»Ist das nicht der Kerl, der unsere Klos putzt?«, fügte Noah hinzu.

Sammy sah ihn empört an, doch Meg sprach mit ihm wie mit einem kleinen Kind.

»Sammy, ich glaube, Sie wollten eine Ankündigung machen.«

»Scheiß drauf!«, fluchte Sammy laut. Er kam gerade mal fünf Schritte weit, bis er über eine Pflanze stolperte. »Was soll ich hier eigentlich? *Tiger Bright* bei Clarkson Records! Kauft es oder ich murkse eure Haustiere ab!«

Bis Sammy endlich aus dem Saal geführt und ein goldener Umschlag aus seiner Jackentasche genommen worden war, waren die Kids wirklich ungeduldig.

»Okay«, machte Meg, stellte sich vor die aufgebrachten Kandidaten und wedelte ein bisschen mit dem goldenen Umschlag. »Sehen wir doch mal, was wir hier für euch haben.«

Sie nahm eine weiße Karte heraus und las vor:

»Allen Kandidaten von Rock War einen herzlichen Glückwunsch. Eure harte Arbeit in den letzten beiden Wochen hat sich ausgezahlt und alle zwölf Bands zeigen deutliche Verbesserungen. Doch jetzt ist es an der Zeit, das Gelernte in die Praxis umzusetzen und zu sehen, was ihr vor einem Livepublikum zustande bringt.

An diesem Wochenende werden alle zwölf Rock-

War-Bands einen Liveauftritt vor bis zu neunzigtausend Fans beim Rage-Rock-Festival in Sheffield hinlegen. Alle Bandmitglieder bekommen VIP-Ausweise für das gesamte Festival, wo ihr die einmalige Gelegenheit habt, einige eurer Lieblingsbands zu hören und sie persönlich zu treffen.«

Jay lächelte und auch ein paar andere Kids waren aufgesprungen, umarmten sich und schrien begeistert.

»Echt irre«, fand Adam.

»Mädchen in dreckigen Gummistiefeln sind sexy«, fügte Babatunde hinzu, was ihm einen Knuff von Coco eintrug.

Doch als Jay Summer ansah, bemerkte er, dass sie völlig außer sich war.

»Alles in Ordnung?«, fragte er.

»Als wir im Old Beaumont vor hundertfünfzig Leuten gespielt haben, habe ich mich übergeben müssen«, erklärte sie. »Wie wird das wohl vor neunzigtausend werden?«

Statistisch gesehen

Das Medway Festival gab es schon seit über zwanzig Jahren, doch 2014 hatte Rage Cola einen großen Teil des Sponsorings übernommen und es höchst umstritten in Rage Rock umbenannt. Jay saß dicht an Summer gedrängt in ihrem Hubschrauber mit fettem Logo, der über die Wohngebiete und zum Teil abgerissenen Gewerbegebiete flog.

Es war später Nachmittag, doch die Sonne stand noch hoch am Himmel. Den ersten Eindruck vom Festival bekamen sie durch den Anblick eines voll besetzten Zuges von oben, der an einem winzigen Bahnhof seine Fahrgäste ausstieß. Von hier aus flog der Hubschrauber weiter über Straßen, auf denen sich Rucksacktouristen zwischen dem kriechenden Verkehr hindurchschlängelten, und erreichte schließlich das Festivalgelände, durch dessen Tore sich die Massen schoben.

»Das ist ja riesig«, stellte Summer fest.

Unter dem Dröhnen des Hubschraubers hob Jay eine Muschel seines Kopfhörers.

»Was?«

»Riesig!«, schrie Summer.

Jay nickte, während der Hubschrauber drehte und

sie Felder voller Zelte zu sehen bekamen. Sheffield Park war ursprünglich eine große Stahlfabrik gewesen, in der im Zweiten Weltkrieg Bomben hergestellt worden waren, und verfügte über einen angrenzenden Flugplatz. Von dieser industriellen Vergangenheit zeugten jetzt nur noch zwei Ziegelschornsteine, zwischen denen die Hauptbühne des Festivals lag. Am gegenüberliegenden Ende des Geländes, am Ende einer längst stillgelegten Startbahn, war eine zweite, kleinere Bühne aufgebaut worden.

Als die Leute sich die Hälse verrenkten, um zu sehen, wer dort flog, kam sich Jay sehr wichtig vor. Hinter einer Bühne voller Techniker landeten sie auf dem Beton eines nagelneuen Hubschrauberlandeplatzes.

Jay duckte sich unter den Rotoren, reichte seine Ohrenschützer einem Mann vom Bodenpersonal und eilte über einen Weg, der vom übrigen Gelände durch einen Holzzaun getrennt war, zu einem VIP-Bereich. Ein paar eifrige Festivalteilnehmer standen am Zaun, in der Hoffnung, Autogramme von einer Berühmtheit zu bekommen, und waren einigermaßen enttäuscht, als sie nur Jay und Summer sowie die Regisseurin Angie, drei Marketingchefs von Rage Cola und ein Paar, das einen Radiowettbewerb gewonnen hatte, zu sehen bekamen.

Das Festival begann erst in drei Stunden, daher betraten sie ein ziemlich leeres Zelt mit einem Buffet und einer Bar. Die PR-Managerin Jen erwartete sie, gab ihnen ihre VIP-Karten und die Ermahnung *Kein Alk, kein Sex, keine Drogen* und führte sie dann zu dem Manager, der bei der Channel-Six-Party in London die Rede gehalten hatte.

»Das ist Mitch Timberwolf«, sagte sie, offensichtlich

nervös in der Nähe des Bosses vom Boss ihres Bosses.

»Und das ist Rophan Hung, der Vertriebs- und Marketingchef bei Rage Cola Europa.«

Jay und Summer hatten das Gefühl, als wären sie zum Schuldirektor gerufen worden, als sie den beiden ultramächtigen Konzernchefs die Hände schüttelten.

»Ihr Kids macht eure Sache großartig«, erklärte Mitch, worauf Jen lächelte und auch Rophan zustimmend nickte. »Die Zuschauerzahlen für die ersten drei Episoden von *Bootcamp*, die wir gesendet haben, sind stabil.«

»Mit einer Tendenz nach oben«, fügte Rophan hinzu. »Das bedeutet, dass die Mundpropaganda anläuft.«

»Und wie viele Leute sehen uns tatsächlich?«, fragte Jay.

»Ungefähr zwanzigtausend auf 6point2«, antwortete Mitch. »Was ziemlich gut ist für den Nachmittag auf einem Satellitensender, und dann sind es mindestens noch mal so viele online.«

»Auch bei den sozialen Netzwerken sieht es gut aus«, fügte Rophan hinzu. »Und dass ihr hier beim Festival seid, wird eure Zahlen noch weiter nach oben bringen.«

»Und wie viele Zuschauer hatte Hit Machine?«, wollte Jay wissen.

Mitch sah den Rage-Cola-Chef peinlich berührt an, bevor er antwortete.

»Die letzte Staffel von Hit Machine hatte im Schnitt 8,6 Millionen Zuschauer. Das war allerdings zur besten Sendezeit in einem der Hauptsender. *Rock War* hat ja gerade erst begonnen.«

Jen sah Jay missbilligend an und Rophan fragte

brüsk: »Und was sind die Voraussagen für *Rock War* in den Entscheidungsrunden?«

»Zwei Millionen Zuschauer bei einer Sendezeit um 17 Uhr dreißig«, antwortete Mitch.

»Das ist ziemlich hoch gegriffen für eine Halbsechsshow auf Channel Six«, meinte Rophan.

Lächelnd schlug ihm Mitch auf den Rücken. »Wir leisten vollen Einsatz bei dieser Show, Rophan.«

»Mein Videotagebuch auf YouTube hat gerade die Tausendermarke überschritten«, durchbrach Summer das verlegene Schweigen. »Im Haus gibt es einen kleinen Wettstreit darüber, wer die meisten Follower hat.«

»Und wer liegt vorne?«, erkundigte sich Rophan interessiert.

»Theo«, erwiderte Summer. »Ich bin Dritte.«

Dieser Teil des Gespräches gefiel Jay nicht, denn auch wenn er sich mit seinem Videotagebuch mehr Mühe gegeben hatte als fast alle anderen, folgten seinem Beitrag bislang nur hundertundsechzig Leute.

Nach kurzem Schweigen warf Mitch Jen einen Blick zu, der deutlich besagte: *Jetzt müssen die Erwachsenen sich aber weiter unterhalten*, woraufhin sie Jay und Summer praktisch wegzerrte.

Als Nächstes betraten sie eine Zeltstadt auf dem VIP-Gelände. Es schien jede Menge Dixi-Klos und sogar Duschen zu geben, und als Jay ein großes sechseckiges Zelt betrat, musste er sich im Eingang nicht einmal ducken.

Während Summer zum Mädchenzelt nebenan ging, sah sich Jay in dem großen Raum um, der einen Holzboden, Stockbetten an fünf Wandteilen und in der Mitte einen Bereich mit Teppichen und Kissen hatte.

Das Herzstück war die unvermeidliche große Rage-Cola-Dose, deren unterer Teil ein Kühlschrank mit Rage-Produkten war, während man oben an USB-Stationen sein Telefon aufladen konnte und Hinweise fand, wie man ins Wi-Fi-Netz kam.

Es war nicht gerade luxuriös, aber Jay war klar, dass sich seine erste Erfahrung mit einem Festival weitaus bequemer gestalten würde als die der normalen Besucher, die er durch das Tor hatte strömen sehen und die ihre Zelte auf den umliegenden Feldern aufbauten.

Erfreut stellte er fest, dass sein Gepäck schon da war. Weil er mit dem letzten Hubschrauber gekommen war, fragte er sich allerdings, wo die andern waren.

»Klopf, klopf«, meldete er sich daher gleich darauf am Mädchenzelt.

»Du kannst jetzt nicht rein«, rief Michelle. »Wir sind alle nackt und machen eine Kitzelschlacht!«

Auch wenn Jay klar war, dass man Michelle nichts glauben durfte, sah er höchst vorsichtig durch die Eingangsklappe, bevor er eintrat. Summer hielt einen Arm in die Luft und sprühte sich Deo unter die Achseln.

»Sie sind alle unterwegs, um das Gelände zu erkunden«, erklärte sie. »Aber wir treffen uns um halb sieben zum Essen am Burrito-Stand.«

»Und wo sind die Kameras und so?«

Michelle lächelte. »Zig versucht mal wieder Geld zu sparen, deshalb kommen die Kameracrews erst morgen.«

Jay fand es zwar nicht schlimm, gefilmt zu werden, aber es war schon oft nervig, wenn sie ihn baten, etwas für die Kamera zu wiederholen, oder darauf zu warten, dass das Licht eingestellt war, oder dass ihn alle angafften, weil er ein Ansteckmikro trug und von einem Kameramann verfolgt wurde.

»Freiheit!«, schrie er, was ihm Summer nachtat, nachdem sie ihr Deo in die große Einkaufstasche geworfen hatte.

* * *

Um sieben war das Festivalgelände gerammelt voll. Jay saß auf einer Picknickbank, aß einen gigantischen Steak-Burrito und Fritten mit Chilikäse. Alle anderen Rock-War-Kandidaten waren da, außer einigen Mädchen, die einen vegetarierfreundlicheren Stand aufgesucht hatten. Auf dem Festival herrschte strikte Ausweispflicht, was Theos Versuche, an ein Bier zu kommen, durch einen roten Kreis auf seinem VIP-Ausweis schon im Ansatz zunichtemachte.

Die Sonne ging bereits unter, als sich die Rock-War-Kandidaten, vollgestopft mit Burritos, zur Hauptbühne begaben. Die meisten von ihnen gelangten mithilfe ihrer Ausweise in einen besonderen VIP-Bereich nahe der Bühne, doch Jay, Dylan, Adam und Alfie wollten lieber unter echten Fans sein anstatt bei Geschäftsleuten, die Wein tranken und ständig auf ihre iPhones sahen.

Erst nach zwanzig Minuten Schieben und Drängeln hatten sie einen guten Platz vor der Bühne ergattert. Unter mäßigem Beifall wurde dort Rap zum Besten gegeben, und als eine der beiden Hauptattraktionen des Abends auftrat, begann es leicht zu nieseln. Der Regen reichte gerade aus, die aufgeheizte Menge abzukühlen.

»Meine Mutter würde ausrasten, wenn sie wüsste, was ich gerade tue«, grinste Alfie breit.

Mit seinem Stiefvater zusammen hatte Jay schon ein paar Bands spielen sehen, aber noch nie etwas so groß Angelegtes. Über eine Stunde lang sprang er herum wie ein Irrer, wurde in die Rippen gestoßen und von der Menge hin und her geworfen. Die zweite Attraktion des Abends war eine norwegische Thrashband namens Brother Death. Sie waren in den letzten Jahren groß herausgekommen, doch außer dem Hit, den sie als Eingangslied spielten, kannte Jay keinen ihrer Songs.

Gegen Mitternacht baute die Bühnencrew den Set für die nächste Band auf, einen bekannten Songwriter, der die Menge wieder runterbringen sollte. Verschwitzte Körper verliefen sich auf dem Gelände. Jay glaubte schon, die anderen verloren zu haben, als ihn Alfie am T-Shirt zupfte.

Aus den Haaren des Zwölfjährigen rann der Schweiß, und die Retro-Nikes, die er sich bei Eldridges gekauft hatte, waren voller Schlamm.

»Alles klar?«, rief Jay, denn auch wenn die Band nicht mehr spielte, musste er in dem ganzen Lärm, der sie umgab, die Stimme heben.

»Ich glaube, wir haben Adam und Dylan verloren«, grinste Alfie. »Und ich habe noch nie so viele Mädchen oben ohne gesehen!«

»Ich glaube, sie wollten sich eine Band auf der anderen Bühne ansehen«, meinte Jay. »Ich muss aufs Klo und brauche was zu trinken.«

»Da sind die VIP-Klos am besten, wenn wir nicht gerade knietief durch Pisse waten wollen«, schlug Alfie vor.

Anschließend machten sich die beiden, mit großen Rage-Cola-Bechern bewaffnet, auf den Weg, um auf der zweiten Bühne eine Band namens Urban Fox zu sehen. Die eineinhalb Kilometer lange Startbahn dorthin führte an Imbisswagen und Zelten vorbei, in denen es alles Mögliche gab, von Hotdogs über Wahrsagerinnen und Elfmeterwänden.

Ungefähr auf halber Strecke zur zweiten Bühne stieg Jay plötzlich Rauch in die Nase. Zuerst hielt er es für ein Grillfeuer, doch dann blieben die Leute auf der Asphaltbahn stehen, und der Geruch hatte etwas Beißendes an sich.

»Rauch«, stellte Alfie fest.

Es gab eine Ansage über den Lautsprecher, doch sie war so verzerrt, dass man sie nicht verstehen konnte. Allerdings musste man kein Genie sein, um zu erraten, dass die Leute aufgefordert wurden, den Bereich zu verlassen.

»Sieht aus, als stünde ein Imbisswagen in Flammen«, erklärte Jay, während sich Alfie auf die Zehenspitzen stellte, um etwas zu sehen.

Die beiden Jungen zuckten zusammen, als es laut knallte. Ein Aufschrei ging durch die Menge.

»Was war das denn?«, rief Alfie.

Ein Mädchen antwortete ihm: »Ich war da, als es anfing zu brennen. Angeblich haben sie drei Gasflaschen dadrinnen.«

Jay wandte sich um und erblickte zwei Mädchen in seinem Alter, vielleicht auch ein Jahr jünger. Beide trugen blaue Fußballshirts mit der Aufschrift *Bamford FC* und *Harris Hairdressers* als Sponsorenlogo.

»Es ist so ein Stand für heiße Donuts«, erklärte die Kleinere der beiden und lächelte, als sie den Plastikausweis an Jays Hals baumeln sah. »Wie kommst du zu einer VIP-Karte?«

Ein paar Ordner liefen an ihnen vorbei, während er antwortete: »Wir spielen morgen hier.«

»Echt jetzt?«, rief das Mädchen begeistert. »Wie heißt eure Band?«

»Wir spielen in verschiedenen Bands«, erklärte Jay. »Wir sind von der neuen Channel-Six-Show, *Rock War*.«

Die Mädchen sahen ihn verständnislos an.

»Ihr seid also in einer Fußballmannschaft?«, versuchte Alfie die peinliche Pause zu überbrücken.

»Im Kirchenteam«, erwiderte die Kleinere. »Ich bin Lucy, das ist Freya.«

Jay verspürte leichte Panik. Er blendete den Rauchgestank und die Menge um ihn herum aus und konzentrierte sich auf die Tatsache, dass zwei recht gut aussehende Mädchen ein Gespräch mit ihnen angefangen hatten.

»Alfie«, sagte Alfie, »und das ist Jay.«

»Ist eure ganze Mannschaft hier oder seid ihr allein?«, wollte Jay wissen.

»Die ganze Mannschaft«, antwortete Freya und trat näher an Jay heran, während ein leichter Wind den Rauch in ihre Richtung trieb. »Das Festival ist unsere Belohnung dafür, dass wir in unserer Liga gewonnen haben und Landesmeister sind.«

»Champions!«, sang Lucy.

»Sieht aus, als hätten sie ein paar Feuerwehrleute aufgetrieben«, bemerkte Alfie und deutete auf einen Wasserstrahl, der, von den anderen Ständen angeleuchtet, in den Rauch zielte.

»Wir haben irgendwie unsere Mannschaft verloren«, bekannte Lucy. »Wir sollten eigentlich um halb elf in unseren Zelten sein und Brettspiele machen.«

»Aber das ist langweilig, also haben wir vor, uns so lange wie möglich zu verlaufen«, fügte Freya hinzu.

»Klingt gut«, fand Jay.

»Also, habt ihr beiden Lust, abzuhängen, oder was?«, fragte Freya.

Orgie

»Hi, ich bin es, Theo Richardson, Boxchampion und Sexidol, mit meinem neuesten Videotagebucheintrag. Dies ist mein erstes Video seit ein paar Tagen, denn eines der Mädchen von Half Term Haircut hat meinen ersten Camcorder in den Pool geworfen, weil ich ein Video von ihr gepostet habe, in dem ich hinter ihr hergegangen bin und ›Fat Bottomed Girls‹ von Queen gesungen habe.

Es ist jetzt elf Uhr morgens und alle anderen scheinen noch zu pennen. Ich werde euch auf einen Rundgang durch unser Zelt hier beim Rage-Rock-Festival mitnehmen.

Bei Rock War sind ja alle minderjährig und trinken natürlich keinen Alkohol, weil das Einzige, was wir gerne trinken, die gesunden antialkoholischen Drinks von Rage Cola sind, Erzeugnisse der Unifood Corporation aus Delaware, USA.

An dieser Stelle würde ich euch gerne auf die schockierende Tatsache hinweisen, dass *irgendjemand* herausgefunden hat, wo der Alk für die VIPs gelagert wird, das Zelt aufgebrochen und sich mit Bier, exklusivem Champagner und einem Sortiment billiger Gläser davongemacht hat.«

»Vergiss die Servietten nicht!«, rief Noah.

Theo richtete die Kamera auf Noah, der sich vom Bett in den Rollstuhl hievte.

»Guten Morgen«, fuhr Theo fort. »Weiterhin kann ich bestätigen, dass achtzig Pakete mit Servietten gestohlen wurden, aber dass definitiv kein Rollstuhl als Fluchtfahrzeug für die Beute benutzt wurde.

Bei unserem Rundgang durchs Zelt fällt auf, dass es ein wenig chaotisch ist. Martin von den Reluctant Readers scheint nackt auf dem Fußboden eingeschlafen zu sein und er hat rote Herzchen auf den Pobacken. Das hier ist das Bett meines Bruders Jay, und wie man sieht, hat Dylan quer darübergekotzt. Von Jay selbst ist keine Spur zu finden, und ich fange an zu vermuten, dass mein mickriger kleiner Halbbruder wohl doch klammheimlich ein Aufreißer ist.

Weitere Spuren von Dylans Mageninhalt finden sich am Eingang und auf der großen Rage-Dose.«

Theo zoomte die Kamera auf einen dunkelroten Fleck zwischen einem Haufen Decken und Kissen auf dem Boden zwischen zwei Betten.

»Aber eigentlich wollte ich das hier zeigen. Denn das ist nicht einfach nur Blut. Es ist hundert Prozent original norwegisches Rockstarblut. Denn, meine lieben Zuschauer, etwa um zwei Uhr morgens hatten wir das Vergnügen, mit allen drei Mitgliedern von Brother Death abzuhängen. Dummerweise wurde Asbjørn Sadie von Frosty Vader gegenüber ein wenig zudringlich. Trotz ihrer Proteste und der Tatsache, dass sie erst vierzehn ist, ließ Asbjørn nicht locker, und ich musste der bedrängten Jungfrau zu Hilfe eilen. Und das«, fuhr Theo theatralisch fort und zog ein kleines weißes Objekt aus seiner Jeanstasche, »ist ein original norwegischer Rockstarzahn. Ich habe mich nur noch nicht entschieden, ob ich mir eine Kette daraus mache oder ihn auf eBay verhökere.«

Noah rollte durch die Flaschen auf Theo zu, der aufgehört hatte zu filmen.

»Dieses Video lassen sie dich nie im Leben hochladen«, prophezeite er. »Es muss bearbeitet werden und Angie oder Joseph müssen zustimmen.«

»Und wie war das mit den ›Fat Bottomed Girls‹, du Klugscheißer?«, fragte Theo.

»Stimmt«, gab Noah erstaunt zu. »Wie ist das denn durchgegangen?«

»Wir sind achtundvierzig Kandidaten«, meinte Theo mit seinem boshaftesten Grinsen. »Was glaubst du, wie sie sich alle Passwörter für unser Facebook, Twitter und unsere Videoblogseiten merken?«

Noah lächelte. »Ich schätze, ich werde es gleich erfahren.«

»Im Produktionsraum hängt ein Ausdruck an der Wand. Mein Passwort ist NutJob. Als ob ich ein Irrer wäre! Deins ist Legless. *Beinlos.*«

»Legless!«, empörte sich Noah. »Die Schweine! Wartet nur ab, was ich in meinem nächsten Video hochlade!«

* * *

Am Rande des Festivalgeländes befand sich hinter den letzten Zelten, fast außer Sichtweite der beiden Bühnen, ein Feld mit stacheligem, einigermaßen trockenem Gras. Dort waren Jay mit Freya und Alfie mit Lucy gelandet. Sie hatten Händchen gehalten, geknutscht und einander vorsichtig unter der Kleidung betastet. Es war nicht das erste Mal, dass Jay ein Mädchen geküsst hatte, doch zum ersten Mal war er entspannt genug gewesen, um es genießen zu können.

»Aufwachen, du Penner!«, weckte Alfie Jay, indem er ihm vor die Brust schnippte.

Jay brauchte eine Weile, um sich zu erinnern, warum er Gras im Haar hatte und ihm Ameisen über den Arm liefen. Nachdem er die Ameisen verscheucht und sich einen Strohhalm aus dem Ohr gezogen hatte, setzte er sich auf und blinzelte in die Morgensonne.

»Sie sind weg«, erklärte Alfie. »Die Mädchen.«

»Mist«, gab Jay zurück, der sich an den Geschmack seiner Freundin mit dem Fußballhemd erinnerte. Traurig sah er den Hügel hinunter zum Festivalgelände und zu der Farbenpracht von zwanzigtausend Zelten. »Hat Freya irgendwas gesagt?«

Alfie schüttelte den Kopf. »Ich bin um vier Uhr aufgewacht und da waren sie schon weg. Ich habe eine Menge Nachrichten von Jen. Ich glaube, ein paar von der Crew suchen uns.«

Jay sah den Abdruck von Freya im Gras und strich mit der Hand darüber.

»Die sehe ich wohl nie wieder«, meinte er düster.

Doch so müde Jay war, so aufgeregt war Alfie.

»Ich habe ihr an die Titten gefasst und wir haben uns geküsst. Mit Zunge!«, stieß er hervor. »Tristan hackt seit Ewigkeiten auf mir herum, dass ich noch kein Mädchen geküsst habe. Das werde ich ihm brühwarm erzählen! Und du bist mein Zeuge, da kann er nicht sagen, dass ich mir das nur ausdenke!«

»Sieben SMS, drei verpasste Anrufe«, meinte Jay mit einem Blick auf sein Handy. »Ich glaube, wir sollten lieber ins VIP-Land zurückgehen.«

»Glaubst du, wir kriegen Ärger?«, fragte Alfie.
Doch da machte sich Jay wenig Sorgen.

»Gefallen wird es ihnen nicht«, meinte er. »Aber Theo ist ein guter Blitzableiter. Ich könnte meine rechte Arschbacke darauf verwetten, dass er etwas angestellt hat, was zehnmal schlimmer ist.«

Das Gelände war übersät mit Plastikbechern, Kotze, Zigarettenstummeln und anderen traurigen Überbleibseln menschlicher Aktivität in der letzten Nacht.

»Die Menschen sind doch Tiere«, fand Alfie, der versuchte, in möglichst wenig hineinzutreten.

»Und dabei sind sie erst seit ein paar Stunden hier«, stimmte ihm Jay zu. »Stell dir mal vor, wie das hier Montagmorgen aussieht.«

»Auf jeden Fall werde ich hier nicht mehr im Dunkeln herumlaufen.«

Jay hatte kein Geld mehr, doch Alfie war gut gelaunt und spendierte Tee und zwei Sandwiches mit Schinken und Ei. Um Viertel vor eins zeigten die beiden zerzausten Gestalten bei einem misstrauischen Türsteher am Eingang des VIP-Reviers ihre Ausweise vor.

Während sich die Leute auf dem öffentlichen Gelände noch von der vergangenen Nacht erholten, wimmelte es auf dem VIP-Teil von Leuten, die auf Kosten von Unifoods eingeflogen worden waren. Ihre Gespräche beim Plündern eines Fischbuffets klangen ziemlich langweilig. Jay und Alfie durchquerten das große Festzelt, kamen auf der anderen Seite wieder heraus und peilten ihre Unterkunft an.

»Oh Gott«, entfuhr es Jay, als er die Zeltklappe aufmachte und ihm der Geruch von Körperspray, Erbrochenem und Alkohol entgegenschlug.

Von den Kandidaten war niemand zu sehen, doch er erkannte drei Praktikanten, die die Beweise des Gelages vom Vorabend beseitigen mussten.

»Ich vermute, wir sind aus dem Schneider«, grinste Alfie, bevor er sich das T-Shirt über Mund und Nase zog.

»Da hat jemand auf mein Bett gekotzt!«, stieß Jay hervor. »Ich hoffe nur, dass sie frische Decken haben!«

Lorrie, die Aushilfe von der Uni, kniete mit Desinfektionsmittel und einem riesigen Schwamm am Boden.

»Ihr werdet gesucht«, erklärte sie barsch. »Sie filmen die Ziehung im Zelt dahinten.«

»Was für eine Ziehung?«, fragte Alfie, als sie wieder nach draußen stolperten.

Vor dem Zelt rauchte die PR-Managerin Jen eine E-Zigarette und ging sofort zornsprühend auf sie los.

»Was habt ihr denn angestellt?«, schrie sie. »Ihr solltet doch alle zusammenbleiben!«

»Das haben wir ja versucht«, verteidigte sich Jay. »Aber das ist gar nicht so einfach, wenn es stockdunkel ist und zwei Millionen Leute auf und ab hüpfen.«

»Wir haben euch beide die ganze Nacht über angerufen.«

»Ich glaube, als wir bei dem einen Gig so herumgesprungen sind, hat sich mein Telefon aus Versehen auf stumm geschaltet«, erklärte Jay.

»Die Verbindung ist grauenvoll«, bestätigte Alfie. »Wir haben uns verlaufen, und bei den Pfadfindern hat man mir beigebracht, dass es immer besser ist, zu bleiben, wo man ist, bis es wieder hell ist, als im Dunkeln herumzuwandern.«

»Ich bin für euch Kids verantwortlich«, behauptete

Jen und steckte die Zigarette weg. »Ich war fast krank vor Sorge.«

Jay kam Jen nicht wie jemand vor, der nachts wach lag und sich Sorgen um die Kandidaten machte. Wahrscheinlich hatte sie sich eher Sorgen um die Auswirkungen auf ihre Karriere gemacht, falls etwas Schlimmes passiert wäre.

Sie zog eine Schiebetür zu einem Festzelt auf, das ganz ähnlich aussah wie das, in dem Jay und Alfie die Nacht hätten verbringen sollen, nur dass es achteckig und deutlich größer war. Es hatte einen grauen Gummifußboden und eine gebogene Rock-War-Kulisse, vor der Kameraleuchten aufgebaut waren.

Vor einer Schüssel mit Lotteriebällen stand die Moderatorin Meg Hornby und hinter ihr waren alle Kandidaten aufgereiht. Eigentlich sollten sie begeistert aussehen, aber die meisten wirkten einfach nur übermüdet.

»Also!«, rief Meg betont fröhlich, sowie die Kameras liefen. »Alle zwölf Bands werden heute hier beim Rage Rock spielen. Aber wo werden sie spielen? Sechs spielen im Rage-Talent-Zelt für sechshundert Zuschauer, einem Präsentationsraum für junge Bands. Vier Bands werden heute Nachmittag auf der zweiten Bühne spielen, wo sie über zehntausend Festivalbesucher sehen können. Aber zwei außerordentlich glückliche Bands werden auf der großen Bühne spielen können, und zwar direkt vor der Hauptband, vor einem Publikum von bis zu einhunderttausend Menschen...«

»Cut!«, schrie jemand.

»Cut!«, wiederholte Angie und sah dann zu der lilahaarigen Kamerafrau hinüber, die zuerst gerufen hatte.

»Sorry«, erklärte sie, da Meg verärgert dreinsah. »Die Aufnahme ist ruiniert, weil jemand die Tür aufgemacht hat.«

Jen war draußen geblieben, daher bekamen Jay und Alfie den Ärger und die vorwurfsvollen Blicke von Angie und dem Rest der Crew ab.

»Tut mir leid«, entschuldigte sich Jay reumütig.

»Stellt jemanden vor die Tür«, befahl Angies Assistentin. »Niemand kommt hier rein oder raus!«

»Schön, zu sehen, dass ihr noch lebt«, sagte Angie gereizt und winkte Jay und Alfie zu den anderen Kandidaten, die in drei Reihen hinter Meg standen. »Alfie, ich will gar nicht wissen, warum du so glücklich aussiehst, aber ich hätte gerne, dass du dich vor die anderen Jammergestalten stellst.«

Nachdem Meg ihren Part wiederholt hatte, gab es eine halbe Minute Pause, während der Beleuchter die großen Lampen ausschaltete. Jetzt wurden Megs Gesicht und die durchsichtige Schüssel nur noch gespenstisch von unten beleuchtet.

»Sehe ich jetzt nicht aus wie eine Hexe?«, erkundigte sich Meg.

»Nicht mehr als sonst«, spottete Theo.

Meg sah ihn böse an und Angie riss der Geduldsfaden.

»Können wir uns bitte mal konzentrieren!«, schrie sie. »Wir haben dieses Studio nur noch für zwanzig Minuten gebucht, und Zig wird mir was erzählen, wenn sie uns mehr Zeit in Rechnung stellen.«

»Die ersten vier Bands werden auf der zweiten Bühne spielen«, verkündete Meg und nahm einen Ball aus der Acrylschüssel. »Und unsere erste Gruppe ist… Crafty Canard!«

Ein Kameramann schwenkte zu den vier Mitgliedern von Crafty Canard, die angemessen zufrieden mit ihrem Auftritt auf der zweiten Bühne waren. Ihnen folgten I Heart Death, Noahs Band Frosty Vader und Half Term Haircut.

»Jetzt sind nur noch acht Bands in der Ziehung«, verkündete Meg, um Stimmung aufzubauen und für den Fall, dass jemand zusah, der schon vergessen hatte, dass sie das zwei Minuten zuvor bereits gesagt hatte. »Zwei Bands werden gezogen, die auf der Hauptbühne stehen, während die anderen sechs im Rage-Talent-Zelt spielen.

Die erste Band, die heute Abend vor hunderttausend Rockfans auf der Hauptbühne spielen wird… ist…«

Als Megs Hand über der Schüssel schwebte, fragten sich Jay sowie ein paar andere, ob sie wirklich vor hunderttausend Festivalbesuchern spielen wollten, die ungeduldig auf die Hauptband des Abends warteten.

»Brontobyte!«, schrie Meg.

Ganz unabhängig von ihren Zweifeln taten Alfie, Tristan, Erin und Salman, was Angie von ihnen verlangt hatte, sprangen vor und umarmten einander jubelnd und kreischend.

Meg hielt Erin das Mikrofon hin: »Wie wirst du dich wohl fühlen, wenn du auf der Bühne stehst und vor so vielen Menschen mit Brontobyte spielst?«

»Unbesiegbar!«, verkündete Erin trotzig. »Ist doch ein Klacks!«

»Kein Lampenfieber?«, fragte Meg.

»Vielleicht ein bisschen«, grinste Erin.

Während Brontobyte von Angie aus dem Bild gejagt wurde, tauchte Megs Hand erneut in die Schüssel.

»Und die letzte Band, die heute Abend vor der Hauptband und einem Fernsehpublikum von geschätzten über fünfundvierzig Millionen Menschen weltweit spielen wird, ist...«

Jay war neidisch geworden, als er sah, wie aufgeregt Erin und Tristan waren, auch wenn er bis gerade eben nicht sicher gewesen war, ob er das wirklich wollte.

»Es sind...«, fuhr Meg fort, »die vier Mädchen von Industrial Scale Slaughter!«

Summer schien die Vorstellung, auf der Hauptbühne zu spielen, zu entsetzen, doch die Kamera konzentrierte sich auf ihre Bandkolleginnen. Coco und Lucy sprangen herum und umarmten einander. Michelle verlangte wie immer die größte Aufmerksamkeit und sprang Meg Hornby an, in der Hoffnung, dass diese sie huckepack nahm.

Doch die überraschte Meg brach unter Michelles Gewicht zusammen, und das zierliche Exmodel landete auf dem Boden, während Michelle mit ihren Beinen einen Mikrofonständer umstieß.

Meg raffte sich wieder hoch und kämpfte gegen den Drang an, laut zu fluchen. Michelle nahm die Schüssel, kippte die restlichen Bälle aus und stülpte sie sich über den Kopf.

»Seht mal, ich bin ein Goldfisch!«, schrie sie, woraufhin die Innenseite der Schüssel beschlug.

Nachdem sie mit dem Kopf gegen eine Kamera gestoßen war, versuchte sie, die Schüssel wieder abzunehmen, doch die hatte sich an ihren Ohren verfangen.

»Ich krieg sie nicht ab!«, kreischte sie.

Die anderen dachten fast alle, dass sie nur Unsinn machte, doch als ihre Schwester Lucy ihr zu helfen versuchte, merkten sie, dass das nicht gespielt war. Einige waren besorgt, aber die meisten, einschließlich der Crew, begannen zu lachen.

»Holt Butter vom Buffet«, schlug jemand vor.

»Vergiss es, lasst sie drin!«, schrie Meg und riss sich das Mikrofon ab. »Ich habe es satt, mit diesen durchgeknallten Blagen zu arbeiten. Ihr könnt euch diese dämliche Kindersendung sonst wohin stecken! Ich kündige!«

Die erboste Meg stürmte aus dem Zelt, und Lucy zerrte mit einem Ruck an der Schüssel, sodass Michelle aufschrie, als sie sich von ihrem Kopf löste, dabei ihr Ohrläppchen verletzte und sie rücklings auf einen Gerätekoffer stürzen ließ.

»Und Schnitt!«, befahl Angie und sah gottergeben nach oben, als erwarte sie dort Erlösung, fand aber nur das Zeltgestänge.

Groupies

Jay fühlte sich wohl, als er mit der Gitarre um den Hals über das Festivalgelände ging, hinter sich einen Kameramann und neben sich Babatunde und Adam. Während Jay sich auf seinen Auftritt konzentrierte, bewerteten seine beiden Bandkollegen die Mädchen.

»Auf zwei Uhr, die Rothaarige mit den dreckigen Shorts«, sagte Babatunde. »Acht von zehn.«

»Maximal sechs«, fand Adam kopfschüttelnd. »Was ist mit der mit dem Eis?«

»Die ist doch höchstens elf!«, lachte Babatunde.

»Die ist wesentlich älter«, widersprach Adam.

»Jay«, verlangte Babatunde, stieß Jay an und zeigte so unverhohlen auf das Mädchen, dass sie zu ihnen herübersah. »Schätz mal, Kumpel, wie alt ist die?«

Jay fand das Geschwätz lächerlich und war erleichtert, dass Zig Allen ihm eine Antwort ersparte. Normalerweise war Zig gestresst und knurrig, daher war Jay überrascht, als er ihm lächelnd auf den Rücken schlug.

»Was für ein herrlicher Tag«, stellte der Rock-War-Produzent gut gelaunt fest und blies ihm seinen Rotweinatem ins Gesicht. Er legte Jay und Babatunde die Arme um die Schultern. »Vor Jahren bin ich mit meinem Freund hier gewesen und wir haben das ganze

Wochenende bis zu den Achseln im Schlamm gesteckt.«

»Das muss lustig gewesen sein«, vermutete Jay.

»Der Festivalschlamm ist etwas, dessen Reiz *sehr* schnell verfliegt«, erklärte Zig. »Danach ist er nur noch verdammt kalt und verdammt nass.«

Jay war Zig noch nie so nahegekommen und wusste nicht recht, was er sagen sollte.

»Ich dachte, Sie wären sauer, weil Meg gekündigt hat«, meinte er schließlich.

Zig hob wissend einen Finger.

»Wir haben dieser Frau ein Vermögen bezahlt. Rage Cola wollte einen großen Namen als Moderatorin für Rock War, aber ich habe immer gesagt, dass für ein Jugendformat eine jüngere Person geeigneter ist. Meg hat geglaubt, ich würde vor ihr auf Knien rutschen und betteln, dass sie zurückkommt. Ihr hättet mal ihr Gesicht sehen sollen, als ich ihren VIP-Pass eingezogen und ihr den Weg zur Bushaltestelle erklärt habe.«

»Und ich schätze, ein jüngerer Moderator ist auch deutlich billiger«, bemerkte Adam.

»Vielleicht kriege ich die Show doch noch im Rahmen des Budgets hin«, meinte Zig und boxte in die Luft. »Ka-tsching!«

Das Rage-Talent-Zelt war ziemlich leer, daher winkte die Crew Zig und die drei Jungen durch. Drinnen spielten die Pandas of Doom gerade »It's true that we love one another« von den White Stripes und Summers Bandkollegin Coco hatte einen Gastauftritt als zweite Sängerin. Jay freute sich zu sehen, dass Eve so fröhlich wirkte wie seit Tagen nicht mehr.

Die meisten Leute im Talentzelt kamen hierher, um einen schattigen Platz zum Essen zu finden, und die

Tontechniker hielten die Lautstärke so weit gedämpft, dass man sich noch unterhalten konnte. Als Jay in Richtung Bühne ging, bemerkte er dort sieben Mädchen zwischen ungefähr zwölf und sechzehn. Sie hatten den Blick auf die Bühne geheftet, bis eine von ihnen Jay erblickte und auf ihn zuschoss.

Sie war ein mageres kleines Ding, kaum älter als zwölf, mit Sonnenbrand auf den Schultern und einem Ramones-Logo auf dem Shirt.

»Oh mein Gott!«, rief sie und wippte aufgeregt auf den Fußballen, während auch die anderen zu ihnen eilten. »Da ist Babatunde!«

»Jay, du bist der Beste in der ganzen Show!«, rief eines der älteren Mädchen. Dann sah sie Babatunde an und fuhr fort: »Ich habe in der siebten Klasse mal mit Schlagzeug angefangen, aber das ist so schwer! Aber du bist toll!«

»Ihr seid also alle Fans von Rock War?«, fragte Adam verlegen.

»Das erste Mal habe ich es rein zufällig gesehen, aber ich und meine Schwester lieben die Sendung!«, bekannte eine sommersprossige Rothaarige.

»Ich wünschte, es käme öfter als nur einmal die Woche«, fügte ihre Schwester hinzu.

»Jeden Tag wäre besser«, stimmte das älteste Mädchen zu. »Ich verfolge alles auf Twitter und sehe mir die Tagebücher auf YouTube an.«

»Es wundert mich, dass nur so wenige von uns hier sind«, meinte jemand. »Ich hätte gedacht, wir müssten uns hier hineinkämpfen. Als Taylor Swift in London ihre CD signiert hat, musste ich fünf Stunden lang anstehen.«

Jay zuckte mit den Achseln und Babatunde antwortete: »Ich fürchte, wir sind nicht ganz so berühmt wie Taylor Swift.«

»Noch nicht«, ergänzte Adam, was die Mädchen zum Lachen brachte.

»Kannst du mir ein Autogramm auf mein T-Shirt geben?«, fragte ein Mädchen und hielt Jay einen Marker unter die Nase.

Der wurde rot, als sie sich umdrehte und vornüberbeugte. In wenigen Sekunden tauchte ein zweiter Marker auf, und die drei standen vor einer ordentlichen Reihe von Mädchen, die ihre Unterschriften auf ihren T-Shirts haben wollten. Zuletzt kam die Jüngste. Sie war zu schüchtern, um etwas zu sagen, und hielt Jay eine Zeichnung von der Band im Manga-Stil hin. Sie war nicht professionell, aber Jay erkannte durchaus sein eigenes Gesicht und bewunderte die Details wie Theos Tattoos und das Jet-Logo auf Babatundes Schlagzeug. Für eine Zehnjährige war es eine beeindruckende Leistung.

»Wow, das ist cool«, fand er. »Ich glaube, mich hat noch nie jemand so gut gezeichnet.«

Das Mädchen platzte fast vor Stolz, blieb aber immer noch aus Schüchternheit stumm. Jay machte mit seinem Handy ein Foto von der Zeichnung, signierte sie und stellte sich dann zusammen mit den Mädchen und seinen Bandkollegen auf, damit Jen und ein paar Eltern Fotos machen konnten.

»Kommt Summer auch hierher?«, fragte eines der Mädchen. »Ich würde sie total gerne kennenlernen.«

Die anderen Mädchen nickten und eine von ihnen sagte: »Die Szene in der ersten Folge, wo sie ihre Großmutter zum Abschied umarmt hat, das war sooo traurig!«

»Dann mögt ihr Summer also lieber als uns?«, fragte Babatunde gespielt beleidigt.

»Wird dir in dem Hoodie bei dem Wetter nicht zu heiß?«, unterbrach jemand.

»Summer spielt heute Abend auf der Hauptbühne«, erklärte Jay. »Im Augenblick ist sie ein Nervenbündel.«

Ein untersetzter Vater, der Fotos gemacht hatte, streckte Jay die Hand hin.

»Ich möchte mich gerne bei euch bedanken«, sagte er. »Durch eure Show fängt meine Tochter jetzt an, richtige Musik zu hören und nicht nur Boygroups. Du bist jetzt eine echte kleine Rocklady, nicht wahr, Süße?«

»Dad!«, zischte das Mädchen, wich zurück und flüsterte: »Geht's noch peinlicher?«

Mehr Zeit konnte Jay nicht mit seinen Fans verbringen, weil Jen und ein Mitglied der Bühnencrew sie durch einen Vorhang hinter die Bühne winkten. Die Pandas of Doom waren mit ihrem Set fertig, Theo war wie durch ein Wunder pünktlich erschienen, und die drei Crewmitglieder tauschten auf der Bühne die Mikrofone aus und stellten das Schlagzeug für Babatunde ein.

»Das klang gut«, sagte Jay zu den Pandas.

Dylan nahm ein Handtuch von einem Stapel und wischte sich den Schweiß vom Gesicht.

»Wir haben Fans«, stellte er fest. »Ganze sieben.«

»Das sind vielleicht nicht die Fans, von denen ich geträumt habe«, meinte Jay, »aber zumindest sind sie der Beweis, dass irgendjemand unsere Show sieht.«

Jay umarmte Dylans verschwitzte Bandkollegen und ließ sich von Zig und Jen viel Glück wünschen, bevor er die drei Metallstufen zur Bühne hinaufstieg. Die Atmosphäre war nicht gerade überwältigend. Vor der Bühne standen die Fans und ihre Eltern, dann kam eine freie Fläche in der Mitte des Zeltes, und dahinter befanden sich etwa fünfzig gleichgültige Leute, die hier vor der Sonne Schutz suchten. Sie saßen an den Wänden, aßen oder spielten mit ihren Telefonen. Jay hatte gehofft, dass Freya von ihrem Auftritt gehört hätte, aber von ihr war keine Spur zu sehen.

Der Kameramann zeigte Jet den Daumen nach oben und Theo kündete ihren ersten Song an.

»Wir sind Jet und diesen Song hat mein Bruder Jay vor ein paar Wochen geschrieben.«

»Wir lieben dich, Jay!«, schrie eines der Fanmädchen.

»Theeeo!«, riefen ein paar andere.

»Es heißt: ›USB-Charger, where the hell are yer?‹«

Bissiger Bronto

Zig telefonierte ein wenig herum, doch obwohl Rage-Cola-Hubschrauber bereitstanden, konnte er keinen namhaften Moderator auftreiben, der an einem Samstagabend alles fallen ließ, um fast für umsonst zu arbeiten.

Nach drei Wochen Dreharbeiten für Rock War hatten sich die Kandidaten an den Anblick von unbezahlten Helfern gewöhnt, die Betten machten, Ausrüstung schleppten, Böden wischten und verstopfte Toiletten reinigten. Einige traten für ein einmonatiges Praktikum an, hielten es aber nicht aus und verschwanden nach ein paar Tagen wieder. Doch egal wie viele kündigten, Zigs Posteingang war immer voller E-Mails von eifrigen Ersatzleuten, die verzweifelt versuchten, einen Fuß in die Tür der Fernsehindustrie zu bekommen.

Eine der wenigen, die von Anfang an dabei gewesen waren, war Lorrie. Die Zwanzigjährige studierte Schauspiel und Fernsehproduktion an der Universität von Durham. Begonnen hatte sie diesen Tag in zerrissenen Jeans und dem eingelaufenen Rugbyhemd ihres Exfreundes. Jetzt hielt sie ein Mikrofon in der Hand und trug Make-up und Klamotten, die man aus den Koffern der Rock-War-Kandidatinnen zusammengesucht hatte.

»Dies ist der große Moment«, verkündete Lorrie der Schulterkamera laut, um die Menge auf der anderen Seite der Bühne zu übertönen. »Brontobyte machen sich bereit, vor geschätzten einhundertundzehntausend Zuschauern alles zu geben. Hinter der Bühne wimmelt es von Musikstars und die Atmosphäre ist geradezu unglaublich! Neben mir steht der Leadsänger der Band. Salman, wie fühlst du dich gerade?«

»Ich habe ein wenig Angst«, gestand Salman mit unsicherem Lächeln. »Aber wir haben viel geübt und im Camp hatten wir ein paar tolle Lehrer.«

Lorrie hielt das Mikrofon Alfie hin.

»Alfie, du bist der jüngste Kandidat bei Rock War. Glaubst du, dass du es mit dieser Monstermenge aufnehmen kannst?«

Alfie zuckte mit den Achseln und grinste schelmisch. »Das werden wir wohl gleich herausfinden.«

»Okay«, sagte Lorrie. »Dann überlasse ich euch Jungs mal den letzten Vorbereitungen und hoffe, dass ihr die da draußen umhaut!«

»Danke!«, riefen die Jungen.

»Und Schnitt!«, befahl Angie und hielt den Daumen hoch. »Lorrie, das war fabelhaft. Sie kommen rüber, als würden Sie das schon Ihr ganzes Leben lang machen.«

»Ausgezeichnet«, fand auch Zig.

Lorrie wusste, dass sie als kurzfristiger Ersatz für Meg vor dem größten Schritt ihrer bisherigen Karriere stand, doch sie war viel zu erschöpft, um es genießen zu können. Seit dem Beginn von *Rock War* hatte sie kaum mehr als fünf Stunden pro Nacht geschlafen und war an diesem Morgen schon um vier Uhr aufgestanden, um dafür zu sorgen, dass die Kameracrews genügend Speicherkarten und volle Akkus hatten, um das Festival durchzuhalten.

Der Bühnenmanager rief Brontobyte heraus. Die Menge schien ziemlich gleichgültig, als auf den großen Leinwänden ein effektvoller Trailer zu *Rock War – Bootcamp* lief.

»Und nach ihrem Training bei den weltbesten Rockgrößen werden die zehn Bands, die das Bootcamp überstehen, in *Rock War – Battle Zone* gegeneinander antreten. *Bootcamp*: Jetzt bei 6point2 und 6forU on Demand. *Rock War – Battle Zone* hat am Samstag, den 13. September, bei Channel Six Premiere. Die einzige Talentshow, bei der die Lautstärke voll aufgedreht wird! *Rock War* wird präsentiert von Rage, der gefährlich frischen Cola.«

Am Ende des Trailers richteten sich die Bühnenlichter auf die vier Mitglieder von Brontobyte: Tristan am Schlagzeug, Alfie an der Leadgitarre, Erin am Bass und als Back-up-Sängerin und Salman mit einem Funkmikrofon in der Mitte der Bühne. Er räusperte sich, und gleich darauf donnerte der Laut durch ein halbes Dutzend Lautsprecherstapel, die größer waren als sein Haus.

Die Bandmitglieder sahen sich an, aufgeregt, aber auch ängstlich.

»One, two, three, four«, rief Tristan und zählte mit den Sticks, bevor sie mit ihrem ersten Song begannen.

Nachdem Alfie und Jay die Nacht zuvor verschwunden waren, durften die Kandidaten das VIP-Gelände nicht mehr verlassen. Einige von ihnen gingen in den VIP-Bereich vor der Bühne, doch Jay wollte ein paar

Stars entdecken und wissen, wie es hinter der Bühne zuging, daher blieb er backstage bei den beiden Bands, die die eigentlichen Attraktionen des Abends waren. Der wichtigste Act des Samstagabends war die Indieband Smudger aus den Neunzigerjahren. Es war ihr erster Auftritt in Großbritannien seit sieben Jahren, was wohl der Hauptgrund dafür gewesen war, dass die Tickets für Rage Rock innerhalb einer Stunde ausverkauft gewesen waren.

Jay konnte nicht widerstehen, durch eine Lücke in einer Sperrholztrennwand zu sehen, wo die dreiköpfige Band mit Frauen, Kindern, Backgroundsängern und einem flauschigen Schäferhund saß.

»Was geht denn da ab?«, erkundigte sich Lucy von Industrial Scale Slaughter, die so leise herangekommen war, dass Jay erschrak.

»Nichts Aufregendes«, berichtete Jay. »Sie sind alle fett geworden, Damien Smith hat ein Toupet, und sie reden darüber, dass sie ihre Kids auf eine gute Vorschule schicken wollen. Ich glaube fast, Barney, der Schäferhund, ist der Gefährlichste dadrinnen.«

»Niedlicher Hund«, fand Lucy. »Summer braucht dich.«

»Mich?«, fragte Jay entgeistert.

»Sie ist völlig aufgelöst, weil sie auf die Bühne soll. Weißt du noch, wie wir im Rock the Lock aufgetreten sind? Da hast du mit ihr gesprochen und sie beruhigt. Ich dachte, vielleicht könntest du das Kunststück noch einmal vollbringen.«

»Was soll ich denn machen?«, fragte Jay misstrauisch.

Lucy war einen halben Kopf größer als er, hatte vom Schlagzeugspielen breite Schultern bekommen und roch nach einem Sonnentag ein bisschen nach Schweiß.

»Schlimmer kann es nicht werden. Los, beweg dich!«

Sie zog den widerstrebenden Jay am Ärmel. Die Garderoben waren sehr spartanisch eingerichtet, mit Sperrholzwänden und Ikeamöbeln. Jay kam sich wie ein Eindringling vor, weil überall Mädchensachen herumlagen – zusammengeknüllte Strumpfhosen, Haarspray, sogar ein BH hing über einer Stuhllehne.

»Wo ist sie denn?«, fragte Jay, als er Coco erblickte, die eine Zeitschrift las, und Michelle, die mit dem Lippenstift einen Spiegel beschmierte. Anstatt den Riss in ihrem Ohrläppchen zu kaschieren, hatte sie ihn mit einem X aus leuchtend orangefarbenen Kinderpflastern markiert.

Der Raum war L-förmig angelegt, und in der Ecke saß Summer auf einem kleinen schwarzen Sofa, an dem noch die Etiketten von Ikea hingen.

»Wie geht es dir?«, fragte Jay vorsichtig.

»Zumindest muss ich mich nicht mehr übergeben«, antwortete Summer und sah auf. »Wahrscheinlich ist der Magen nach dem vierten Mal einfach leer.«

Jay bemerkte die Tränenspuren in ihrem Gesicht und versuchte es mit einer Ablenkung. »Hast du heute schon mit deiner Nan gesprochen?«

Summer lächelte.

»Wenn sie in unserer Wohnung sitzt, trifft sie niemanden außer mir. Ich glaube, ihr gefällt es in dem Heim, wo so viele Leute in ihrem Alter um sie herum sind.«

»Hast du ihr erzählt, dass du auf der Hauptbühne auftrittst?«

»Sie weiß, wie nervös ich werde«, meinte Summer kopfschüttelnd. »Da würde sie sich nur Sorgen machen.«

»Als ich vorhin im Zelt gespielt habe, habe ich einfach auf einen bestimmten Punkt gesehen und mir vorgestellt, dass ich mit den Jungs ganz allein bin und im Raum unter dem Restaurant übe.«

»Alle haben gute Ratschläge«, wehrte Summer müde ab. »Hol tief Luft, versuch, dich zu entspannen, denk an etwas anderes. Aber wie kann man an etwas anderes denken, wenn man unter zweihundert Spotlights mitten auf einer Bühne steht und einen hunderttausend Leute ansehen?«

Jay fand, dass sie recht hatte, versuchte aber dennoch, sie aufzumuntern.

»Wahrscheinlich macht Michelle irgendeinen Blödsinn, sodass alle sie ansehen werden.«

»Stimmt«, gab Summer zu und ließ ihre Hand auf Jays Knie gleiten.

Er erkannte, dass sie wollte, dass er ihre Hand hielt, und sobald er das tat, drehte sie sich leicht herum und legte ihren Kopf an seine Schulter. Am liebsten hätte er sich vorgeneigt und sie geküsst, aber dazu hätte er sich verrenken müssen, und außerdem war er sich sicher, dass es hier nur ums Trösten ging und nichts sonst.

»Was sind denn das für Zahlen?«, fragte Summer und tippte ihm auf den Bauch, wo sich sein T-Shirt verschoben hatte.

Verwundert zog Jay das T-Shirt höher und sah einen Haufen verschmierter Zeichen. Ein F am Anfang und ein Y sagten ihm, dass sie wohl von Freya stammten. Doch nach einem schweißtreibenden Tag war die daruntergeschriebene Handynummer zu schwarzen Flecken verschwommen.

»Machst du Witze?«, keuchte Jay und zog die Haut straff, in der Hoffnung, dass die Zeichen dadurch auf wundersame Weise lesbarer würden. »Kannst du das entziffern?«

»Du hast es völlig verschmiert, du verschwitzter kleiner Junge«, grinste Summer, doch als sie sah, wie enttäuscht Jay war, fügte sie hinzu: »Ich kann eine Sieben und zwei Nullen erkennen. Ist das von jemandem, den du gestern Abend kennengelernt hast?«

»Alfie und ich waren mit zwei Mädchen zusammen. Das war echt cool.«

»Die ganze Nacht?«, neckte ihn Summer. »Was habt ihr denn getrieben?«

»Mit Alfie?«, lachte Jay. »Der ist doch noch ein Baby!«

»Na, egal«, fand Summer, richtete sich auf und küsste ihn flüchtig auf die Wange. »Du bist ein netter Kerl. Viele Mädchen mögen dich.«

Der Kuss überraschte Jay, doch über ihre Worte grübelte er nach. Sagte sie, dass ihn viele Mädchen mochten, weil sie ihn mochte, oder sagte sie das nur aus Mitleid?

Während er noch überlegte, was er sagen sollte, kam Coco um die Ecke.

»Sie haben das Zeichen gegeben«, verkündete sie. »Bist du bereit, Süße?«

»Ich bestehe zwar nur aus Wackelpudding, aber ich werde euch nicht im Stich lassen«, erklärte Summer, hielt sich beim Aufstehen an der Sofalehne fest und sah Jay an. »Kommst du zusehen?«

Jay hatte sich so sehr auf Summer konzentriert, dass

er auf Brontobyte gar nicht mehr geachtet hatte, doch als er Industrial Scale Slaughter zur Bühne folgte, merkte er, dass sie bei ihrem dritten und letzten Song waren, einem Duett von Salman und Erin. Ihre Stimmen harmonierten gut miteinander, aber Tristans Schlagzeug war grauenvoll.

In der Plastikverkleidung um die Bühne klaffte eine Lücke von einem halben Meter. Jay blinzelte in den Sonnenuntergang und erblickte eine Zuschauermenge, die einer Gruppe von Kids aus einer Show, die kaum einer von ihnen kannte, nicht länger zuhörte.

Jay hatte bei Brontobyte aufgehört, weil Tristan nicht zugeben wollte, dass er ein schlechter Drummer war, und jetzt erlebten sie vor den Augen von hunderttausend Leuten genau den Albtraum, den Jay vorausgesagt hatte. Er fühlte sich bestätigt, konnte sich aber nicht darüber freuen, denn vor einem schlecht gelaunten Publikum würde Summer es nur noch schwerer haben.

Niedergeschlagen führte Salman seine Band von der Bühne. Erin sah wütend drein und Alfie war leichenblass.

»Viel Glück«, wünschte Jay Summer, und sobald er sicher war, dass sie sich außer Hörweite befand, heftete er seinen Blick auf Tristan und grinste breit: »*Super* Schlagzeug, Kumpel!«

Tristan schlug zu. Jay hatte geglaubt, er hätte genug Platz, um ihm auszuweichen, doch der kräftige Tristan hatte einen schwarzen Gürtel in Judo und bekam ihn zu fassen.

»Hier helfen dir deine Brüder nicht mehr!«, knurrte er und verdrehte Jay den Arm.

Dann packte er ihn am Genick und trat ihn mit dem

Knie. Zu Jays Glück waren genügend Leute um sie herum.

Als Erste kam Erin, schrie: »Hört sofort auf!«, und warf sich dermaßen heftig zwischen sie, dass beide Jungen beiseitegestoßen wurden.

Noch bevor sie ihr Gleichgewicht wiedergefunden hatten, wurden Jay und Tristan von kräftigen Männern der Bühnencrew festgehalten. Durch die blendenden Bühnenscheinwerfer und den Lärm der Menge hatten Summer und ihre Band keine Ahnung davon, was vor sich ging.

Jay fühlte, wie er herumgewirbelt und mit dem Gesicht voran in die dicke Plastikplane gestoßen wurde, die um die Bühne herumführte. Kaum eine Sekunde später tauchte der Bühnenmanager mit seinem Klemmbrett auf.

»Bringt Brontobyte in die Garderobe«, verlangte er steif.

Während drei Leute Brontobyte eskortierten, baute sich der Manager vor Jay auf. Der wurde mit einem mäßig schmerzhaften Griff von einem Mann am Arm festgehalten, der aussah, als müsse er sich bücken, wenn er durch eine Tür gehen wollte.

»Warum machst du hier auf meiner Bühne Ärger?«, verlangte er zu wissen.

»Ich bin von Rock War«, erklärte Jay.

»Schmeißt ihn raus!«

Der Bühnenarbeiter trat nach dem Riegel einer Tür, auf der »Notausgang – nur im Brandfall benutzen« stand, und stieß Jay hindurch.

»Wenn ich dich hier noch ein Mal erwische, trete ich dir in den Hintern«, versprach er, bevor er die Tür wieder zuknallte.

Der verdrehte Arm, die Schläge und vor allem Tristans Knie in den Bauch sorgten dafür, dass Jay ein paar Sekunden brauchte, bis er wieder aufrecht stehen konnte und feststellte, dass er auf einer Treppe stand, von der dreißig Metallstufen direkt zum VIP-Empfangsbereich darunter führten.

Gegen die große Videoleinwand über seinem Kopf prallten die Motten, und er sah in eine Menge, die hundertfünfzig Pfund dafür bezahlt hatte, Smudger zu sehen und nicht die Werbung für eine Talentshow, von der sie noch nie gehört hatten.

Summer sah aus, als würde sie gleich ohnmächtig werden, als sie ans Mikrofon trat. Cocos Gitarre begann mit dem Intro zu Patti Smiths Klassiker »Because the Night« und Summer holte tief Luft.

Aus so großer Nähe konnte Jay sehen, dass sich Summers Lippen eine Viertelsekunde früher bewegten, als der Laut über die großen Lautsprecherstapel kam. Dort am Mikrofon stand ein vierzehnjähriges Schulmädchen, doch die Stimme schien eher zu einer Gospelsängerin von hundert Kilo zu passen.

In der Pause zwischen den beiden ersten Zeilen des Songs sah Jay, wie sich hunderttausend Leute nach Summers Stimme umdrehten, und hörte stolz, wie sie losbrüllten. Am liebsten hätte er alle wissen lassen, dass er dieses Mädchen gerade eben noch umarmt hatte, kurz bevor sie die Bühne betrat.

Er raste die Treppe hinunter, und als er Noahs Rollstuhl erblickte, rannte er zu ihm.

»Sie ist unglaublich!«, schrie er über die Musik. »Ihre Stimme hat das Publikum in drei Sekunden erobert.«

Doch Noah war nicht ganz so begeistert.

»Was ist?«, fragte Jay.

Noah lächelte schief.

»Sie ist wirklich unglaublich«, stimmte er zu. »Aber welche Chancen haben dann unsere Bands gegen sie?«

Die verflixte vierte Woche

Coco filmte Summer mit deren Camcorder, während die Landschaft vor den Fenstern ihres Luxusbusses vorüberglitt.

»Alle fragen mich danach«, sagte Summer, »aber ehrlich gesagt war ich so nervös, dass ich mich kaum mehr daran erinnern kann, wie es auf der Bühne war. Eben war ich noch mit Jay in der Garderobe, und dann kam ich plötzlich von der Bühne, und alle haben verrücktgespielt.

Zum größten Teil liegt es an unserer Musikauswahl. Mo, der Musikregisseur bei Rock War, hat viel für uns getan. Ich kannte ›Because the Night‹ nicht, bevor ich ins Camp kam, aber es ist ein wunderschöner Song. Und wir hatten unsere Songs für Rage Rock festgelegt, doch in letzter Minute hat uns Mo ›Dumb Luck‹ von den Smudgers singen lassen. Wir konnten es nur ein einziges Mal üben, aber es war eine absolut brillante Wahl. Alle im Publikum warteten darauf, Smudger zu sehen, und es hat ihnen verdammt gut gefallen, dass wir ihren größten Hit gespielt haben.

Das Komische dabei ist, dass ich mich daran erinnern kann, ›Dumb Luck‹ in der Wanne gesungen zu haben, als ich etwa fünf Jahre alt war. Und als wir von der Bühne kamen, kamen Damien und Chris aus ihrer Garderobe und haben mich umarmt und uns gebeten, noch zu bleiben. Und nachdem sie gespielt hatten, saßen wir noch mit den Familien der Smudger zusammen und haben mit ihren Kids Jenga gespielt. Mir ist egal, ob wir am Ende des Bootcamps zu den beiden Bands gehören, die abgewählt werden, denn das gestern Abend war das Unglaublichste, was mir in meinem ganzen Leben passiert ist.«

Aus dem Sitz hinter ihr tauchte Michelle auf und lehnte sich ins Bild.

»Little Miss Superstar hier möchte sich natürlich auch bei ihren drei wahnsinnig guten Bandkollegen bedanken, die das alles ermöglicht haben.«

Obwohl ihr Ton scherzhaft war, spürte Summer den Neid dahinter und hatte überdies ein schlechtes Gewissen, dass sie drauflosgeplappert hatte, ohne die anderen auch nur zu erwähnen.

»Ich liebe die drei«, erklärte sie und legte einen Arm um Michelle, während sich Lucy vom Sitz vor ihr ins Bild lehnte und winkte. »Ihr würdet nicht glauben, wie sehr sie mich überreden mussten, bei Industrial Scale Slaughter mitzumachen. Und ich bin nur hier, weil der Dad von Michelle und Lucy angeboten hat, meiner Großmutter einen Aufenthalt in einem Pflegeheim zu bezahlen. Also, Mr Wei, wenn Sie zusehen – Sie liebe ich auch!«

Sie warf dem Camcorder eine Kusshand zu, doch Michelle schrie: »Nicht unseren Dad küssen, das ist eklig!«

»Wir lieben dich auch, Dad!«, rief Lucy dazwischen und warf ihm ebenfalls eine Kusshand zu. »Und vergiss nicht, dass ich bald siebzehn werde. Das Auto, das du mir zum Geburtstag schenkst, muss ein Kombi sein, damit ich mein Schlagzeug darin unterbringen kann!«

»Kauf ihr kein Auto!«, warnte Michelle und schüttelte heftig den Kopf. »Gib dein Geld lieber für mich aus, sonst fahre ich mit dir auf einen Hügel, wenn du alt und klapprig bist, und löse die Bremsen an deinem Rollstuhl!«

»Schnitt, Coco!«, befahl Summer und schob Michelle aus dem Bild. »Das ist mein Videotagebuch. Wenn ihr zwei so viel zu sagen habt, macht euer eigenes!«

* * *

Die drei Tage des Rage-Rock-Festivals hatten die Crew an den Rand der Erschöpfung getrieben. Zig gab allen den Montag frei, abgesehen von den Praktikanten, die aufräumen und alle Geräte aufladen mussten, die beim Festival in Gebrauch gewesen waren, die den Rasen mähten, die dreckige Kleidung der Kandidaten wuschen, Essen für eine Woche einkauften und die Sachen in Megs Zimmer einpackten und nach London zurückbringen ließen.

Die Kandidaten holten den Schlaf nach, den sie in den drei Tagen versäumt hatten, und nutzten den Pausentag von den Dreharbeiten dazu, zu proben, am Pool abzuhängen und Videospiele zu spielen. Sie schmiedeten Pläne, ihr eigenes Grillfest zu veranstalten, doch Zig gefiel die Vorstellung nicht, dass sich all seine Kandidaten den Magen an halb garen Würstchen verdarben, daher entschieden sie sich stattdessen für eine Pizzalieferung gigantischen Ausmaßes.

Am Dienstagmorgen erwachte Theo kurz vor zehn Uhr nicht in dem Zimmer, das er sich mit Adam teilte, sondern in einem Riesenbett in einem Zimmer mit doppelter Deckenhöhe, das im Westflügel des Gebäudes lag. Zuvor hatte Meg darin gewohnt, und Theo war unglaublich stolz auf sich selbst, als er die blattgoldverzierte Decke betrachtete und das Knäuel von Laken, hinter dem die nackte Lorrie schlief.

Theo trat die Laken zu Boden, kletterte über das große Bett und kitzelte sich langsam Lorries Rücken hinauf. Als sie sich rührte, ließ der muskulöse Siebzehnjährige die Hand zu ihrem Bauch gleiten und blies ihr in den Nacken, während er tiefer wanderte.

Doch bevor er sein Ziel erreichte, zuckte Lorrie zusammen und stieß sich beim Aufsetzen den Kopf an dem Ebenholzkopfteil des Bettes. Die Morgensonne schmerzte in ihren Augen und der dumpfe Schmerz in ihrem Kopf kam nicht von dem Aufprall.

»Oh Scheiße«, entfuhr es ihr. Sie fuhr sich mit der Zunge über die trockenen Lippen und begann sich langsam zu erinnern.

Nach zwei Tagen vor der Kamera als Ersatz für Meg hatte sich Lorrie wieder in ihre Aufgaben als Praktikantin gestürzt und besonders schwer gearbeitet, um den anderen zu beweisen, dass sie sich jetzt nicht zu gut dafür war.

Doch die waren gelangweilt und überarbeitet und konnten es nicht lassen, sie zu reizen. Und um die Sache noch schlimmer zu machen, war sie in den Schneideraum gerufen worden, um einen Dialog zu kommentieren, während ihre Leute bei glühender Hitze den Rasen mähen mussten.

Da sie keine Lust hatte, am Abend auf dem Rasen hinter der Küche mit den anderen Praktikantinnen zu rauchen und zu lästern, hatte sie ein bisschen mit Theo geredet. Der war mit zwei Flaschen Bourbon vom Rage Rock gekommen und hatte sie an einen Jungen erinnert, in den sie in ihrer Abschlussklasse unheimlich verliebt gewesen war.

Das Schloss an Megs altem Zimmer erwies sich als kein Problem für Theo, und nach ein paar Gläsern Kentucky's Finest leistete sie gerade genug Widerstand, dass Theo der Meinung war, er hätte die Oberhand, bevor sie mit ihm ins Bett ging.

Es hatte Spaß gemacht, aber die helle Sonne und ein Kater rückten die Angelegenheit in die richtige Perspektive. Der Altersunterschied betrug zwar nur drei Jahre, und Theo war rein rechtlich eigentlich auch alt genug, doch sie fragte sich trotzdem, ob sie nicht etwas falsch gemacht hatte. Denn schließlich gehörte Lorrie zum Personal und Theo war ein Kandidat. War es dann nicht genauso illegal, wie es für einen Lehrer verboten war, mit einer siebzehnjährigen Schülerin zu schlafen?

Dazu kam noch, dass Theo nicht der Typ war, der seine Klappe halten konnte. Die anderen Praktikantinnen hatten sie letzte Nacht wahrscheinlich vermisst, und da sie wohl schon seit ein paar Stunden arbeiteten, würden sie reichlich gereizt sein, wenn sie jetzt auftauchte.

»Ich beiße nicht«, behauptete Theo, als Lorrie hochschoss und sich ihre Jeans griff, die noch Grasflecken vom Festival hatte.

»Letzte Nacht, das war schön«, sagte Lorrie. »Wir müssen das wiederholen, aber du darfst niemandem davon erzählen. Weder deinen Brüdern noch sonst jemandem.«

Lorrie hatte nicht die Absicht, noch einmal mit Theo zu schlafen, aber die Wahrscheinlichkeit, dass er mitspielte, war größer, wenn sie ihm ein paar leere Versprechungen machte. Als sie die Jeans hochzog, spürte sie das Telefon in der Tasche. Der Akku war auf acht Prozent gesunken, als sie es antippte und ihre Nachrichten las.

Sie hatte einen Anruf von einer unbekannten Nummer, eine SMS von ihrer Mutter, die sie an einen Anprobetermin für ein Kleid zur Hochzeit ihrer Cousine erinnerte, und eine von ihrem Freund, der behauptete, sie zu vermissen, wenn er auch den Sommer beim Segeln in Miami verbrachte und auf jedem Foto auf Facebook von Cocktails und Frauen umgeben zu sein schien.

Dann sah sie eine SMS von Zig Allen: *Sind Sie desertiert? Gute Arbeit am Wochenende. Kommen Sie ASAUGT in mein Büro.*

»Was heißt ASAUGT?«, fragte Lorrie Theo.

»As soon as you get this, also sofort«, übersetzte Theo. »Kriege ich nicht wenigstens noch eine Umarmung?«

Lorrie beruhigte sich ein wenig, als sie feststellte, dass Zigs Nachricht erst zwanzig Minuten alt war. Sie zog ihr Top an, band sich das Haar zurück und benutzte schnell Megs zurückgebliebene Mundspülung und ihr Deo. Theo sah ihr neugierig zu.

»Ich muss los«, sagte sie und schlug ihm im Hinausgehen noch einmal kräftig auf den Hintern. »Zieh dir bloß was an!«

Mit einem verstohlenen Blick den Gang entlang lief Lorrie eine schmale Hintertreppe hinauf in den vierten

Stock. Dort kam sie unter den Dachfenstern in einem Teil des Hauses heraus, der einmal als Atelier gedient hatte.

Sie ging an den vielen Monitoren der Bearbeitungscomputer von Rock War vorbei und klopfte an eine grobe Sperrholzwand, bevor sie sich durch die türlose Öffnung hineinlehnte. Nervös zuckte sie zurück, als sie sah, dass sich Zig mit den Regisseuren Angie und Joseph unterhielt.

»Kommen Sie herein«, forderte Zig sie auf.

Sein Tonfall klang befehlshaberisch, und ihr schoss durch den Kopf, dass sie alles über Theo wussten und sie gleich gefeuert werden würde.

»Also«, begann Zig im gleichen Ton, sodass Lorrie ganz unruhig wurde. »Wie hat es Ihnen vor der Kamera gefallen?«

Lorrie wand sich ein wenig und schob sich das Haar aus dem Gesicht.

»Es war eine tolle Erfahrung«, meinte sie. »Ich weiß, dass ich keineswegs perfekt bin, aber ich glaube, meine Schauspielerausbildung hat mir geholfen.«

»Fernsehmoderation ist wie Furzen«, erklärte Zig. »Meist muss man nicht darüber nachdenken, aber ab und zu geht es gewaltig schief.«

»Die Crew hat mir sehr geholfen«, meinte Lorrie und deutete auf Angie und Joseph, »und die beiden haben mich beruhigt.«

»Und? Möchten Sie weiter moderieren oder wieder als Praktikantin arbeiten?«

»Ich würde gerne weitermachen«, antwortete Lorrie, doch sie vermutete im Stillen immer noch, dass Zig sie nur hergebeten hatte, um ihre Träume zu zerschlagen.

»Hier ist eine Erklärung zur Rechteübertragung für vier Wochen, die uns Ihr Einverständnis zur Verwendung aller Aufnahmen von Ihnen gibt«, sagte Zig, schob ihr ein Blatt zu und schraubte seinen Füllfederhalter auf. »Sie werden das neue Gesicht von *Rock War – Bootcamp*. Aber ich brauche Ihre Entscheidung sofort.«

Lorrie nahm den Vertrag.

»Werde ich bezahlt?«, fragte sie vorsichtig.

Zig lachte, als wäre das das Absurdeste, was er je gehört hätte.

»Sie sind bereit, umsonst Toiletten zu putzen und Kameras zu schleppen, aber dafür, einen Push-up-BH anzuziehen und in die Kamera zu lächeln, wollen Sie bezahlt werden?«

»Ich...«, stammelte Lorrie, »Meg bekam eine ganze Menge Geld, habe ich gehört.«

Zig schlug mit der Faust auf den Tisch.

»Megs Name wird hier im Moment nicht gerne gehört«, fauchte er. »Als Sie Ihren Studentenhintern vor ein paar Wochen hier ins Haus gehievt haben, waren Sie mit dem Namen eines Moderators in Ihrem Lebenslauf zufrieden, oder?«

Angie gefiel nicht, wie Zig mit Lorrie umging.

»Es wäre ein Durchbruch für Sie, meine Liebe«, sagte sie besänftigend. »Es war eine Freude, mit Ihnen zu arbeiten, nachdem wir uns mit Meg haben abmühen müssen. Sie bekommen die Reisekosten erstattet, und wir werden mit Ihnen nach London fahren, um Ihnen ein paar Designerkleider zu kaufen.«

Zig warf Angie einen bösen Blick zu und rollte dann seinen Stuhl zurück.

»Klamotten und *moderate* Reisekosten«, bestätigte

er dann seufzend. »Aber keine Hotelminibars. Nie. Wenn Elvis Presley von den Toten auferstünde und Rock War moderieren wollte, würde ich ihm eine Million pro Show zahlen. Aber wenn er einen Zehner für eine Tüte schlapper Nüsse bezahlen will, kann er das aus seiner eigenen Tasche tun. Diese Hotelleute machen mich krank!«

Der belustigte Gesichtsausdruck seiner Regisseure ließ Zig erkennen, dass es mit ihm durchgegangen war.

»Konzentration«, mahnte er sich selbst und holte tief Luft. »Sie haben großes Glück«, meinte er und trommelte mit dem Finger auf den Vertrag. »Wenn ich nicht schwul wäre, müssten Sie wahrscheinlich mit mir schlafen, um so eine Gelegenheit geboten zu bekommen.«

Lorrie hatte Zig in einem leuchtend orangen Lamborghini mit dem Nummernschild ZIG74 fahren sehen und ärgerte sich darüber, dass er sie so zu ihrer Unterschrift drängte, obwohl es ihn nicht umbringen würde, ein paar Tausender lockerzumachen, mit denen sie ihr Studentendarlehen abzahlen könnte. Andererseits war es wirklich eine großartige Gelegenheit.

Zig lächelte, als sie den Füller nahm. Da sie Linkshänderin war, verschmierte sie ihre Unterschrift.

»Tut mir leid«, entschuldigte sie sich. »Kriege ich eine Kopie davon?«

»Ja doch«, antwortete Zig. »Da draußen ist ein Kopierer, aber bringen Sie mir meine Kopie gleich wieder.«

Lorrie deutete das als Signal, sich zurückzuziehen, doch Zig hielt sie zurück.

»Moment noch. Hat sich das Problem mit der vierten Woche bereits bis zu den Praktikanten herumgesprochen?«

»Äh... nicht dass ich wüsste, Mr Allen.«

»Nun, meine beiden geschätzten Regisseure und ich haben das Problem in den letzten Tagen gewälzt, kommen aber zu keinem Entschluss.«

»Was genau ist denn das Problem mit der vierten Woche?«

»Bootcamp läuft während der Sommerferien sechs Wochen lang auf 6point2«, erklärte Angie. »Zwei Folgen pro Woche. In der ersten Woche werden die Kandidaten vorgestellt und es gibt einen tränenreichen Abschied von den jeweiligen Familien. In der zweiten Woche haben wir die Kids hier im Haus, Unterricht, Proben, Jay wird übers Geländer geworfen, Barbecue mit einem berühmten Koch. Dritte Woche: Die Kandidaten amüsieren sich bei einem Rockfestival, haben Lampenfieber, Summer kotzt viel, die Bands spielen vor hunderttausend Musikfans. Woche fünf, drei berühmte Jurymitglieder reisen an, es gibt Tipps und Tricks, und wir bauen die Spannung auf. Woche sechs, letzte Auftritte, die Spannung steigt, und in der letzten Folge fliegen zwei Bands raus.«

»Sehen Sie, was fehlt?«, wollte Zig wissen.

»Die vierte Woche«, antwortete Lorrie.

»Die Kids sind wieder hier im Haus. Wir können noch mehr Proben zeigen oder ein paar Berühmtheiten einfliegen. Ich hatte gehofft, wir könnten es einfach und billig machen, aber so langsam zieht die Show Zuschauer an, und wir können es uns nicht leisten, an Schwung zu verlieren.«

»Wie wäre es mit einem Ausflug?«, schlug Lorrie achselzuckend vor. »Florida oder Paris?«

»Wir brauchen etwas Dramatisches«, meinte Zig, »und zwar billig.«

»Da gäbe es wohl etwas«, sagte Lorrie zögernd, da ihr erster Vorschlag abgeschmettert worden war. »Ich habe da einen Onkel...«

»Das habe ich auch, Kleine«, warf Zig ein und bedeutete ihr, sich zu beeilen. »Der ist verrückt geworden und hat sich erschossen. Darüber wollen wir aber nicht reden.«

»Nein«, fuhr Lorrie fort. »Mein Onkel Norman. Sie kennen doch diese Firmenausflüge, wo man ein Floß aus Fässern bauen muss und einen Fluss hinunterfährt oder in der Wildnis campt?«

»Teamfördernde Aktivitäten«, lächelte Joseph.

»Genau.«

»Das könnten wir ausbauen«, überlegte Angie. »Im Voice-over könnten wir uns darüber auslassen, dass solche teambildenden Maßnahmen die Bands enger zusammenschweißen und auch ihre musikalische Leistung fördern können.«

»Onkel Norman bildet auch Schauspieler aus«, fuhr Lorrie fort. »Wenn sie zum Beispiel Soldaten spielen müssen, zeigt er ihnen, wie man mit einem Gewehr umgeht, sich tarnt und all so etwas.«

»Das könnte funktionieren«, meinte Joseph.

»Wir bräuchten eine Art Ansporn, zum Beispiel einen Preis für die beste Band«, fügte Angie hinzu.

»Und wie viel würde das ungefähr kosten?«, fragte Zig.

»Keine Ahnung«, erwiderte Lorrie. »Ich glaube nicht, dass es furchtbar teuer ist. Mein Onkel fährt jedenfalls nicht in einem orangen Lamborghini herum oder so.«

Angie und Joseph mussten über Lorries Seitenhieb lächeln, doch Zig schnippte nur verärgert mit den Fingern.

»Okay, haben Sie die Telefonnummer Ihres Onkels?«

Schreckensstarre

Lorrie stand in Jeans und einer NATO-Tarnjacke im halbdunklen Ballsaal vor einer Kamera.

»Es ist Donnerstagmorgen, genau dreißig Minuten nach fünf«, flüsterte sie, um die Dramatik zu erhöhen. »Die Kandidaten von Rock War glauben, dass ihnen ein friedlicher Tag mit Proben bevorsteht. Doch da werden sie einen gewaltigen Schrecken bekommen!«

Die Kamera zoomte weg und zeigte einen großen Mann, der neben Lorrie stand. Er war kahl geschoren und trug eine eng anliegende schwarze Sonnenbrille. Im Gesicht prangte ein großer roter Schnurrbart und an der Hand hatte er einen verschlafenen Rottweiler mit einem Stachelhalsband.

»Das ist Norman X«, erklärte Lorrie theatralisch. »Jahrelang hat er britische Spezialeinheiten ausgebildet, und wir dürfen sein Gesicht nicht deutlich zeigen, um seine wahre Identität zu schützen. Mr X, was erwartet die Rock-War-Kandidaten heute?«

Mr X grinste fies. »Es werden wahrscheinlich die härtesten dreißig Stunden ihres Lebens«, verkündete er, »sowohl körperlich als auch psychisch.«

»Und was bringt das?«, wollte Lorrie wissen, obwohl ihr klar war, dass der wahre Grund dafür war, etwas Action in die vierte Woche zu bringen.

»Harte körperliche Belastungen erhöhen die psychische Belastbarkeit und stärken persönliche Bindungen«, erklärte Mr X. »Das gilt für Soldaten, die in eine Schlacht ziehen, ebenso wie für Geschäftsleute bei einem Wochenende mit teambildenden Maßnahmen oder eine Rockband. Die nächsten eineinhalb Tage werden diese Kids nicht eine Note spielen, aber ich garantiere, dass sie am Ende dieser Zeit stärkere Menschen und bessere Musiker sein werden.«

»Toll«, fand Lorrie. »Mr X, ich übergebe an Sie.«

Im Video würde man einen Schnitt machen, sodass es aussah, als würde Norman sofort reagieren. Doch zuerst mussten die Kameras und die Beleuchtung für eine Nahaufnahme eingestellt werden.

»Crews bereit?«, fragte Angie, sah sich um und stellte fest, dass alle Teams am unteren Ende der Treppen die Daumen hochhielten. »Und Action!«

Mr X, eine Kamera direkt vor der Nase, holte Luft und setzte eine verbeulte Messingpfeife an die Lippen. Lorrie hielt sich das rechte Ohr zu, als er kräftig hineinblies.

Im Ballsaal gingen flackernd die Lichter an und große Hunde stürmten die drei Treppen zu den Balkonen hinauf. Ihre Halter waren eine aufgeregte Mannschaft aus Exsoldaten in Uniform, denen die Kamerateams folgten.

Dylan schlief tief und fest, als ein Armeestiefel so heftig gegen seine Tür trat, dass sie aus den Angeln gerissen wurde und zu Boden fiel. Im Bild machte es sich großartig, obwohl Zig Allen wegen der Reparaturkosten sicher maulen würde.

»Aufstehen, los, aufstehen!«, befahl eine angsteinflößende Frau in Tarnkleidung.

Die Frau stieg über die kaputte Tür und zog Dylan die Bettdecke weg, während ihr Kollege das Gleiche bei seinem molligen Bandkollegen Leo tat. Dylan wurde von einem Kameralicht geblendet und erschrak dann über einen großen Husky, der laut bellend auf sein Bett sprang.

»Au verdammt!«, schrie Dylan, der vor Angst fast ins Bett machte. »Nehmt das Vieh weg!«

Er rollte sich aus dem Bett und fand sich auf dem Boden in einem Knäuel mit Leo wieder.

Der Husky sprang zusammen mit einem Dobermann, der auf Leos Bett gehüpft war, auf die Jungen zu. Dylan glaubte schon, er werde ein Stück aus ihm herausbeißen, doch stattdessen leckte er ihm nur über den verschwitzten Rücken, bis die Hunde von ihren Betreuern zurückgepfiffen wurden.

»Ihr habt zwei Minuten, um dieses Zimmer zu verlassen und auf dem Rasen anzutreten, sonst heißt es KVF«, schrie die Frau. »Nur T-Shirt und Shorts. Keine Schuhe!«

»Wisst ihr blässlichen Punks nicht mal, was KVF bedeutet?«, rief der Hundeführer.

Die Jungen sahen ihn verständnislos an, während die Hunde an den Leinen zerrten und wieder auf sie losgehen wollten.

»KVF heißt *kein verdammtes Frühstück!* Und das könnte eure letzte Mahlzeit für lange Zeit sein!«

In zweiundzwanzig anderen Räumen spielte sich die gleiche Szene ab. Im dreiundzwanzigsten wurde etwas behutsamer vorgegangen und ein kräftiger Praktikant half Noah in seinen Rollstuhl.

In verschiedenen Stadien von Schreck und Halbschlaf strömten die Kids die Treppen hinunter.

»Pantöffelchen?«, schrie einer der Soldaten. »Wer hat denn etwas von Pantöffelchen gesagt?«

Die Schlagzeugerin von den Reluctant Readers reichte ihre Schuhe einem von Mr X' Assistenten, der sie angewidert quer durch den Ballsaal warf.

»Bewegung!«, rief ein Soldat mit schottischem Akzent, stemmte die Hände in die Hüften und schrie aus der Mitte des Ballsaals Befehle. »Ihr seid doch Teenager, in der Blüte eures Lebens, fit und voller Energie! Warum bewegt ihr euch wie asthmatische Schildkröten auf einem Steilhang?«

Auf dem Rasen vor der Rock-War-Villa erwartete sie Mr X. Die Praktikanten hatten ihn am Tag zuvor gemäht, und Grasbatzen klebten an Jays Beinen fest, als er sich setzte.

»Habe ich was von Hinsetzen gesagt?«, brüllte Mr X. »Stellt euch in vier Zwölferreihen auf! Rücken gerade, Arme an die Seite. Und seht nicht so jämmerlich drein! Man könnte meinen, ihr seid noch nie um sechs Uhr früh von Soldaten mit bissigen Hunden geweckt worden.«

Verwundert, aber auch höchst amüsiert rappelte sich Jay hoch und stellte sich ans Ende einer Reihe. Die Jungen sahen nicht viel anders aus als sonst, aber ohne Make-up und mit wirren Haaren waren einige der Mädchen kaum wiederzuerkennen.

»Jetzt seh sich einer diesen dreckigen Haufen an«, schrie Mr X. »Ich glaube, die müssten alle mal ordentlich gewaschen werden.«

In dem Chaos hatte keiner der Kandidaten auf einen natogrün gestrichenen Feuerwehrwagen geachtet, der in der Auffahrt parkte. Doch sie wurden schnell aufmerksam, als zwei Soldaten die Hochdruckschläuche aufdrehten.

Das Wasser war eiskalt, und die Kandidaten stolperten und rutschten aus, als die kräftigen Strahlen sie aus dem Gleichgewicht brachten. Wer zu flüchten versuchte, wurde von einem dritten Schlauch hinter ihnen aufgehalten, der an einem Hydranten vor dem Haus angeschlossen war. Die Kandidaten fielen wie die Kegel, während die Schläuche den Rasen in Schlamm verwandelten und Erdstücke in die Luft rissen.

»Schon viel besser!«, fand Mr X und gab seinen Leuten ein Zeichen, das Wasser abzustellen. Dann grinste er die keuchenden, matschbespritzten Kinder an. »Und jetzt holt euch eure Sachen, aber zackig!«

Obwohl es Sommer war, fröstelten die nassen Kids auf dem Weg zu einem langen Klapptisch. Da die Kandidaten in der Größe zwischen dem kleinen Alfie und großen Kerlen wie Theo rangierten, waren die ordentlich gefalteten Sachen mit Namensschildern versehen.

Sie taten ihr Bestes, um Wasser und Schmutz abzuschütteln, bevor sie sich anzogen. Mädchen und Jungen bekamen alle das gleiche schwarze Unterhemd, ein altes Armeehemd mit polnischen Abzeichen am Arm, Camouflagehosen, dicke Wollsocken und ausgetretene schwarze Stiefel.

Doch Theo hatte keine Lust darauf und baute sich in nassen Shorts und einem Boxhemd furchtlos vor Mr X auf.

»Und was passiert, wenn ich Ihnen sage, dass Sie sich die Aktion sonst wo hinstecken können und ich wieder ins Bett gehe?«, fragte er aufmüpfig.

»Du musst Theo sein«, lächelte Mr X vollkommen entspannt. »Man hat mir schon gesagt, dass du Ärger machen würdest.«

»Na und, Rotschopf? Was ist, wenn ich wieder ins Bett gehe?«

»Du bist also ein Boxchampion, habe ich gehört? Wie wäre es mit einer kleinen Wette?«

Zwei Kameras fingen Theos misstrauischen Blick ein. Er war enttäuscht, dass seine rebellische Ader ihn so berechenbar machte.

»Ich bin hier mit acht Leuten aus meinem Team«, erklärte Mr X. »Da du ein Kämpfer ist, lasse ich dich einen von ihnen auswählen. Wenn du ihn zu Boden schicken kannst, zahle ich dir hundert Pfund, und du und deine drei Bandkollegen können ohne weitere Konsequenzen wieder ins Bett gehen. Aber wenn du zuerst zu Boden gehst, machst du mit wie alle anderen auch.«

Theo sah sich unter Mr X' Team um. Die meisten von ihnen waren sehr groß und er rechnete sich keine Chancen gegen sie aus. Die Frau, die Dylans Tür eingetreten hatte, war furchterregender als die meisten der Männer, aber ganz hinten stand noch eine weitere Frau. Mitte zwanzig, durchschnittliche Größe, das blonde Haar zu einem Knoten gebunden.

»Sie«, sagte Theo.

Mr X zögerte.

»Bist du sicher?«

»Wir hatten eine Abmachung«, grinste Theo. »Sie haben gesagt, jeden, also habe ich sie gewählt.«

»Manche Leute wollen nicht gegen Frauen kämpfen«, erklärte Mr X zögernd. »Aber abgemacht ist abgemacht. Amy, komm her!«

Obwohl die Armeekleidung nicht gerade schmeichelhaft war, konnte man aus der Nähe doch erkennen, dass Amy ziemlich gut aussah.

Theo sah in die Kamera und dann wieder zu Mr X. Er fürchtete, dass es sich vor der Kamera nicht gut machte, wenn er ein Mädchen verdrosch, doch Amy hatte sich bereits hingekniet, um ihre Stiefel auszuziehen. Die anderen Bandmitglieder sahen zu, während sie sich ihre Hosen anzogen, die Gürtel einfädelten und ihre zerrissenen polnischen Armeehemden zuknöpften.

Nur noch in Hemd und Combathose nahm Amy Kampfhaltung ein. Theo sah sie überrascht an, doch er ging davon aus, dass das jeder mit einem militärischen Hintergrund tun würde. Ihre Arme waren zwar muskulös, aber nur halb so dick wie die seinen.

»Los jetzt!«, verlangte Mr X, als sich die beiden auf dem Rasen, der durch die Schläuche in Matsch verwandelt war, barfuß gegenüberstanden. »Wir haben nicht den ganzen Tag Zeit.«

»Knall ihr eine«, verlangte Adam, »ich will wieder ins Bett!«

Ein paar Kandidaten und Crewmitglieder lachten leise. Theo schlug als Erster zu, doch Amy wich ihm aus, sodass der Hieb nur ihre Schulter streifte.

»Nicht schlecht«, neckte ihn Amy und tippte sich ans Kinn. »Warum versuchst du nicht, nächstes Mal mein Gesicht zu treffen?«

Theo war nicht so dumm, den Anweisungen seiner Gegnerin zu folgen, und hieb stattdessen nach ihrem Magen. Dieses Mal parierte Amy und ging zum Gegenangriff über, und bevor Theo sein Gleichgewicht wiedergefunden hatte, hatte Amy sich gegen ihn geworfen und seine Beine einen halben Meter vom Boden gehoben. Dann nutzte sie seinen eigenen Schwung, um ihn über ihren Rücken abrollen zu lassen und zu Boden zu werfen.

Abgesehen von den drei anderen Mitgliedern von Jet jubelten alle, als Theo mit sattem Klatschen auf dem Rücken landete. Amy trat zurück, verschränkte die Arme und machte eine kleine japanische Verbeugung. Die Regisseurin Angie wusste, dass das ein echter Volltreffer fürs Fernsehen war, und sah ihre Assistentin mit einem Grinsen an, das fast breiter war als ihr Gesicht.

Mr X erklärte den Kampf händereibend für beendet und begann wieder herumzuschreien.

»Ihr seid achtundvierzig Kandidaten und auf dem Frühstückstisch zwei Kilometer östlich von hier liegen vierzig Frühstücksbeutel. Der Weg ist mit blauen Pfeilen markiert und die letzten acht Kandidaten werden hungrig bleiben. Nach dem Frühstück gibt es eine ausführliche Einführung in die teambildenden Maßnahmen des Tages.«

Von einem kräftigen Praktikanten angeschoben, fuhr Noahs Rollstuhl allen voran den Hügel zum ersten Pfeil hinauf. Bis auf einen Kandidaten begannen alle zu rennen, und Mr X betrachtete Theo, der aus dem Matsch aufstand, ein wenig außer Atem von seinem harten Bodenkontakt.

»Gratuliere!«, strahlte Mr X. »Du hast dich gerade von einem Mädchen verprügeln lassen.«

Einfache Regeln

Dylan, Leo und Jay hatten für Sport nichts übrig und gaben das Rennen nach ein paar Hundert Metern auf. Selbst Theo überholte sie auf dem Weg zum Frühstückstisch, obwohl er sich erst fertig anziehen musste, nachdem die anderen schon losgerannt waren. Zum Glück waren die Frühstücksbeutel gut gefüllt, sodass die Nachkömmlinge die Reste unter sich aufteilen konnten. Jay hatte viele Freunde und bekam ein Schokoladenbrötchen, Weintrauben, Müsliriegel und kleine Joghurtbecher.

»Das ist empörend!«, beschwerte sich Dylan. »Als wir für Rock War unterschrieben haben, hat niemand etwas von körperlichen Aktivitäten gesagt!«

»Verdammt richtig«, stimmte Leo zu. »Es sind Sommerferien. Ich könnte irgendwo am Strand sitzen und mit einem süßen Ding im Badeanzug herummachen.«

»Wahrscheinlicher wäre, dass du zu Hause bei deiner Mutter in Paisley säßest, wo du Halo 5 spielen und Chips in dich hineinstopfen würdest«, spottete Eve.

Damit erntete sie ein paar Lacher, und Alfie kam zu ihnen und fragte, ob jemand sein Croissant gegen einen Joghurt eintauschen wolle.

»Ich glaube, das wird Spaß machen«, verkündete er.

»Unter den Sternen schlafen, Bohnen kochen und so. Mir hat das im Pfadfinderlager immer gefallen.«

Verlegen blickte er sich um, weil ihn die älteren Jugendlichen ansahen, als käme er vom Mars.

»Pfadfinder«, meinte Dylan kopfschüttelnd und herablassend.

Tristan stand zwar zehn Meter weit weg, schwenkte aber voll auf den Kurs ein und ließ sich über die Peinlichkeit seines kleinen Bruders aus.

»Alfie geht noch zu den Pfadfindern«, erklärte er allen das Offensichtliche. »Ihr solltet sehen, wie süß er mit seinen Shorts und dem kleinen Halstuch aussieht.«

»Ich trage keine Shorts«, fauchte Alfie, als einige der anderen lachten. »Idiot!«

»Ich war auch bei den Pfadfindern«, bekannte Jay, als er sah, wie Mr X und einige seiner Helfer auf sie zugestürmt kamen. »Das Lager war ganz in Ordnung, aber ich kann mich nicht daran erinnern, dass sie Hunde auf uns gehetzt oder uns mit Feuerwehrschläuchen traktiert hätten.«

»He, ihr! Hört auf, euch vollzustopfen, und passt mal auf!«, schrie Mr X. Die Kamerateams rückten näher. »Hier passiert jetzt Folgendes: Zum Aufwärmen fangen wir mit einer schönen Wanderung von zwanzig Kilometern an. Heute Abend schlagt ihr ein Biwak auf und...«

»Was ist ein Biwak?«, fragte Coco.

»Das ist wohl so etwas wie Bionade«, erklärte Babatunde, was einiges Gelächter hervorrief.

»Haltet den Mund!«, verlangte Mr X. »Wenn ihr eine Frage habt, dann wartet, bis ich euch die Erlaubnis gebe, Fragen zu stellen. Der Nächste, der ungefragt redet, wird es bereuen...

Wenn ihr das Biwak – oder das Lager, wenn euch das lieber ist – aufgeschlagen habt, bekommt ihr Material, um ein Floß zu bauen. Morgen früh bei Sonnenaufgang beginnt ein Rennen. Eure Flöße müssen es zwei Kilometer flussabwärts schaffen. Wenn ihr das Floß verlasst, bekommt ihr mehrere große Gegenstände, die euer Team gemeinsam über eine Strecke von eineinhalb Kilometern einen Klippenpfad entlang befördern muss. Wie, das müsst ihr euch überlegen.

Als Belohnung wird die Band, die als Erste fertig wird, das Wochenende mit ihrer Familie in London verbringen, wo sie in einem schicken Hotel wohnen und in Joe Cobbs neuem Steakhaus essen und sich anschließend eine West-End-Show ansehen. Die nächsten sechs Bands verbringen das Wochenende zu Hause bei ihren Familien.

Die fünf Bands, die als Letzte ankommen, werden leider nirgendwohin gehen. Sie bekommen Handschuhe, Putzlappen und Eimer und werden das Wochenende über dafür sorgen, dass jeder Quadratmillimeter der Rock-War-Villa so strahlt wie noch nie zuvor.«

Nach einer Pause, in der die Kandidaten die Rede verdauten, sagte Mr X: »Irgendeine Frage?«

»Wenn Sie meine Familie kennen würden, wüssten Sie, dass das als Preis kein großer Anreiz ist«, bemerkte Jay.

Mr X schnippte mit den Fingern, und zwei seiner Männer drangen zwischen die lachenden Kinder, packten Jay unter den Achseln und stürzten ihn in tiefste Finsternis, indem sie ihm einen Blecheimer über den Kopf stülpten und ihn vor Mr X schleiften.

Mr X nahm einen ausziehbaren Schlagstock vom Gürtel und hieb damit gegen den Eimer.

Der Knall war von innen ohrenbetäubend, und Jay klingelten die Ohren, als der Eimer abgenommen wurde. Obwohl er nur ein paar Sekunden im Dunkeln gewesen war, musste er im grellen Sonnenlicht dennoch blinzeln. Es gab einen weiteren Knall, als Mr X den Eimer fortwarf und einen Tisch mit Plastikkaraffen traf. Der Eimer prallte davon ab und flog in einen Busch.

»Das hast du doch wohl gehört, oder?«, schrie Mr X so nah vor Jay, dass dieser seinen Speichelregen abbekam. »Du bist also nicht schwerhörig.«

Jay sah ihn erschrocken an, während die anderen Kandidaten nicht recht wussten, ob sie das lustig oder gespenstisch finden sollten.

»Also gut, ihr grrrauenvolle Bande!«, rief der Schotte und baute sich vor einem Haufen kleiner Rucksäcke auf. »Jeder von euch nimmt einen Rucksack. Benutzt die Sonnencreme und trinkt viel Wasser. Wenn ihr eure Rucksäcke habt, geht ihr los. Der Weg ist deutlich gekennzeichnet, ihr müsstet also völlige Idioten sein, wenn ihr euch verlauft.«

* * *

»Ich glaube, wir haben uns verlaufen«, behauptete Jay und sah sich um. »Seid ihr sicher, dass wir nicht irgendwo ein Schild übersehen haben?«

»Nie ist ein Kamerateam da, wenn man es braucht«, fügte Summer hinzu. »Ich wette, die sitzen in irgendeiner Kneipe und verdrücken ein ordentliches Frühstück.«

Jay spürte einen ziehenden Schmerz in den Oberschenkeln, während er den steilen Kalksteinpfad hochstieg. Er hatte schmerzhafte Blasen an den Füßen, was daher kam, dass seine Füße in viel zu großen Stiefeln hin und her rutschten.

»Wir haben uns *nicht* verlaufen«, bestritt Lucy. Es hatte sie zwar niemand zum Pfadfinder ernannt, aber es hatte auch niemand anderer diesen Job haben wollen. »Da vorne, wo sich der Weg teilt, gleich hinter der Hügelkuppe, wird das nächste Schild sein.«

Zwanzig Kilometer klang furchtbar viel, doch sie hatten den ganzen Tag dafür Zeit. Der Weg ging über öffentliche Wanderwege und jetzt im Hochsommer waren viele Leute unterwegs.

Ein paar der Bands hatten sich eiligst auf den Weg gemacht, aber Lucy war es etwas entspannter angegangen, da dies kein Wettrennen war, und lief jetzt in einer großen Gruppe mit ihren drei Kolleginnen von Industrial Scale Slaughter sowie Jet, den Pandas of Doom und I Heart Death.

Jay und Summer waren Stadtkinder, und obwohl ihnen die Füße wehtaten, war die Wanderung, nachdem sie den Schrecken überwunden hatten, an ein paar bedrohlich großen Kühen vorbeizumüssen, etwas Neues für sie. Sie blieben den ganzen Morgen beieinander und freuten sich, durch die Heide zu laufen und vom Klippenpfad aus aufs Meer zu blicken.

Adam sah sich zu den mit Schafen gesprenkelten Hügeln um, die unter einem wolkenlosen Himmel in der Sonne lagen.

»Warum ist es auf dem Land nur so öde?«, stöhnte er. »Die Leute sind immer so begeistert, aber es ist doch einfach nur todlangweilig!«

Er hatte sich sein T-Shirt um den Kopf gebunden, wodurch er an einen Araber erinnerte, und seine Brust mit viel zu viel Sonnencreme beschmiert. Mit dem Fingernagel hatte er einen Smiley in die weiße Schicht geritzt.

»Da!« Lucy deutete, als sie oben am Hügel ankam, auf ein blaues Schild. »Ein weiterer Beweis dafür, dass die Welt um einiges besser wäre, wenn alle die Klappe hielten und täten, was ich sage.«

Als Letzte der Gruppe gingen Michelle und Theo, die im Laufe des Vormittages immer weiter zurückgefallen waren. Sie waren außer Sichtweite, als die anderen plötzlich Rufe hörten. Theo und Michelle kamen den Hügel hinaufgerannt und schrien: »Wartet!«

Die anderen blieben stehen und drehten sich um. Michelle trug einen Stapel goldener Kuchenschachteln, während Theo einen Karton voller Styroporbecher in den Händen hielt.

»Da unten ist eine reizende kleine Bäckerei, Herzchen«, sagte Michelle im Tonfall einer beschränkten Yorkshire-Oma. »Tee und Scones mit Schlagsahne. Haut rein, Kinder!«

Jay blieb misstrauisch, als Theo die Becher absetzte.

»Vielleicht habe ich ein paar Tropfen verschüttet«, meinte er, als sie zugriffen.

Michelle zog die Schleife an einer Kuchenschachtel auf. Lucy und Coco nahmen sich die sahnigen Teilchen als Erste.

»Die sind toll«, fand Lucy und fing mit der freien Hand die Krümel auf, während die anderen ihrem Beispiel folgten. Jay hielt sich zurück und sah den Hügel hinunter, als erwarte er, dass sie ein zorniger Bäcker mit dem Nudelholz verfolgte.

»Habt ihr die geklaut?«, fragte er. Die anderen Kandidaten setzten sich am Wegrand hin und machten die Deckel von den Teebechern ab.

Theo schnalzte mit der Zunge.

»Nennst du mich einen Dieb?«, fragte er empört.

»Ich nenne dich nicht einen Dieb, ich weiß, dass du einer bist«, lachte Jay. »Du hast doch schon mehr Zeit im Jugendknast verbracht als in der Schule!«

»Die Cops haben es auf mich abgesehen«, behauptete Theo zur allgemeinen Erheiterung. »Außerdem klaue ich Autos, keine Scones.«

Auch Adam war neugierig.

»Jay sagt doch nur, dass sie uns heute Morgen in Shorts und T-Shirts haben antreten lassen, und in meiner Uniform oder in meinem Rucksack war jedenfalls kein Geld.«

»Wenn du es unbedingt wissen willst«, meinte Theo, zog eine alte Nylonbörse hervor und wedelte damit herum.

Da Adam sich ein Zimmer mit Theo teilte, wusste er, dass sie nicht Theo gehörte.

»Wo kommt die denn her?«

»Erinnerst du dich noch an die kleine Soldatin Amy?«

Adam grinste.

»Die, die dich mit zwei lässigen Bewegungen aufs Kreuz gelegt hat?«

»Ich kann doch nicht einem Mädchen vor laufender Kamera eins aufs Maul geben, oder?«, verteidigte sich Theo.

»Oh ja«, spottete Adam. »Du hast sie natürlich gewinnen lassen.«

»Also, als sich Amy gebückt hat, um ihre Stiefel wieder anzuziehen, habe ich mir ihren Hintern angesehen«, erzählte Theo. »Zunächst fiel mir auf, dass es ein erstklassiger Hintern ist. Und dann bemerkte ich, dass dieses Portemonnaie aus ihrer Tasche ragte. Also habe ich mich als Taschendieb betätigt. Und mit ihrem Geld habe ich euch undankbarem Haufen Tee und Scones gekauft!«

»Tolle Scones«, gab Adam zu, der an einem großen Stück kaute. »Ganz frisch gebacken.«

Lächelnd drohte Babatunde mit dem Finger.

»Aber wenn Amy herausfindet, dass du sie beklaut hast, tritt sie dir noch einmal in den Arsch.«

»Sie hat ja keine Beweise«, wehrte Theo ab. »Und außerdem mag ich es vielleicht sogar, ein wenig mit ihr im Gras herumzurollen.«

Der Wind hatte eine der Pappschachteln umgeweht, und ein Haufen Servietten flog durch die Luft, woran ein alter Herr, der mit seinem Collie spazieren ging, Anstoß nahm.

»Ich hoffe, ihr Bande hebt das wieder auf, bevor ihr geht«, verlangte er.

Die hochnäsige Art, mit der er sie als *Bande* bezeichnete, ärgerte einige der Jugendlichen. Theo zeigte ihm den Stinkefinger und knurrte: »Hau ab und kümmere dich um deinen Scheiß, alter Sack!«

Dem Mann gefiel das ganz und gar nicht. Summer gab dem Collie ein Stück von ihrem Scone, während sein Besitzer wütend mit seiner Tweedmütze wedelte.

»Was ist das denn für ein Benehmen?«, schrie er. »Wie würde diese schöne Landschaft wohl aussehen, wenn jeder seinen Müll hier herumfliegen ließe?«

»Ein bisschen weniger langweilig?«, vermutete Adam.

»Es wird Zeit, dass die jungen Leute in diesem Land ein bisschen...«

Er hielt abrupt inne, als die untere Hälfte von Michelles Scone seine Brille traf – und zwar mit der Sahneseite. Der Mann keuchte auf, als der Scone langsam herunterfiel.

»So eine Unverschämtheit!« Im Davongehen wetterte er: »Ich weiß ja nicht, welche Jugendgruppe euch hierhergebracht hat, aber das werde ich noch herausfinden!«

Wie üblich hatte Michelle es übertrieben und wurde böse, als die anderen sie missbilligend ansahen.

»Ihr habt gerade Scones gekriegt, ihr jämmerlichen Gestalten!«, schrie sie.

»Er war nur ein alter Meckerfritze«, meinte Lucy. Summer und ein Mädchen von I Heart Death begannen die fliegenden Servietten einzusammeln. »Du hättest ihn auch einfach ignorieren können.«

Michelle hasste es, wenn man ihr sagte, wie sie sich benehmen sollte, und von ihrer älteren Schwester vor allen anderen gerügt zu werden, ließ sie komplett ausrasten.

»Jetzt lass mal nicht so die Streberin raushängen, Lucy!«, verlangte sie und lief los. Als sie sich umdrehte, klang sie, als würde sie gleich weinen. »Dabei wollte ich doch nur etwas Nettes für euch tun!«

»Michelle ist total durchgeknallt«, verkündete Theo und leckte sich die Sahne von den Fingerspitzen, bevor er aufstand, um ihr zu folgen. »Ich glaube, ich werde sie heiraten.«

Maßnahmen

Das Lager wurde an einem ruhig fließenden Fluss aufgeschlagen. Sie krempelten die Hosenbeine hoch und hielten die wunden Füße ins Wasser. Mr X und seine Leute waren bereits da, als die Teenager ankamen, und kläfften Befehle, während sie sich mit den Zelten abmühten. Danach gingen die Soldaten, um die Vorbereitungen für den nächsten Tag zu treffen, und ließen die Bands allein im Gras zurück.

Lucy und ihre Truppe hatten zwar die auf zweifelhafte Weise erworbenen Scones gegessen, aber die anderen hatten nichts bekommen außer den Riegeln aus ihren Rucksäcken. So schön es auch war, sich nach der langen Wanderung auszuruhen, mit knurrendem Magen blieb die Entspannung aus, und die Stimmung war gedämpft.

Als ein Laster ankam, sahen sie alle hoffnungsvoll auf. Auf der Ladefläche stapelten sich Plastikfässer, Nylonseile und andere Dinge, die offensichtlich zum Floßbau benötigt wurden. Lorrie und ein Kameramann sprangen aus dem Fahrerhäuschen.

Zwei weitere Laster mit Praktikanten und Kamerateams hielten hinter Lorrie an, als sie sich mit einer Kamerafrau und einem Mikrofon zu den Kids begab.

»Wie war dein Tag?«, fragte sie Summer.

»Ich bin erledigt«, erwiderte Summer und versuchte, positiv zu klingen. »Aber die Aussicht war zum Teil echt grandios.«

»Bist du bereit für die Herausforderung morgen?«, fragte Lorrie.

Bevor Summer etwas antworten konnte, drängte sich Sadie von Frosty Vader ins Bild.

»Wir sind müde und genervt«, erklärte sie. »Wir sind ja nicht dämlich und wissen, dass sich das im Fernsehen gut macht, aber wir haben uns für Rock War gemeldet und nicht für diesen pseudomilitärischen Mist!«

Mehrere andere Kandidaten stimmten ihr lauthals zu und einige klatschten. Lorrie sah sich vorsichtig nach der Kamera um und ging dann weiter. Als Nächstes wählte sie Alfie, weil er ihr am harmlosesten vorkam.

»Du hast wohl ein paar Blasen«, meinte sie mit einem Blick auf seine nackten Füße. »Bist du schon einmal so weit gelaufen?«

Alfie war sich bewusst, dass er seine Glaubwürdigkeit verloren hatte, als er vor den älteren Kindern beim Frühstück seine Begeisterung gezeigt hatte. Jetzt witterte er die Gelegenheit, sie wiederzuerlangen.

Er sah finster drein und brachte sein Gesicht ganz dicht vor die Kamera.

»Ich bin am Verhungern«, knurrte er mit seiner noch ungebrochenen Stimme. »Und wer sich diesen Schwachsinn ausgedacht hat, uns hier rauszuschicken, kann mich mal kreuzweise!«

Als die Kids hörten, was er sagte, schossen sie aus dem Gras hoch und applaudierten. Selbst Tristan schlug ihm kräftig auf den Rücken. Lorrie und ihre Kamera zogen sich zurück.

»Gib's ihr, Alfie!«, rief Jay.

Als Joseph und Zig in einem Range Rover kamen, sahen sie erstaunt die wütenden Kandidaten am Fluss und Lorrie, die sich ängstlich zu den geparkten Lastern zurückzog.

Die Stimmung besserte sich ein wenig, als die Helfer drei Stahlcontainer mit Essen von einem Lastwagen holten. Während sie einen langen Tisch aufbauten und mit Plastiktellern deckten, hatte sich bereits eine Schlange von Kandidaten gebildet, die aufs Essen warteten. Bei laufender Kamera stellte eine Praktikantin vor dem Tisch eine Tafel auf:

Jungle Chows Dschungelmenü

Vorspeise: Schafsaugen in Gehirnsud
Hauptgang: geschmortes Kuheuter mit Entenmägen
Dessert: Schokoladenüberzogene Schweinehoden
in Limonensoße

Vegetarische Variante: Seetanggemüse

Die meisten hielten das für einen Scherz, bis jemand den Deckel von einem dampfenden Stahltopf nahm, sodass die Kamera eine rosafarbene Suppe beleuchtete, in der Augäpfel schwammen.

Überall rief es »Iiiihh!« und ein Mädchen wich zurück und musste schon bei dem Anblick würgen. Der Mann hinter dem Topf war winzig und hatte einen Strohhut und ein grün-gelb gestreiftes Polohemd mit der Aufschrift Jungle Chow an.

»Das essen wir nicht«, erklärte Lucy kategorisch.
Der schottische Soldat lachte.
»Etwas anderes gibt es nicht, also haut rein oder bleibt hungrig.«
»Wo ist Zig?«, fragte jemand.
Gleichzeitig versetzte ein großer Junge namens Grant von I Heart Death der Frau, die ihre entsetzten Gesichter filmte, einen Stoß und schlug ihr die Kamera von der Schulter. Eine zweite Kamerafrau richtete ihr Gerät auf den Boden, bevor sie das gleiche Schicksal ereilte.
»Keine weiteren Aufnahmen«, rief Adam. »Und keinen Unsinn mehr!«
»Stellt euch wieder in die Schlange und haltet den Mund!«, schrie der Schotte.
Aber davon wollten die hungrigen Teenager nichts wissen. Zig beobachtete die Szene beunruhigt von seiner Position hinter den Kamerateams, als Lucy mit ein paar Kandidaten auf ihn zukam.
»Wo ist der Sozialarbeiter?«, fragte Lucy.
Zig sah sie verblüfft an.
»Als wir am ersten Tag ankamen, gab es ein Briefing«, erinnerte ihn Lucy. »Es muss immer ein Sozialarbeiter am Set sein, der sich um unsere Belange kümmert. Und man hat uns gesagt, dass wir jederzeit mit unseren Familien sprechen dürfen. Aber jetzt sitzen wir irgendwo fernab von allem, haben kein Telefon, und Sie versuchen, uns mit Kuheutern zu füttern.«
»Eure Eltern wurden alle informiert, dass ihr auf einem Landausflug seid und morgen Mittag wieder zurück seid«, warf Angie ein.
»Und haben Sie ihnen auch von den Feuerwehrschläuchen und den Schafsaugen erzählt?«, schrie Jay.

»Mein Patenonkel ist Anwalt«, rief Dylan. »Der verklagt euch!«

»Also«, begann Zig unsicher, während der Schotte neben ihn trat. »Jetzt beruhigt euch mal wieder.«

»Gleich sind meine Kollegen wieder da!«, flüsterte der Schotte ihm zu. »Dann werden wir diesen kleinen Aufstand niederschlagen.«

Zig sah ihn wütend an.

»Das hier ist nicht die Army, sondern eine Fernsehshow«, zischte er. »Und falls es Ihnen nicht aufgefallen ist: Das da sind keine Soldaten, sondern Kinder!«

Angie spürte, dass Zig einknickte, und ergriff die Initiative.

»Beruhigt euch, Leute«, verlangte sie. »Lucy, du hast absolut recht, es sollte ein Sozialarbeiter dabei sein, das ist ein Versäumnis unsererseits. Aber wir versuchen hier eine spannende, aufregende Show zu machen. Das bedeutet mehr Zuschauer und mehr Publicity, was letztendlich auch euch zugutekommt.«

»Das können Sie leicht sagen. Sie müssen ja keine Augäpfel essen und sich anbrüllen lassen«, entgegnete Lucy.

»Und sich abspritzen lassen oder einen Eimer über den Kopf stülpen lassen«, fügte Adam hinzu.

Angie holte tief Luft und versuchte, ruhig zu bleiben. »Was wollt ihr denn?«

»Zunächst mal etwas Anständiges zu essen«, verlangte Lucy. »Es muss ja nichts Großartiges sein. Ein paar Burger, Cola, Eis.«

»Alk!«, schrie Michelle, wurde aber nur von allen wütend angesehen, denn diese Verhandlungen waren ernst, und es war nicht der richtige Zeitpunkt, den Idioten zu geben.

»Außerdem mogeln Sie bei allem Möglichen«, fuhr Lucy fort. »Sie haben so getan, als wären Juroren bei unseren ersten Auftritten anwesend gewesen. Sie lassen uns Aufnahmen wiederholen, wenn das Licht nicht stimmt oder irgendein Akku leer ist. Sie täuschen Stunts vor wie den, als Jay über das Geländer flog. Warum können Sie hier nicht auch mogeln?«

Angie versicherte sich mit einem Blick auf Zig, dass er mit dem, was sie sagte, einverstanden war.

»Wir schicken jemanden, der Essen holt«, stimmte Angie zu. »Vielleicht wird es nur der McDonald's an der Autobahn, weil wir uns hier nicht gerade in einer sehr kulinarischen Umgebung befinden.«

»Immer noch besser als Entenmägen und Schweinehoden«, fand Lucy und sah sich um, doch die anderen nickten zustimmend.

»Trotzdem würde ich euch wirklich bitten, auch mal das Essen von Jungle Chow zu versuchen«, fuhr Angie fort. »Sie werden für Dinnerpartys und Geschäftsessen gebucht. Es ist gutes und leckeres Essen, und es wird sich im Fernsehen wirklich gut machen, wenn ihr es esst.«

»Für fünfzig Pfund esse ich einen Teller von dem Zeug«, schlug Theo vor.

Sobald die Rede von Geld war, trat Zig neben Angie.

»Auf keinen Fall bekommst du Geld«, erklärte er. »Lieber stoppe ich die ganze Produktion, bevor ich anfange, die Kandidaten jedes Mal zu bezahlen, wenn ich etwas von ihnen verlange, was ihnen nicht gefällt.«

Es erklangen ein paar Buhrufe und ein paar Jugendliche weiter hinten rüttelten an dem langen Tisch.

»Hört mir erst mal zu, bevor ihr durchdreht!«, verlangte Zig nervös. »Ich werde euch nicht bezahlen.

Aber ich biete euch Folgendes an: Wir schicken jemanden Essen holen. Ich sage Mr X und seinen Leuten, dass sie nett zu euch sein sollen, und dann können wir ein paar Szenen einspielen, in denen sie euch anschreien. Ich möchte alle von euch filmen, wie ihr das Jungle-Chow-Dinner esst, selbst wenn es nur ein paar Bissen sind. Wer am meisten isst, bekommt einen Preis von hundert Pfund!«

Lucy sah sich zu ihren Leuten um und spürte, dass dieser Vorschlag gut aufgenommen wurde.

»Eine Sache wäre da noch«, erklärte sie entschlossen.

Zig verschränkte die Arme und versuchte, streng auszusehen.

»Und was?«, fragte er säuerlich.

»Keine Bestrafung für die fünf letzten Bands«, erklärte sie, was ihr einstimmige Begeisterung eintrug. »Sie können fürs Fernsehen gerne so tun und ein paar Aufnahmen faken, wie wir Böden schrubben. Aber wir sind alle schon mehr als drei Wochen von zu Hause fort, und ich finde, alle haben es verdient, dieses Wochenende bei ihren Familien zu verbringen.«

Dieser Vorschlag gefiel den Kandidaten sehr und erntete begeisterte Zustimmung. Zig rechnete schnell nach: Die Praktikanten würden das Haus umsonst putzen. Er würde den Kandidaten die Zugfahrt bezahlen müssen, doch wenn niemand im Haus war, sparte er weit mehr an Gehaltskosten und Essen. Außerdem konnte er die Tagesverträge für die Crews ruhen lassen.

»Abgemacht«, sagte Zig und schüttelte Lucy die Hand. »Ich habe das Gefühl, als müssten wir alle irgendwann für dich arbeiten, Kleine.«

Doch als er sich zu ihr neigte, um sie zu umarmen, flüsterte er ihr eine wesentlich düsterere Botschaft ins Ohr: »Ich mag es nicht, wenn man mich anschmiert. Du und deine kleine Band, ihr habt mehr Chancen, auf dem Mars zu landen, als Rock War zu gewinnen.«

Lucy hatte das Gefühl, einen Tritt in den Magen bekommen zu haben, als Zig lächelnd zurücktrat, Zwanziger aus seiner Geldklammer zog und die Aushilfen anwies, zu McDonald's zu fahren. Die Drohung war so schnell hervorgestoßen worden, dass Lucy fast glaubte, sie habe sich verhört.

Am Tisch richtete der kleine Mann mit dem Strohhut gerade einen Teller mit Kuheuter für Summer an. Theo biss in einen Augapfel und erntete ein paar angewiderte »Ohh!«-Rufe, doch Michelle musste natürlich einen draufsetzen.

Sie stopfte sich vier Augäpfel in den Mund und biss zu. Die Kamera filmte und nahm die Schreie der anderen auf, als ihr graue Flüssigkeit aus den Mundwinkeln lief. Dann hustete Michelle und spuckte alles wieder aus, sodass die Leute in ihrer Nähe flüchteten.

»Gar nicht mal so schlecht«, fand Theo an die Kamera gewandt und steckte sich noch ein Auge in den Mund. »Dann probieren wir doch mal die Hoden.«

Geländegängig

Nachdem sie den Geschmack des Jungle-Chow-Essens mit Cola hinuntergespült hatten, aßen die *Rock-War*-Kandidaten McNuggets, Big Macs, Fischfilets und Himbeertorte mit Eis.

Als die Sonne unterging, begannen sie auf ihren wunden Füßen herumzulaufen und ihre Flöße zu bauen. Zwischen den Jugendlichen und der Crew herrschte eine angespannte Stimmung, während Mr X und seine Leute stinksauer waren, dass Zig sie praktisch zu Schauspielern degradiert hatte.

Während die Aushilfen aufräumten und alle Verpackungen einsammelten, die nicht nach Rage-Cola-Produkten aussahen, bekam jede Band ein Paket mit Paddeln, Holzplanken, Seilen, Plastikplanen und Fässern mit dem Rage-Cola-Logo vor das Zelt geliefert.

Die Flöße fielen sehr unterschiedlich aus, von Jets einfacher Struktur mit Holzplanken, unter denen Fässer vertäut wurden, bis zu kunstvolleren Gefährten, bei denen die Fässer zwei Seiten eines Bootes bildeten und die Plastikplane über einen Holzboden gespannt war. Das Resultat hatte eine gewisse Ähnlichkeit mit einem Schlauchboot.

Brontobyte kamen Alfies Pfadfinderfähigkeiten zugute, sodass sie das erste dieser Pseudoschlauchboote konstruierten, und als die anderen sahen, wie elegant es aussah, kopierten mehrere Bands das Design. Um elf war es dunkel und die Kids verkrochen sich in ihre Zelte. Obwohl sie nur Schlafsäcke und dünne Isomatten hatten, waren sie so müde, dass es um Viertel nach elf auf dem Zeltplatz still war.

Um sieben Uhr morgens wurde das Lager von den Praktikanten geweckt. Eine halbe Stunde lang trödelten alle herum, aßen Eier mit Speck und dick mit Butter bestrichenes Weißbrot und gingen dann zurück in die Zelte.

Dieses Mal liefen die Kameras, und die Kandidaten spielten Szenen, in denen die Soldaten mit bellenden Hunden hereinkamen, Alarm läuteten und die Zelte einrissen. Erin »weigerte« sich, aufzustehen, und spielte in einer Szene mit, in der ihr einer der Trainer eine Ladung der restlichen Gehirnsuppe über den Kopf goss.

Nach diesem Schauspiel zogen sich die Kandidaten die Schuhe über die mit Blasen übersäten Füße und brachten ihre Flöße ans Flussufer. Alle bekamen grellgelbe Schwimmwesten und Funkgeräte für den Notfall.

Auch wenn es keine Bestrafung geben würde und ihnen allen ein Wochenende zu Hause bevorstand, hatten die meisten Kids doch genügend Kampfgeist, um die anderen Bands schlagen und sich den Hauptgewinn sichern zu wollen.

Da fast das ganze Ufer des langsam fließenden Gewässers von Büschen und Bäumen bewachsen war, mussten alle zwölf Bands ihre Flöße nacheinander über einen schmalen Pfad tragen. Am schlammigen

Ufer konnten gerade mal zwei Boote gleichzeitig zu Wasser gelassen werden.

Frosty Vader waren die Ersten, die losfuhren. Ihr einfaches Floß mit den Fässern unter den Brettern schien stabil, doch sie fuhren unsicher, da Noahs Rollstuhl den Schwerpunkt stark nach oben verlagerte. Als Brontobyte als Nächstes ablegte, war man sich einig, dass die bootähnlichen Konstruktionen besser waren. Ihr Fahrzeug schien stabil, und es war breit genug, dass alle vier Bandmitglieder darin sitzen und paddeln konnten.

Brontobyte glitten locker an Frosty Vader vorbei, und nur die Tendenz des Bootes, sich nach vorne zu neigen und Wasser aufzunehmen, wenn es schneller wurde, hinderte sie daran, davonzupaddeln.

Die Überlegenheit der Plastikplanenmodelle vermittelte den Bands, die mit den Plankenflößen am Ufer warteten, ein Gefühl der Unterlegenheit. Zwei der einfacheren Flöße arbeiteten sich in die Mitte des Stroms vor, bis Half Term Haircut ihre Bootsversion zu Wasser ließen.

Ihr Fahrzeug ähnelte dem von Brontobyte, war aber etwas schmaler und kompliziert verknotet.

Doch sobald sie ins Wasser kamen, mussten die vier Bandmitglieder Wasser schöpfen, und als sie inmitten der Strömung waren, kämpften die beiden Mädchen hinten auf verlorenem Posten. Einen Augenblick später senkte sich der Bug, und Half Term Haircut ging baden, um gleich darauf ans Ufer zu waten und darüber nachzugrübeln, was wohl schiefgelaufen war.

Ihr Missgeschick machte den vier Jet-Mitgliedern mit ihrer einfachen Konstruktion wieder Mut. Da das Floß komplett über Wasser lag, bestand das größte

Problem darin, die ganze Mannschaft an Bord zu bekommen, ohne das Floß zu kentern.

Jay war leichter als seine Bandkollegen und stellte fest, dass seine Ecke des Floßes höher aus dem Wasser ragte, sodass er schlechter steuern konnte. Nach fünfzig Metern wurden sie von Industrial Scale Slaughter und I Heart Death überholt.

»Hallo, ihr Loser!«, schrie Michelle und ging von der Beleidigung zum Angriff über, indem sie mit dem Paddel versuchte, Jets Floß aus dem Gleichgewicht zu bringen.

Das ließ sich immer schwerer steuern und Jays Ecke ragte immer höher aus dem Wasser. Um ihnen ihr Problem noch deutlicher vor Augen zu führen, schob sich das von den Messengers bemannte, stabilere Floß mühelos an ihnen vorbei.

»Ich glaube, eines unserer Fässer ist leck«, sagte Babatunde.

Sie konnten das Kiesbett des Flusses unter sich sehen und Theo ergriff die Initiative, sprang vom Floß und zog es zum Ufer. Dort mühten sie sich mit dem Schilf ab, bevor sie es an Land ziehen konnten.

Es wog drei Mal so viel wie zu Beginn und die Jungen steckten bis zu den Knöcheln im Schlamm.

»Ich habe meinen Schuh verloren«, beschwerte sich Jay und ließ sich keuchend fallen, als sie endlich trockenen Boden erreicht hatten.

Als er wieder zu Atem kam, stand er auf und ging wackelig zum Floß. Theo hatte das eine Ende angehoben und sah, dass bei einem Fass aus mehreren Löchern wie aus einer Gießkanne Wasser lief.

»Vielleicht sind wir an einem Stein entlanggeschrammt oder so«, meinte Babatunde.

Theo schüttelte den Kopf.

»Dafür sind die Löcher zu ordentlich. Das muss jemand mit einem Bohrer gemacht haben.«

Jay hockte sich hin und sah, was sein Bruder meinte. Ein Loch war in der Mitte und sechs andere bildeten darum herum ein Sechseck.

»Wer sollte uns denn sabotieren?«, fragte Adam.

»Brontobyte«, vermutete Jay. »Tristan, dieses Arschloch, jede Wette!«

Doch Babatunde war nicht so sicher.

»Dazu haben sie nicht den Mumm. Theo, wen hast du denn sonst noch so geärgert?«

»Ich?«, empörte sich Theo. »Gibt es eigentlich irgendwas auf dieser Welt, an dem ich nicht schuld bin?«

»Looooser!«, schrie Half Term Haircut von der Mitte des Stroms aus, als ihr repariertes Pseudoboot an ihnen vorbeitrieb.

»Soll ich rauskommen und euch in den Hintern treten?«, drohte Theo.

Während sie sich noch fragten, was sie tun sollten, kamen Amy und einer von Mr X' Männern die Böschung herunter.

»Einer von euch wird zum Start zurücklaufen müssen«, sagte Amy. »Dort ist Klebeband oder schnell trocknender Plastikkleber für Reparaturen.«

»Wir glauben, dass es Sabotage war«, sagte Adam. »Sehen Sie sich das Muster an!«

»Hmmm«, machte Amy, inspizierte das kaputte Fass und packte dann Theo am Hintern.

Jay fand das eine ziemlich plumpe Anmache, bis er sah, wie Amy den Klettverschluss an seiner Hosentasche aufriss und schnell ihre eigene Brieftasche herausnahm.

»Vielen Dank, dass du das aufgehoben hast«, sagte sie sarkastisch und betrachtete den Inhalt. »Offenbar habe ich nur noch fünfundzwanzig Pfund.« Dann schlug sie lächelnd mit den Knöcheln gegen das kaputte Fass. »Sabotage, ja? Nein, wer würde denn so etwas tun?«

Noch ein wilder Ritt

Als sie ihr kaputtes Fass geleert und mit schnell trocknendem Epoxidharz repariert hatten, war Jet weit abgeschlagen. Auf der vierzigminütigen Fahrt flussabwärts kamen sie an einem gestrandeten Boot vorbei, das auf eine Schilfbank aufgelaufen und stark beschädigt worden war, und an einer nicht identifizierbaren Band, die am Ufer ihr Fahrzeug reparierte.

»Zehnte!«, schrie Mr X in die Kameras, als sie an dem mit einem großen Rage-Cola-Banner über dem Fluss markierten Ziel ausstiegen. »Da könnt ihr euch gleich die Putzkleidung anziehen!«

Sie liefen fünfzig Meter zu einer Lichtung am Anfang eines Kiespfades, der sich eineinhalb Kilometer lang den Hügel hinaufwand. Oben wehten drei große Flaggen von Rage Cola und Rock War.

»Wie war es bis jetzt?«, erkundigte sich Lorrie, die neben den Jungen herlief und Babatunde ein Mikrofon vor die Nase hielt.

»Wir hatten ein Leck«, erklärte der leicht außer Atem und schwitzend.

»Ihr liegt acht Minuten hinter der Band auf Platz sechs. Glaubst du, ihr habt noch eine Chance, am Wochenende eure Familien zu sehen?«

Auch wenn Lucy Zig gezwungen hatte, sie alle übers Wochenende nach Hause zu schicken, machte Babatunde bei der Lüge fürs Fernsehen mit und setzte eine ernste Miene auf.

»Ich vermisse meine Familie sehr«, behauptete er. »Ich weiß nicht, ob wir es schaffen können, aber ich werde es auf jeden Fall versuchen.«

Lorrie schwenkte das Mikrofon zu Jay.

»Wie wir wissen, liegen eure Erzrivalen Brontobyte in Führung. Wie fühlst du dich dabei?«

Jay lag daran, Rock War zu gewinnen und nicht so einen dämlichen Teamwettbewerb.

»Schön für sie«, meinte er herablassend. »Aber sie haben trotzdem noch einen miserablen Schlagzeuger.«

»Na dann, viel Glück!«, wünschte Lorrie. »Ich lasse euch mal weiterziehen.«

Während die Moderatorin davonlief, wurden die Jungen von einer unbemannten Kamera dabei gefilmt, wie sie sich in der nächsten Phase ihrer Herausforderung verhielten. Für jede Band waren sechs Gegenstände auf einer Palette bereitgelegt worden: eine Doppelmatratze, eine Piratenschatzkiste, ein großer Verstärker, eine kaputte Schubkarre und zwei rostige Kanonenkugeln.

Dazu bekamen die vier eine Reihe von Stangen, Hängematten, Draht und einen Plastikschlitten, mit dem sie die sechs sperrigen und/oder schweren Dinge den Hügel hinaufbringen sollten. Ein Blick auf die identischen Paletten der anderen Bands zeigte Jay, dass abgesehen von Brontobyte und Frosty Vader alle mindestens noch ein Mal zurückkommen mussten, um den Rest ihrer Sachen zu holen.

Ein Kameramann kam auf sie zu, während Jay immer noch überlegte, wie sie die sechs Objekte am effektivsten den Hügel hinaufbekommen sollten.

»Wie wäre es, wenn wir die Kanonenkugeln in die Matratze rollen und zu viert tragen?«, schlug er vor.

»Mal sehen, wie schwer die sind«, sagte Adam und hockte sich hin, um eine davon aufzuheben.

Mit viel Keuchen gelang es ihm, die Kugel dreißig Zentimeter anzuheben, bevor er sie wieder fallen ließ.

»Dann müssen wir sie wohl rollen«, stellte Jay fest.

»Ich muss kacken«, erklärte Theo und verließ die Lichtung. »Ich glaube, diese Schafsaugen und Hoden haben meine Verdauung durcheinandergebracht.«

»Aber brauch nicht zu lange!«, mahnte Jay. »Du bist unser stärkster Mann.«

Babatunde zuckte mit den Achseln. »Wie wäre es, wenn ich die Matratze einfach auf den Kopf nehme und losrenne?«

In diesem Moment kamen die vier Mädchen von Industrial Scale Slaughter atemlos und voller Schmutz von dem staubigen Weg herangekeucht. Lucy hatte überdies einen blutigen Kratzer am Bein.

»Wie habt ihr die Kanonenkugeln den Berg raufbekommen?«, wollte Adam wissen.

»Na, das wüsstest du wohl gerne!«, neckte ihn Summer.

»Liegen Brontobyte immer noch vorn?«, fragte Jay.

»Sah so aus«, berichtete Lucy. »Aber Frosty Vader nutzt Noahs Rollstuhl als Transportmittel und holt stark auf.«

Ihre letzten beiden Gegenstände waren die Schatzkiste und der große Lautsprecher. Die Mädchen wirkten wie ein eingespieltes Team, als sie den Gitarrenverstärker auf den Schlitten luden und mit Seilen sicherten. Zwei schoben und zwei zogen ihn den Kalksteinpfad entlang.

»Dann nehmen wir also den Schlitten«, meinte Jay.

Doch plötzlich wurde sein Blick nach links gelenkt, wo Zweige knackten und das unverkennbare Jaulen eines Motors im Rückwärtsgang erklang.

Es war ein verbeulter Landrover Defender, den Zig gemietet hatte, damit die Kameracrews und Mr X' Leute den steilen Hügel hinauf- und hinunterfahren konnten. Ein paar Meter vor Jays Palette hielt er an und hupte.

Theo riss die Fahrertür auf.

»Ist das zu glauben?«, rief er fröhlich. »Das ist echt alte Schule. Keine Zündschlosssperre, man muss nur die Haube aufmachen, ein paar Leitungen zusammenschließen, und schon läuft der Motor.«

Lorries Kameramann rannte besorgt auf sie zu.

»Ich glaube nicht, dass ihr den fahren solltet!«, rief er, was sowieso jedem klar war.

Er sah sich nach Zig oder einem der Regisseure um, doch die Crew war auseinandergerissen, weil sie versuchte, alle Teams in den verschiedenen Stadien auf ihrem Weg am Hügel zu filmen.

»Worauf wartet ihr Deppen?«, fragte Theo und riss die hintere Tür auf. »Einladen!«

Besorgt sprach der Kameramann in sein Funkgerät, während Jet begann, ihre Sachen in den Defender zu laden. Jay band die Matratze am Dach fest, und Adam und Babatunde plagten sich mit der letzten Kanonenkugel ab, als Mr X auf der Bildfläche erschien.

»Was zum Teufel macht ihr da?«, schrie er im Laufen.

»Beeilt euch!«, befahl Theo Adam und Babatunde und schrie Mr X zu: »Ich zeige Initiative! Sie sollten stolz auf mich sein!«

Die Kanonenkugel landete mit lautem Knall hinten im Wagen zwischen der Schatzkiste und dem Lautsprecher. Der Motor war die ganze Zeit gelaufen und Jay zerrte mit aller Kraft den Draht um die Matratze auf dem Dach fest und ließ sich dann auf den Beifahrersitz fallen.

Babatunde und Adam sprangen zur Ladung, und Theo gab Gas, bevor sie Zeit hatten, die hintere Tür zu schließen.

»Hilfe!«, schrie Jay, als der alte Jeep auf eine Wurzel traf und er fast gegen die Windschutzscheibe geschleudert wurde.

Hinten schepperte alles durcheinander, und Mr X tobte, schrie und boxte in die Luft, als Theo einen großen Bogen fuhr. Er kurvte hinter den zwölf Paletten herum und bremste gleich wieder ab, als er auf den Kiespfad kam.

»Bewegt euch, ihr Sklaven!«, schrie er, drückte auf die Hupe und fuhr an den Mädchen von Industrial Scale Slaughter vorbei.

Da sie annahmen, es sei jemand von der Crew, zogen die Mädchen ihren Schlitten beiseite. Doch anstatt vorbeizufahren, wurde Theo neben ihnen wieder langsamer.

»Michelle, ma belle«, neckte er. »Ich nehme dich mit, wenn du mir versprichst, nachher zu mir aufs Zimmer zu kommen.«

»Verpiss dich«, entgegnete Michelle, die zu erschöpft war, um sich eine schlauere Antwort zu überlegen.

Beschämt sah Jay Summer an, die schweißüberströmt war und deren Stiefel und Hosen von Staub bedeckt waren.

»Betrüger!«, fügte Lucy bitter hinzu.

»Na gut, wenn ihr nicht wollt«, meinte Theo.

Er trat auf das Gaspedal. Der Defender schoss los und ließ mit seinen großen Hinterrädern Steine und Staub in Richtung von Industrial Scale Slaughter fliegen. Adam und Babatunde lachten schallend und hielten sich mit aller Kraft fest.

»Lucy wollte der Staubwolke ausweichen und ist hingeflogen«, berichtete Adam, der nach hinten blickte. »Aber da ist so viel Staub, dass ich die anderen gar nicht sehen kann.«

Sie kamen an anderen Bands vorbei, die verschiedene Kombinationen von Gegenständen auf Schlitten, in Rucksäcken oder an den Stangen aufgehängt trugen. Gelegentlich war der Pfad sehr schmal, und es knirschte, als Theo an einem hervorstehenden Felsen schrammte.

»Ohh«, spottete Jay, »so hört es sich an, wenn Zigs Geld in Rauch aufgeht.«

Nach einer scharfen Kurve erreichten sie das letzte Stück, einen steilen, etwa fünfhundert Meter langen Anstieg. Noah war nirgends zu sehen, aber die drei anderen Mitglieder von Frosty Vader schoben seinen mit einer Kanonenkugel beladenen Rollstuhl.

Ganz oben auf dem Hügel sah Jay Tristans bullige Gestalt und Erins wohlgeformte Silhouette vor dem hellen Himmel. Sie bewegten sich langsam und hielten je einen Griff einer Schubkarre, in der eine Kanonenkugel lag.

»Unsere Schubkarre war kaputt«, bemerkte Adam.

»Ja, aber wir haben auch nicht in die Kiste gesehen«, meinte Babatunde. »Da ist möglicherweise ein Rad drin.«

»Ich hasse Tristan echt«, stellte Theo fest und trat aufs Gas. »Ich schätze, es hat niemand etwas dagegen, wenn ich ihn umbringe?«

»Gute Idee«, fand Jay.

Die Steigung und der lose Schotter waren eine Herausforderung. Obwohl der Landrover für solches Gelände gebaut war, war er doch schon fünfundzwanzig Jahre alt und verfügte nicht über die Power der Autos, die Theo sonst klaute.

»Tristan, du Schlappschwanz!«, schrie er.

Tristan bekam Angst, als der Defender anbrauste, und ließ seine Seite der Schubkarre los, sodass Erin umgeworfen wurde und die Schubkarre umkippte.

»Du Irrer!«, schrie Adam seinen Bruder an, weil er fast hinten aus dem Defender geschleudert wurde.

Da Tristan in die eine und Erin in die andere Richtung flüchtete, fuhr Theo genau zwischen ihnen hindurch. Die Schubkarre und ihr Inhalt gerieten zwischen die Vorderräder und machten einen Salto, sodass die Hinterräder vom Boden abgehoben wurden.

Die Schubkarre wurde Funken sprühend ein Stück mitgeschleift, während die Kanonenkugel die andere Seite des steilen Hügels hinunterzurollen begann. Von oben filmte ein entsetzter Kameramann die Aktion, während eine größere Crew um Joseph herum an der Ziellinie wartete, um den Sieg von Brontobyte zu filmen.

Theo vermutete, dass ein Teil des Allradgetriebes etwas abbekommen hatte. Selbst die Vorderräder zogen nicht mehr richtig, und so legte er schließlich den

Leerlauf ein und rollte die letzten hundert Meter zu einer Reihe von Holzpaletten, wo die Bands ihre sechs Objekte abladen sollten.

Mit dem letzten Schwung zielte Theo auf eine der leeren Paletten und fuhr den Defender mit den Vorderrädern darauf. Die Palette brach unter dem Gewicht des Wagens zusammen und Theo sprang hinaus und verbeugte sich stolz vor den Kameras.

Die Beifahrertür hatte eine Delle bekommen, als Theo den Felsen gestreift hatte. Als Jay sie nach ein paar heftigen Tritten immer noch nicht aufbekam, ließ er es sein, kletterte über die Gangschaltung hinweg und stieg hinter Theo aus, der mit beiden Händen Siegeszeichen machte.

Die unter dem Wagen steckende Schubkarre hatte auf dem letzten Stück eine riesige Staubwolke aufgewirbelt. Mit grauem Haar und grauer Haut tauchte Tristan mit geballten Fäusten daraus auf.

»Was bist du nur für ein Idiot!«, tobte er. »Du hättest beinahe deine eigene Cousine umgebracht!«

Jay fürchtete schon, Tristan wolle ihn schlagen, doch der lief direkt an ihm vorbei und landete einen satten Treffer auf Theos Auge. Da Theo vier Jahre älter war als er und ein Boxchampion, war das eine ziemlich bescheuerte Idee. Zum Glück sprang einer von Mr X' Männern zwischen die Jungen, bevor Theo zurückschlagen konnte.

»Du bist tot, Muttersöhnchen!«, schrie Theo und hielt sich das Auge, während Tristan fortgezerrt wurde. »Warte nur ab!«

Einer der Kameramänner sah seinen Regisseur nervös an.

»Film weiter«, befahl Joseph. »Das ist total klasse.«

Familienurlaub

»Hi, ich bin es«, sagte Theo in seinen Camcorder. »Es ist ein paar Tage her seit meinem letzten Tagebuchbeitrag, weil Michelle meinen Camcorder vernichtet hat.

Ich bin ziemlich angepisst. Offensichtlich zählt das Kurzschließen eines Landrovers als Initiative, doch ihn in die Felsen zu fahren und Erin und Tristan ins Schwitzen zu bringen, wird als fahrlässig geahndet. Daher wurde Jet disqualifiziert, und jetzt müssen wir das ganze Wochenende lang die Villa schrubben, anstatt nach Hause zu fahren.

Aber darum soll es in diesem Beitrag nicht gehen. Denn die meisten von euch kennen mich als Sex-Maschine und Boxchampion. Aber wir sollen hier im Bootcamp ja unseren Horizont erweitern. Ich habe an ein paar Workshops für Songwriter teilgenommen und betrachte mich daher sozusagen als Meister der Lyrik.

Ich werde euch einen meiner Songs vorlesen. Da wir in den Videotagebüchern nicht fluchen dürfen, werde ich *piepsen*, wenn ein schlimmes Wort in meinem Text auftaucht.

You've got a bad *bleeping* attitude. Don't show no *bleeping* gratitude.
Bought perfume for your birthday, but you sprayed it on your dog.
Remember when we snogged in that field after the prom.
Got dog *bleep* on your dress, but you'd drunk so much you didn't *bleeping* mind.
Then I see you kissing Kevin outside Costa after maths.
Kevin, I'm gonna string electric flex around your dirty *bleeping* neck.
Kevin, you *bleep*, you'll be eating through a straw.
Gonna rip your *bleeping* nuts off, and mount them on our school's main door.

Ja, also, das wäre dann ein Beispiel meiner unglaublichen Fähigkeiten. Das Lied heißt ›Tender Love‹.«

* * *

Brontobyte hatte den Ausflug ins schicke Hotel und die Show im West End gewonnen, aber dank Lucy Weis Verhandlungsgeschick mussten Jet nur so tun, als würden sie am Wochenende die Rock-War-Villa putzen. Und da sie offiziell nicht zu Hause waren, wurden sie auch nicht von einer Kamera verfolgt.

Die Wohnung über dem Fischrestaurant erschien Jay enger als je zuvor. Er war lange genug weg gewesen, um zu bemerken, dass es nach Frittierfett und der Rückensalbe seines Stiefvaters roch. Doch auch wenn es kein tolles Aroma war, freute er sich, seine Mutter und seine drei jüngsten Geschwister wiederzusehen.

Während die Kleinen ein und aus rannten, verbrachte Jay den Freitagabend im Wohnzimmer mit seiner Mutter, Theo, Adam, seinem grässlichen Bruder Kai und der neuesten von Kais unerträglich gut aussehenden Freundinnen.

Sie sahen sich die ersten drei Folgen von Rock War an. Jay wand sich jedes Mal, wenn er sich auf dem Bildschirm sah, und seine Mutter erzählte eine ziemlich erschreckende Geschichte von ein paar Kerlen, die in der letzten Woche die Kasse ausgeraubt hatten, als sie allein im Laden arbeitete.

Als die kleineren Kinder im Bett waren, besuchte Adam seine Freundin, und Theo ging auf eine Party. Jays Mum und sein Stiefvater gingen in den Laden, um zu bedienen, und Kai brachte seine Freundin nach Hause. Um halb elf war Jay allein und sah aus dem Wohnzimmerfenster.

Freitagabend, wenn die Pubs schlossen, war es im Schnellrestaurant immer am vollsten. Betrunkene Paare und grimmige Kerle standen Schlange bis vor die Tür, während die, die versorgt waren, mit ihren ketchupbekleckerten Fritten hinaustaumelten.

Blaulichter erregten Jays Aufmerksamkeit, doch die Cops hielten nur, um in dem kleinen Supermarkt gegenüber Zigaretten zu kaufen.

Die Szene machte Jay wehmütig. Sein Zuhause war ein gemütlicher Ort und er liebte seine Familie – abgesehen von Kai, auf den er gut und gerne hätte verzichten können. Aber durch Rock War war er auf den Geschmack gekommen und hatte Gefallen an einer größeren, aufregenderen Welt gefunden.

Jay wünschte sich sehnlich, dass diese Wohnung zu seiner Vergangenheit gehörte, nicht zu seiner Zukunft. Bei zwölf Bands und nur einem Gewinner standen die Chancen schlecht, aber die Vorstellung, hierher zurückzukehren und sich in der Schule tagtäglich zu Tode zu langweilen, war einfach schrecklich.

Unten schob sich Kai durch die Schlange der Wartenden und sah aus wie ein kleiner kahlköpfiger Bulle, als er den Schlüssel zu einer Nebentür aus seinen Shorts nahm. Kai war ein Psycho, und wenn niemand in der Nähe war, konnte es passieren, dass er Jay den Arm auf den Rücken drehte oder ihm – was seine Lieblingsfoltermethode war – den nackten Hintern ins Gesicht stieß.

Um der Konfrontation aus dem Weg zu gehen, schlich sich Jay in sein Zimmer, als Kai die Tür aufschloss.

»Es ist fast Mitternacht«, rief seine Mutter Kai zu, während Jay leise seine Zimmertür zuzog. »Wir werden uns morgen darüber unterhalten, junger Mann!«

Jays Leben war leichter geworden, seit er sein Zimmer mit Adam anstatt mit Kai teilte, doch er kam sich jämmerlich vor, dass er sich vor seinem kleinen Bruder versteckte. Außerdem fand er es grässlich, dass Kai eine Freundin hatte, die er nach Hause begleiten konnte, während Adam und Theo wahrscheinlich haufenweise Mädchen um sich herum hatten.

Als er das T-Shirt auszog, um ins Bett zu gehen, betrachtete er seinen mageren Arm und wünschte sich, dass er so kräftig gebaut wäre wie seine Halbbrüder. Er nahm sein Handy aus der Tasche und bemerkte, dass er einen Haufen WhatsApps verpasst hatte.

Die erste war von einem Schulkameraden, der ihn zwei Jahre lang ignoriert hatte, bevor er sich jetzt, da er bei Rock War mitmachte, dazu entschlossen hatte, ihm jeden Tag zu schreiben. Alle anderen Nachrichten waren von einem Gruppenchat der Rock-War-Kandidaten.

Die letzten waren Zahlen, die er nicht verstand. 456 000, 442 000, 391 000!!! Jay scrollte zurück, bis er schließlich die Erklärung fand.

Sadie: Summer ist der Hit auf YouTube! 220 000 Zuschauer

Noah: 250 000. Das sind 30 000 in zwei Stunden!

Grant: Ist Summer da? Weiß sie es?

Lucy: Sie hat kein Smartphone, aber ich habe ihr eine SMS geschickt.

Noah: Fast 300 000! F mich!

Jay scrollte weiter, konnte aber keinen Link zu dem YouTube-Video finden, von dem sie sprachen. Er öffnete YouTube auf seinem Laptop, fand den Rock-War-Kanal und filterte die Suchresultate nach den »meist gesehenen«.

Das am zweithäufigsten gesehene Video war das, wo Theo das Mädchen um den Pool verfolgte und »Fat Bottomed Girls« sang, mit 76 041 Treffern. Aber »Summer singt Patti Smith« lag kurz vor einer halben Million Zuschauer.

Jay hatte den bearbeiteten Clip noch nicht gesehen, daher drückte er auf »Play« und verfluchte das langsame Wi-Fi, als sein Bildschirm bei einem verschwommenen Bild von Summers Gesicht hängen blieb.

Jay war bei Rage Rock gewesen. Er hatte die Reaktion der Zuschauer gesehen, als Summer zu singen begann, doch es schien fast noch realer, Summers Gesicht in seinem Zimmer aufleuchten zu sehen und ihre Stimme aus den blechernen Laptoplautsprechern zu hören.

Jay betrachtete das Video mit Gänsehaut. Er erinnerte sich daran, wie er mit Summer über die Heide gelaufen war und mit ihr gequatscht hatte, als würden sie sich schon ewig kennen. Und er erinnerte sich daran, wie sie ihm mit dem kleinen Finger die Marmelade von der Oberlippe gewischt hatte, als sie die Scones gegessen hatten. Er hatte sich so sehr gewünscht, sie zu küssen, aber vor so vielen Leuten hatte er sich nicht getraut.

»Du stehst auf Summmmmer«, sang eine kleine Stimme.

Jay schoss erschrocken von seinem Bett hoch.

»Hank!«, keuchte er, als er seinen sechsjährigen Bruder erblickte. »Warum bist du denn wach? Du hast mich zu Tode erschreckt!«

Hank kletterte ins Bett und schaltete die Nachttischlampe ein.

»Sorry«, sagte er kleinlaut.

»Was machst du in meinem Bett?«

»Mummy und Daddy arbeiten und ich brauche jemand zum Ankuscheln«, erklärte Hank. »Ich habe darauf gewartet, dass du nach oben kommst, aber dann bin ich allein eingeschlafen.«

Jay lächelte. Hank hasste es, allein zu schlafen, und verbrachte selten eine ganze Nacht in seinem eigenen Bett. Selbst Theo ließ ihn lieber unter seine Bettdecke kriechen, als zu riskieren, dass er nachts um zwei Uhr von einem Schreianfall geweckt wurde.

»Darf ich bei dir bleiben, bittebitte?«, flehte Hank. »Ich habe geduscht, ich rieche ganz lecker!«

Hank konnte nervig sein, aber Jay vermisste ihn mehr als alle anderen, abgesehen von seiner Mutter. Er schnüffelte lautstark an Hanks Haaren.

»Du riechst nach toten Wanzen und dreckigen Socken«, behauptete er.

»Stimmt ja gar nicht!«, widersprach Hank und verschränkte die Arme.

»Du kannst heute bei mir schlafen«, erklärte Jay, »weil ich weg gewesen bin.«

Er schaltete das Licht wieder aus und die beiden Brüder kuschelten sich aneinander.

»Kai sagt, du würdest nie eine Freundin kriegen, weil du so mickrig bist«, verkündete Hank. »Aber ich glaube, Summer mag dich.«

»Glaubst du?«, fragte Jay erfreut, bevor ihm einfiel, dass die Meinung eines Sechsjährigen wahrscheinlich nicht viel bedeutete.

»Du lieeebst sie!«, neckte ihn Hank.

»Du musst still sein und schlafen.« Jay versuchte, väterlich zu klingen. »Sonst bist du morgen unausgeschlafen.«

Bevor Hank etwas erwidern konnte, klingelte Jays Telefon.

»Ich geh schon!«, rief Hank, warf die Bettdecke zurück und nahm das Telefon aus der Ladestation.

Es war eine ihm unbekannte Nummer.

»Ja?«, meldete sich Jay.

»Hier ist Jen Hughes«, sagte eine Frau.

Jay hatte keine Ahnung, wer das war.

»Die PR-Managerin von Channel Six«, erklärte sie gereizt. »Summers Video bekommt eine Riesenmenge Aufmerksamkeit auf YouTube. *BBC Sunday Breakfast* will ein Liveinterview. Aber das heißt, wir müssen um sieben Uhr morgens in Birmingham sein.«

»Das kriege ich hin«, sagte Jay aufgeregt.

»Nein, nein«, wehrte Jen ab. »Wir haben Noah und

Summer an Bord. Aber ich versuche, Theo zu erreichen. Hast du eine Ahnung, wo er steckt?«

Jetzt war Jay gereizt.

»Er ist auf eine Party gegangen. Wenn Sie ihn nicht auf seinem Handy erreichen, liegt er entweder besoffen in einer Ecke oder fickt irgendeine Tussi.«

Hank grinste breit, als Jay *fickt* sagte.

»Nun, wenn du von ihm hörst, sag ihm, er soll mich dringend anrufen. Wir schicken ihm einen Wagen, der ihn abholt.«

»Ich würde das wirklich gerne machen mit dem Interview«, sagte Jay. »Und ich benehme mich besser als mein Bruder, falls Sie das noch nicht bemerkt haben sollten.«

Jen lachte verlegen.

»*Sunday Breakfast* hat ausdrücklich nach Theo verlangt. Das YouTube-Ding ist ihr Aufhänger für die Story, und sie wollen Theo, weil sein Videotagebuch die meisten Zuschauer hat.«

»Na gut«, gab Jay nach. »Wenn Theo auftaucht, sage ich ihm Bescheid. Aber rechnen Sie nicht vor Sonntagmittag mit ihm. Den Sonntagsbraten meiner Mutter verpasst er nie.«

Media City

Media City am Manchester-Kanal, ein paar Meilen außerhalb von Manchester, war das nördliche Zentrum der britischen Fernsehindustrie. BBC Sport und Radio waren in einem Theaterkomplex untergebracht, in dem Quizsendungen und Sitcoms gedreht wurden, während der Set für den Dauerbrenner *Coronation Street* auf der anderen Seite einer schmalen stählernen Fußgängerbrücke lag.

Theo hatte die Arme um die Taille einer Motorradfahrerin gelegt, die zwischen Metallpollern und Fußgängerzonenschildern hindurchraste. Es war sieben Uhr morgens, doch auf dem Pflaster saß ein Haufen Spinner, die Freikarten für irgendetwas haben wollten, das am Abend gedreht wurde.

Hinter einem fetten Kerl in einem Doctor-Who-Hoodie rollte das Bike auf den Hauptfußweg der Media City. Am Ende befand sich eine große Arena mit riesigen Bildern von Karen Trim und Schildern, auf denen stand: *Wir sind wieder da, Leute! Hit Machine – ab Samstag, 13. September, auf Channel Six.*

Am Haupteingang der Arena standen drei Mercedes-Stretchlimos, in denen die Kandidaten von Hit Machine herumkutschiert wurden, sowie der noch luxuriösere, zweifarbige Rolls-Royce mit Miss Trims KT1-Nummernschild.

»Haben wir uns verfahren?«, schrie Theo.

Doch seine Fahrerin brachte sie nur in eine Nebengasse und bremste vor Studio Q scharf ab. Das Gebäude hatte mit einem Ikea-Laden mehr gemein als mit den glamourösen Bauten am Wasser.

»Guten Morgen«, begrüßte sie eine Empfangsdame an einem Marmortresen.

Theo ging wie ein alter Mann, als er seinen Sturzhelm abnahm. Er war in einem Klub gewesen, als er die Nachricht von Jen gesehen hatte. Sarah, die Frau, mit der er sich gerade unterhielt, gefiel ihm nicht sonderlich. Sie war Mitte dreißig und auf der Suche nach einer heißen Nummer mit einem jungen Mann. Sarah hatte Theo Cocktails gekauft, sich eine Weile über ihren Buchhalterjob beschwert und ihm dann an den Hintern gefasst und ihn abgeküsst.

Theo hatte vorgehabt, mit ihr nach Hause zu gehen, sie zu vögeln und dann alles Wertvolle zu stehlen, was er fand, bevor er sich davonmachte. Es war ein guter Plan, denn eine berufstätige Frau von Sarahs Alter würde nie zur Polizei gehen und zugeben, dass sie beklaut worden war, nachdem sie einen Siebzehnjährigen aus einer Bar abgeschleppt hatte.

Doch Theo änderte seine Pläne, als er Jens Nachricht erhielt. Es stellte sich heraus, dass Sarah Motorrad fuhr. Also legten sie nach einem Spaziergang in ihre Wohnung Schutzkleidung an, setzten sich auf eine große Triumph und brausten mit 180 km/h die M6 entlang. Das hörte sich vielleicht toll an, aber die brutale Realität, fest an Sarah geklammert mit einer solchen Geschwindigkeit dahinzurasen, hatte Theo die Lust am Motorradfahren ein für alle Mal verleidet.

»Das ist cool«, fand Sarah mit fast kindlicher Freude, als sie die Namen der Fernsehsendungen über den Türen sah. »Die Wunderwelt des Fernsehens.«

Nach achtzig Metern Gang betraten sie einen Wartebereich, in dem sich ihnen ein kermitgrüner Teppich und ein Blick über den Kanal bot. Die Fernsehleute tranken Kaffee oder rauchten draußen auf dem Balkon.

Noah parkte neben dem Sessel seines Vaters. Es war ihm peinlich, mit seinem Dad gekommen zu sein, als Theo in seiner schäbigen Ledermontur und mit einer fantastisch aussehenden älteren Frau im Schlepptau wie ein postapokalyptischer Held eintrat.

Um die Sache noch schlimmer zu machen, sprang Noahs Vater auf und ergriff Theos Hand.

»Schön, dich kennenzulernen«, sagte er mit dem breiten Belfaster Akzent, den sein Sohn nicht übernommen hatte. »Du magst vielleicht ein wenig ungeschliffen sein, Theo, aber ich finde es toll, wie du in den letzten Wochen auf Noah achtgegeben hast.«

Noah sah zu Boden, in der Hoffnung, dass dieser ihn verschlingen möge, während Theo sprachlos war. Er wurde von Erwachsenen so selten gelobt, dass er damit gar nicht umgehen konnte.

»Und Sie müssen Theos Mutter sein«, fuhr Noahs Vater fort und streckte Sarah die Hand hin. »Ihr Junge hat ein gutes Herz, sage ich Ihnen.«

Rein technisch gesehen war Sarah alt genug, um Theos Mutter zu sein, doch das Missverständnis gefiel ihr überhaupt nicht, und sie schnaufte nur beleidigt.

»Wir sind nur Freunde«, erklärte Theo und rieb sich

die schmerzenden Oberschenkel. »Obwohl ich mir echt nicht sicher bin, dass zwei Stunden auf einem Motorrad meine bevorzugte Art zu reisen ist.«

»Mein armer Kleiner«, sagte Sarah lächelnd. »Ich habe gemerkt, wie er sich jedes Mal an mir festgekrallt hat, wenn wir über hundertfünfzig fuhren.«

»Die Kekse sind gut«, versuchte Noah das Thema zu wechseln und deutete auf einen Teller mit verschiedenen Packungen von Walkers Shortbread. »Wenn du das Mädchen hinter dem Tresen auftreiben kannst, macht sie dir bestimmt auch ein Schinkenbrötchen.«

»Ich weiß schon, was ich brauche«, sagte Theo und sah zum Kaffeeautomaten.

Er hatte nur Bier und Cocktails getrunken und nicht geschlafen, daher drückte er auf den Knopf für Espresso. Während die cremige schwarze Flüssigkeit in einen Becher tropfte, trat Sarah hinter ihn und flüsterte ihm ins Ohr: »Du siehst gut aus in Leder. Sollen wir auf die Toilette gehen und ein paar schmutzige Dinge tun?«

Doch bei Tageslicht sah Sarah wesentlich älter aus als in der schummrigen Barbeleuchtung, und es bestand keine Aussicht mehr darauf, ihr iPhone, Geld oder Schmuck zu stehlen, jetzt, wo sie seinen Namen kannte. Zum Glück wurde Theo einer Antwort enthoben, da Jen auf ihn zukam.

»Da bist du ja endlich«, begrüßte sie ihn, stellte sich auf die Zehenspitzen und gab ihm einen flüchtigen Kuss. Dann wandte sie sich an Sarah. »Mrs Richardson, nett, Sie wiederzusehen.«

Bevor Sarah protestieren konnte, sie seien einander noch nie begegnet und sie sei nicht Theos Mutter, begrüßte Jen Noah und führte die beiden Jungen durch eine Schwingtür mit dem Schild »Nur für Personal und Studiogäste«.

»Wie war dein Flug?«, erkundigte sich Jen im Gehen bei Noah.

»Absolut cool«, erwiderte Noah. »Ein Privatjet schlägt Ryanair um Längen.«

Jen grinste schelmisch.

»Viereinhalbtausend Euro«, berichtete sie. »Ich glaube, ich habe gehört, wie Zig seine Zunge verschluckt hat, als ich ihm erklärt habe, dass das die einzige Möglichkeit ist, dich rechtzeitig zum Interview mit *Sunday Breakfast* aus Belfast herzubekommen.«

Theo hielt sich noch an seinem Kaffee fest, blieb jedoch abrupt stehen, als sie an einem Make-up-Raum vorbeikamen, denn er war sich sicher, dass er die Talentshow-Macherin Karen Trim auf einem Stuhl hatte sitzen sehen, während eine Frau sie mit Haarspray besprühte.

»Hab ich da gerade richtig gesehen?«, fragte er.

Jen nickte. »Die große KT höchstpersönlich.«

»Ist sie bei uns dabei?«, erkundigte sich Noah.

»Nein, Gott sei Dank nicht«, antwortete Jen. »Sie ist bei Channel Three. Die Produktionsfirma, der dieses Gebäude gehört, hat sich auf Frühstücks- und Tagesprogramme spezialisiert. Sie haben einen Vertrag für *Sunday Breakfast* auf BBC und *Shellys Frühstückspause* auf Channel Three. Die Studios liegen gleich nebeneinander.«

Hinter der nächsten Ecke lag ein weiteres Make-up-Studio, größer als das von Karen Trim. Hier standen vier Frisierstühle vor einer Wand mit Spiegeln und Leuchtstoffröhren. Auf dem hintersten Stuhl saß

Summer, bereits grundiert und mit etwas Lippenstift, das normalerweise wirre Haar ordentlich gekämmt.

»Du siehst gut aus, Summer«, stellte Theo fest, trank seinen Kaffee aus und stellte die Tasse auf eine Ablage voller Fläschchen und Pinsel.

»Ja, wirklich«, bestätigte Jen.

»Wie geht es deiner Großmutter?«, erkundigte sich Noah.

»Super«, lächelte Summer. »Sie scheint in dem Pflegeheim eine Menge Freunde gefunden zu haben. Ich bin gestern fast den ganzen Tag von alten Damen umsorgt worden, denen ich zu erklären versuchte, was YouTube ist.«

Ein Visagist, den sein schwarzes Hemd, die zurückgegelten Haare und der dünne Schnurrbart aussehen ließen wie eine Mischung aus einem Kellner und einem Nazioffizier, betrat den Raum.

»Hi, ich bin Mario«, verkündete er. »Setzt euch, Jungs. Ich mache euch in einer Sekunde fertig.«

»Ich sitze schon«, verwies ihn Noah.

Mario ließ Theo Platz nehmen und rümpfte die Nase, als er den Geruch von Nachtklub und Motorradleder an ihm bemerkte. Er trug Grundierung auf, damit Theo im Studiolicht nicht glänzte, und brachte mittels Föhn und Gel sein Haar, das zwei Stunden unter einem Sturzhelm verdrückt worden war, wieder in Ordnung.

Jen betrachtete derweil Noah.

»Was ist los?«, wollte der wissen.

»Ich frage mich nur, was du unter dem Pullover trägst«, meinte sie verlegen. »Ich bin mir nicht sicher, ob der das richtige Image rüberbringt.«

»Ich sehe aus, als wollte ich in die Kirche gehen«,

stellte Noah offen fest. »Ich musste überstürzt los und habe einfach angezogen, was mir meine Mum zugeworfen hat.«

»Ich bin sicher, das kriegen wir hin«, behauptete Jen und hob seinen Pullover an. Erleichtert stellte sie fest, dass er darunter ein leuchtend grünes Polohemd mit dem Slogan *Behindert & Stolz* im gleichen Stil wie bei dem Logo von *Abercrombie & Fitch* fand.

»Mach den Kragen auf, dann geht das schon«, lächelte Jen.

Mario wurde böse, als sich Theo unvermittelt umdrehte und auf die Motorradjacke deutete, die er abgelegt hatte, bevor er sich setzte.

»Trag die, Noah«, schlug er vor. »Ich gehe im Hemd und zeige den Mädels ein bisschen was Aufregendes am Morgen.«

Noah fürchtete, dass ihm die Jacke zu groß sein würde, doch da er alles mit den Armen tat, hatte er einen kräftigen Oberkörper. Der Geruch nach feuchtem Leder und Theos Schweiß gefiel ihm zwar nicht, aber sie sah auf jeden Fall mehr nach Rock 'n' Roll aus als der Pullover, den seine Mutter ihm ausgesucht hatte.

Noah bekam die gleiche Make-up-Behandlung wie Theo, dann wünschte Mario ihnen viel Glück und verschwand. Ein paar Minuten vor acht ging Karen Trim vorbei. Jen sah immer nervöser auf ihre Uhr.

»Wann sollten wir denn drankommen?«, fragte Noah.

»Jeden Augenblick«, antwortete Jen. »Aber normalerweise rufen sie einen, ein paar Minuten bevor man auf Sendung geht, ins Studio. Ich schätze, die Show hat Verspätung.«

Wieder sah sie auf die Uhr.

»Und was passiert, wenn die Zeit um ist?«, wollte Summer wissen, als eine weitere Minute verstrich.

»Manchmal überspringen sie einen Gast«, erklärte Jen und sah erneut auf die Uhr. »Ehrlich gesagt sieht es nicht gut aus.«

Endlich kam eine junge Frau mit einer gestreiften Strickjacke über einer Schulter, einem Klemmbrett und gestresstem Gesichtsausdruck.

»Es tut mir sooo leid«, sagte sie. »Unser Moderator hatte den Schulminister am Haken, daher haben wir das Interview ein wenig verlängert. Dummerweise bedeutet das, dass Ihr Slot auf drei Minuten gekürzt wurde. Wir haben keine Zeit, alle drei vorzustellen. Doch der Produzent möchte eine kurze Unterhaltung mit Summer und einen Ausschnitt aus ihrem Patti-Smith-Video zeigen.«

»Wollen Sie mich verarschen?«, regte sich Theo auf, erhob sich und trat gegen die Konsole vor den Spiegeln. »Ich hatte mich auf einen Fick und einen zweikarätigen Diamantring gefreut, bevor Sie mich hierhergeschleift haben!«

Doch niemand achtete auf Theo.

»Summer, du bist in neunzig Sekunden dran«, erklärte die junge Frau. »Wir müssen dich ins Studio bringen und das Mikrofon anschließen.«

Summer wäre viel lieber zusammen mit den anderen gegangen und stand mit flauem Gefühl im Magen auf. Jen spürte ihr Lampenfieber und legte ihr die Hand auf die Schulter.

»Das wird schon gut gehen, Liebes«, sagte sie. »Denk an dein Medientraining und rede nicht zu schnell.«

»Siebzig Sekunden«, verkündete die Produktionsassistentin. »Wir müssen uns beeilen!«

Jen und Summer folgten der gestreiften Jacke zum Set, während Noah zurück in den Flur rollte.

»Wo willst du hin?«, fragte Theo.

»Ich glaube, ich habe da einen Fernseher gesehen«, antwortete Noah. »Vielleicht können wir Summers Interview da sehen.«

»Zeitverschwendung!«, fand Theo und versetzte der Konsole einen weiteren, heftigeren Tritt.

Die hölzerne Ablage brach von der Wand ab, sodass Cremes und Lippenstifte auf den Boden rollten. Immer noch wütend stürmte Theo auf den Gang. Noah hatte den Fernseher an der Wand gefunden, aber dort wurde Shelly Ross von Channel Three gezeigt, die gerade eines ihrer gemütlichen Plauderinterviews mit Karen Trim führte.

»Und Sie wirken so viel schlanker als letztes Mal«, schmeichelte Shelly.

»Vielen Dank, meine Liebe«, antwortete Karen. »Ich bin viel gelaufen. Und natürlich wohne ich ja in LA, wo alle immer so fantastisch aussehen. Da muss man einfach schlank sein, um dazuzugehören.«

»Und soweit ich gehört habe, haben Sie sich einen kleinen Hund zugelegt?«, fragte Shelly.

»Ich sehe keinen Knopf zum Umschalten«, sagte Noah zu Theo. »Siehst du obendrauf etwas?«

Doch Theo war in Gedanken woanders. Wenn Karen Trim am Set war, dann hatte sie wahrscheinlich ein paar Sachen in ihrem Make-up-Studio gelassen.

»Bin gleich wieder da«, sagte er.

Karen Trims Make-up-Studio war nur ein paar Schritte entfernt. Die Tür stand offen und auf dem

Tisch lagen eine Designertasche und ein iPad in einer juwelenbesetzten Hülle.

Theo bekam Dollarzeichen in den Augen und trat ein. Doch noch bevor er die Hand nach der Tasche ausstrecken konnte, ertönte eine tiefe Stimme hinter ihm.

»Kann ich Ihnen helfen, junger Mann?«

Es war ein tiefer, walisischer Bass, der zu einem wahren Monster gehörte, mit Fingern wie Würstchen und Armen, die dicker waren als Theos Taille.

»Sorry, Boss...«, stieß Theo hervor. »Falsche Tür. Ich glaube, mein Make-up-Raum ist da drüben.«

Der Riese antwortete nicht, doch sein Gesicht sagte deutlich: *Raus hier, oder ich zerquetsche dich wie ein Ei!*

»Wo warst du denn?«, wollte Noah wissen, als Theo wieder auftauchte.

»Nirgends«, gab Theo zurück.

»Ich habe gerade Summers YouTube gecheckt«, erklärte Noah. »Es liegt jetzt bei über achthunderttausend Treffern. Bei dem Tempo ist es heute Abend bei über einer Million.«

»1 : 0 für Summer«, sagte Theo enttäuscht. »Sie hat eine Million Zuschauer und *Sunday Breakfast*. Ich habe einen Kater, eine gammlige Freundin und von zweieinhalb Stunden auf einem Motorrad tun mir die Eier weh.«

»Kannst du sehen, ob da oben auf dem Fernseher ein Knopf ist, damit wir Summer sehen können?«, bat Noah.

Theo streckte Karen Trims Bild beide Mittelfinger entgegen und suchte nach Umschalttasten.

»Ich glaube, da braucht man die Fernbedienung. Hast du Lust auf etwas Spaß?«

Theos Ruf machte Noah misstrauisch, aber er wollte nicht, dass Theo ihn für einen Feigling hielt, daher sagte er: »Bin zu allem bereit, Kumpel.«

»Na gut«, meinte Theo. »Mir nach.«

Mit Noah im Schlepptau stürmte Theo davon in die Richtung, in der er Karen und Summer hatte verschwinden sehen. Am Ende erreichten sie einen Quergang und Theo folgte einem Schild zu *Shellys Frühstückspause*.

Er rechnete eigentlich mit einer verschlossenen Tür oder einem massigen Wachmann, doch zu seiner freudigen Überraschung stand nur ein schmächtiger Produktionsassistent unter dem Schild mit den Leuchtbuchstaben »ON AIR – LIVESENDUNG«.

»Hier könnt ihr nicht rein«, stieß er hervor.

»Aus dem Weg, Wichser«, verlangte Theo und ballte die Faust, die er jedoch nicht brauchte, da der Assistent wusste, dass er unterlegen war.

Der Aufnahmeleiter auf der anderen Seite der Tür war schon stabiler gebaut, aber zu langsam, um Theo aufzuhalten, der zu Shellys pastellfarbenem Set lief. Noah rollte vorsichtig zum Rand des Sets, doch Theo warf eine Vase mit Sonnenblumen um, sprang über einen großen gläsernen Couchtisch und ließ sich neben Karen Trim auf das Sofa fallen.

»Shelly-Baby«, grinste er und legte den Arm um die nervös dreinblickende Karen. »Sie sind zwar alt, aber Sie machen mich echt geil. Also warum reden Sie mit dieser verschrumpelten Schreckschraube? Es weiß doch jeder, dass es auf Channel Six nur eine Talentshow gibt, die es sich anzusehen lohnt, und das ist nicht *Hit Machine*.«

Mobbingabwehr

Lucy Wei stapfte mit einem übergroßen Ramones-T-Shirt und ihren alten Sportshorts in die Küche. Der Vater von Michelle und Lucy war ein erfolgreicher Architekt, und so war es nicht ungewöhnlich, dass an einem Sonntagmorgen um acht Uhr Zeichnungen auf dem Esstisch ausgebreitet waren.

»Guten Morgen«, sagte Mr Wei und gab Lucy einen Kuss. »Hast du dich gestern Abend amüsiert?«

»Sicher«, erwiderte Lucy leise, setzte sich auf einen Sessel und zog einen Fuß unter den Körper. »Das Restaurant war toll.«

»Nur schade, dass deine Mutter ihre übliche Szene gemacht hat«, meinte Mr Wei.

»Es ist kein Geheimnis, von wem Michelle ihr Temperament hat«, sagte Lucy und fuhr sich mit der Hand durch die langen schwarzen Haare. »An was arbeitest du gerade? Ist es ein Opernhaus? Ein Wolkenkratzer? Ein Olympiastadion?«

Mr Wei verdankte seinen Erfolg dem Bau von Einkaufszentren und Bürokomplexen und wusste, dass seine Tochter ihn necke.

»Viel besser«, gab er zurück, »es ist ein mehrstöckiges Park-and-Ride-Gebäude außerhalb von Leeds.«

»Wow«, machte Lucy. »Aber wenn du kurz Zeit hast, würde ich gerne mit dir über etwas sprechen.«

Mr Wei klappte lächelnd seinen Laptop zu.

»Ich habe immer Zeit für dich, aber bitte, bitte fang damit an, mir zu versprechen, dass du nicht schwanger bist.«

»Dad!« Lucy lachte. »Da musst du dir keine Sorgen machen. Es ist echt schwer, jemanden richtig kennenzulernen, wenn man ständig von siebenundzwanzig Kameras gefilmt wird. Aber die Sache ist die ...«

Sie erklärte ihm das merkwürdige Erlebnis mit Zig Allen. Dass sie den Widerstand bei Jungle Chow angeführt hatte und von Zigs geflüsterter Drohung, dass Industrial Scale Slaughter jetzt keine Chance mehr hatte, Rock War zu gewinnen.

Mr Wei überlegte einen Augenblick und fragte dann: »Hast du es deinen Bandkolleginnen erzählt?«

Lucy schüttelte den Kopf.

»Coco hätte ich mich wohl anvertrauen können, aber Summer hätte sich nur tierisch aufgeregt, und wer weiß, was für Verrücktheiten Michelle sich einfallen lässt, wenn sie es herausfindet?«

»Ich wage kaum, daran zu denken«, sagte Mr Wei. »Hattest du den Eindruck, dass es eine leere Drohung ist? Manche Männer fühlen sich bedroht, wenn sie von einer Frau erniedrigt werden.«

»Das richtete sich doch gar nicht gegen Zig«, protestierte Lucy. »Ich habe mich nur gewehrt, als sie uns zwingen wollten, Innereien und Schafsaugen zu essen.«

»Genau so habe ich dich auch erzogen«, bestärkte sie Mr Wei stolz. »Hast du seitdem mit Zig gesprochen?«

»Kein Wort. Aber ich überlege, ob ich ihn darauf

anspreche. Vielleicht mit einem versteckten Rekorder oder so.«

Mr Wei hob die Hand.

»Zig klingt nach einem cleveren Produzenten. Wenn du ihn angreifst, wird er einfach nur leugnen, dass er je etwas gesagt hat.«

»Was kann ich dann tun, Daddy?«

»In meinem Büro müssen wir uns gelegentlich mit Klagen wegen sexueller Belästigung oder ungerechtfertigter Kündigung befassen. Ein paar sind berechtigt, aber bei den meisten handelt es sich um Angestellte, die glauben, wir würden lieber zahlen, als unseren guten Namen in den Dreck ziehen zu lassen. Ich habe einen ausgezeichneten Anwalt, der sich mit so etwas befasst. Ich werde ihn gleich anrufen.«

»Und was wird er machen?«

»Ich nehme an, er wird Zig zunächst einmal anrufen. Niemand wird gerne aus heiterem Himmel von einem Anwalt angerufen. Dann wird er wahrscheinlich einen Brief folgen lassen. Wenn wir unsere Geschichte zu Papier bringen und die Drohung, die Zig ausgestoßen hat, niederschreiben, wird es sehr schwierig für ihn, eure Band im weiteren Verlauf unfair zu behandeln.«

Lucy lächelte.

»Dann glaubst du also, dass es gut gehen wird?«

»Du bist zu alt, als dass ich dir einen Kuss geben und sagen könnte: Alles wird gut«, meinte Mr Wei. »Aber es spricht noch etwas für euch: Wie können sie Industrial Scale Slaughter aus Rock War hinauswerfen, wenn Summer die bei Weitem beliebteste Kandidatin ist?«

* * *

Der Aufnahmeleiter von *Shellys Frühstückspause* musste blitzschnell eine Entscheidung treffen. Normalerweise hätte man einen Werbeblock eingespielt, wenn jemand in einen Set einbrach. Aber hier bestand die reizvolle Möglichkeit, dass so ein Vorfall der Show ungeheure Popularität verschaffen könnte.

Als Theo auf dem Sofa saß und Noah in seinem Rollstuhl gleich neben dem Set, entschied der Aufnahmeleiter, die Eindringlinge Shelly und Karen zu überlassen. Schließlich hatte Karen den Ruf, die Königin der fiesen Kommentare zu sein. Sie würde doch sicherlich mit einem minderjährigen Proleten fertigwerden?

»Entschuldigung«, plusterte sich Shelly auf und sah Theo wütend an. »Das ist eine Livesendung!«

»Redefreiheit!«, verkündete Theo und boxte in die Luft. »Hit Machine wurde vor zwei Jahren abgesetzt, weil es so alt und verbraucht war wie Karen Trim. Rock War ist neu. Es ist cool und wird Ihnen präsentiert in Verbindung mit Rage Cola und seinem unglaublichen Angebot an Durchfall erzeugenden Getränken!«

Da Karen Trim mittlerweile relativ sicher war, dass sie nicht erstochen werden sollte, setzte sie ihr bissigstes Gesicht auf und funkelte Theo an.

»Rock War ist eine Kindersendung!«, fauchte sie. »Sieh dich doch nur an mit deiner Akne und dem Primark-T-Shirt. Hier ist eine Botschaft an dein Minihirn, Theo: Ich habe deine Band gesehen und du hast eine Stimme wie ein rostiges Tor. Rock War wird das Klo runtergespült werden und damit sind wir auch gleich bei deiner beruflichen Zukunft, Theo: Ich sehe dich maximal als Kloputzer.«

Shelly grinste und schnappte nach Luft, doch Theo blieb ungerührt.

»Ich habe gehört, Sie hätten eine Geschlechtsumwandlung durchgemacht«, sagte er zu Karen. »Gerüchten zufolge waren Sie mal eine Frau.«

»Ich liebe Männer mit Pickeln«, erwiderte Karen und neigte sich genussvoll zu Theo. »Soll ich dir den dicken weißen in deinem Nacken ausdrücken?«

Ein Kameramann fuhr für eine Nahaufnahme heran, als Theo den Kopf drehte und Karen sich mit metallic lackierten Fingernägeln dem Pickel näherte.

»Oh Gott, nicht doch«, kreischte Shelly und hielt sich die Hand vor die Augen, als der Pickel aufplatzte.

In diesem Moment hörte Noah, wie die Studiotür aufging. Karens riesiger Leibwächter musste sich unter dem Türrahmen ducken, dann sprang er über den Set auf Theo zu.

»Ich glaube, ich geh dann mal«, verkündete der.

Er hoffte, dass seine Schnelligkeit als Boxer es ihm ermöglichen würde, über die Sofalehne zu springen und aus einem Notausgang zu flüchten, doch er blieb mit dem Bein am Couchtisch hängen und landete rittlings auf der Sofalehne.

Auf keinen Fall würde man die Livesendung jetzt unterbrechen. Der Bodyguard trat durch den Glastisch, packte Theo an Kragen und Gürtelschlaufen und hob ihn mühelos über den Kopf.

»Ich habe dich gewarnt!«, dröhnte er.

Karen Trim war klug genug, zu erkennen, dass ihr ruhiges Morgeninterview gerade zu einer Sensation wurde.

»Seht euch die neue Staffel von Hit Machine an!«, rief sie. »Sie läuft ab dem 13. September auf Channel Six!«

Theo strampelte und wehrte sich, aber Karens Bodyguard war viel zu stark für ihn. Nachdem er Theo an sich gezogen hatte, warf er ihn quer über das Sofa, sodass er in die Hintergrundkulisse krachte und Styroporsäulen und eine Sperrholzwand durchbrach.

Karen schwafelte immer noch über Hit Machine, und Shelly brach in Tränen aus. Noah, der Theo gerne beeindrucken wollte, ergriff seine Chance auf unsterblichen Ruhm. Während der Riese hinter das Sofa tauchte, um Theo weiter zu malträtieren, rollte er zum ersten Mal ins Bild. Er war schnell und prallte gegen Karen, sodass sie beiseitegestoßen wurde.

»Hit Machine ist Scheiße!«, schrie er. »*Rock War – Bootcamp*. Neue Folge morgen um halb sechs! Summer kotzt und ich esse Augäpfel!«

»Zu Hilfe!«, rief Theo mädchenhaft, als der Riese eine Sperrholzplatte aus dem Weg trat und erneut nach ihm griff.

Shelly stürmte wütend vom Set, weil ihre Crew nicht aufhörte zu filmen, und schrie in ihr drahtloses Mikro: »Das ist kein Fernsehen, das ist ein bescheuerter Zoo!«

Karen Trim war mittlerweile aufgestanden und versuchte, Noahs Rollstuhl umzuwerfen.

»Glaub ja nicht, dass ich dich nicht schlage, nur weil du in diesem Stuhl sitzt!«, tobte sie. »Ich bin total für Chancengleichheit!«

Doch Noah konnte mit seinem Rollstuhl umgehen und wich ihr aus, sodass Karen in einen Kameramann stolperte. Und als sich Theo endlich losreißen und zum Notausgang rennen konnte, knallte es, und ein blauer Blitz zuckte auf. Eine der in die Kulissen eingebauten Lampen war durchgebrannt, sodass die Kameras vom Kurzschluss lahmgelegt wurden und das Studio nur noch vom grünlichen Dämmerlicht des Notausgangsschildes erleuchtet wurde.

»Nun«, meinte Karen Trim zufrieden, rieb sich die Hände und lächelte. »Wenn das keine Zuschauer bringt, dann weiß ich auch nicht weiter.«

Wachtmeister

Es blitzten die Lichter von ungefähr dreißig Kameras, als ein untersetzter Uniformierter die Stufen des Polizeireviers Stretford hinunterstieg. Unten hielt er im Blitzlichtgewitter zwischen den Reportern an, die sich drängten, ihm Mikrofone oder Aufnahmegeräte entgegenzustrecken.

»Guten Tag«, begann er mit einer Stimme wie ein Reibeisen. »Ich bin Inspector Philip Schumacher von der Polizei Manchester und werde Ihnen ein kurzes vorbereitetes Statement vorlesen.

Heute Morgen um circa acht Uhr fünfzehn wurde die Polizei ins Studio Q auf dem Gelände der Media City gerufen, weil es eine Störung am Set des Fernsehprogramms *Shellys Frühstückspause* gegeben hatte.

Miss Karen Trim sowie ihr Bodyguard Kevin Ryman wurden wegen des Verdachts auf tätlichen Angriff verhaftet. Ein Jugendlicher, dessen Name hier nicht genannt werden kann, weil er noch minderjährig ist, wurde ebenfalls am Set verhaftet. Ein zweiter Jugendlicher, dessen Namen wir ebenfalls nicht nennen können, wurde verhaftet, als er versuchte, den Set auf einem Motorrad zu verlassen.

Miss Trim und die beiden Jugendlichen wurden polizeilich verwarnt. Weitere Maßnahmen werden nicht ergriffen. Mr Ryman allerdings wird ein tätlicher Angriff auf einen der Jugendlichen vorgeworfen und er bleibt für weitere Befragungen in Haft. Das ist alles, was ich zu diesem Zeitpunkt sagen kann.«

»Inspector?«, rief ein Journalist aus dem Gedränge. »Befindet sich Karen Trim noch im Gebäude?«

»War das Ganze als Publicitygag von Karen Trim inszeniert?«, fragte ein anderer.

»Das ist alles, was ich zum gegenwärtigen Zeitpunkt zu sagen habe«, wiederholte der Inspector.

»Hat Karen Trim den behinderten Jungen verletzt?«

»Das ist alles, was ich zum gegenwärtigen Zeitpunkt zu sagen habe«, sagte der Inspector erneut. »Auf Wiedersehen.«

* * *

In der Polizeiwache betrat Theo einen hell erleuchteten Raum mit einer Liege wie in einer Arztpraxis und einer Messlatte an der Wand für Verbrecherfotos. Er trug Papierschuhe und Einwegshorts, die ihm die Polizisten gegeben hatten.

Theo hatte schon genügend Polizeireviere von innen gesehen, um sich davon nicht beeindrucken zu lassen, und auch wenn er ein wenig verschwommen sah und ihm so ziemlich alles wehtat, war er doch ansonsten ganz er selbst.

»Okay«, sagte die pferdeschwänzige Polizeifotografin sanft, »ist es in Ordnung, wenn ich dich fotografiere? Oder soll ich lieber einen meiner männlichen Kollegen holen?«

»Schon gut«, erwiderte Theo.

Die Polizistin nahm eine klobige Nikon SLR aus einem Metallschrank und überprüfte die Batterie.

»Ich fange dann oben an und arbeite mich nach unten.«

Theo zog eine Augenbraue hoch.

»Ich wette, das sagen Sie all Ihren Lovern.«

Die Kamera stellte sich surrend scharf und blitzte auf, als die Polizistin drei Nahaufnahmen von seinem stark geschwollenen linken Auge machte. Sie sah nach, ob die Bilder gut genug waren, und fotografierte dann eine große Schwellung an seiner Schulter.

»Wenn du dich bitte umdrehen würdest, damit ich deinen Rücken sehen kann. Und heb die Arme über den Kopf, wenn das nicht zu schmerzhaft ist – dann ist die Haut straffer.«

Sie knipste eine Menge blauer Flecke und Kratzer, die von seinem Segelflug in die Kulisse herrührten.

»Du hast Glück, dass du keine Gehirnerschütterung bekommen hast«, bemerkte die Fotografin.

»Boxen«, erklärte Theo, »ich bin so oft geschlagen worden, dass mein Kopf wie ein Gummiball ist.«

»Wenn es nicht zu sehr wehtut, dann nimm doch bitte den Verband von deinem Arm ab, damit ich die Wunde von dem Splitter aufnehmen kann.«

»Perfekt«, meinte sie nach ein paar weiteren Aufnahmen. Als Theo das Pflaster wieder aufklebte, fuhr sie mitfühlend fort: »Und jetzt brauche ich noch ein paar Fotos von den Splitterwunden in deinen Pobacken. Und außerdem sieht es aus, als hättest du Verletzungen an den Schenkelinnenseiten.«

»Die haben nichts mit Karen Trims Psycho zu tun«, erklärte Theo. »Das ist alles wund von der Motorradfahrt von London hierher. Meine Eier sind so rot wie eine Paprika.«

Da Theo noch unter achtzehn war, musste er in die Obhut eines Erziehungsberechtigten übergeben werden. Seine Mutter war erst nach drei Uhr morgens mit dem Aufräumen im Imbissrestaurant fertig geworden und hatte noch keine vier Stunden geschlafen, als sie – nicht zum ersten Mal in ihrem Leben – den Anruf erhielt, dass Theo verhaftet worden war.

»Ich habe dir Kleidung mitgebracht«, knurrte sie und deutete auf eine orange Plastiktüte, als Theo aus dem Raum kam und auf seinen Papierslippern in eine winzige Umkleidekabine schlurfte.

Die Jeans, die sie aus London mitgebracht hatte, gehörten eigentlich Adam, daher hatte er einige Mühe, sich hineinzuzwängen. Und außerdem hatte sie ihm eines seiner blauen Schulhemden mitgebracht.

»Da sehe ich ja aus wie ein Idiot«, beschwerte sich Theo. »Und ich ziehe auf keinen Fall die Schulkrawatte an.«

Seine Mutter hielt die Kuppe von Daumen und Zeigefinger einen Millimeter auseinander. »Theo, ich bin *so* dicht davor, dich rauszuschmeißen!«, fauchte sie und funkelte ihren Sohn an. »Ich dachte, es sieht besser aus, wenn du vor der Polizei ordentlich erscheinst. Und du machst gerade alle Knöpfe falsch zu.«

»Mist«, ärgerte sich Theo.

Nachdem er die Knöpfe sortiert und die Füße in die Turnschuhe gesteckt hatte, gingen sie durch den Gang in einen größeren Raum, wo die PR-Managerin Jen zusammen mit einem Anwalt und Noah sowie dessen Vater warteten. Anders als Theo hatte Noah keinerlei Erfahrung mit der Polizei. Er wirkte reichlich verschüchtert und machte den Eindruck, als hätte er ein bisschen geweint.

»Schon gut, Kumpel«, beruhigte ihn Theo und legte ihm einen Arm um die Schulter. »Eine polizeiliche Verwarnung ist kein Arrest.«

»Halt dich bloß von meinem Jungen fern!«, warnte Noahs Dad. »Du bist doch ein Vollidiot!«

Theos Mutter warf ihrem Sohn zwar häufiger noch Schlimmeres an den Kopf, doch sie hatte etwas dagegen, wenn jemand anders das tat, und sah Noahs Dad finster an. Theo hingegen war ein wenig traurig, dass er seinen Status als gutes Beispiel nur so kurz hatte aufrechterhalten können.

»Draußen warten zwei Taxis«, sagte Jen. »Wir werden durch einen Nebeneingang hinausgehen, dann geht es nach links und etwa fünfzig Meter weiter. Die meisten Presseleute werden hoffentlich vorne sein und sie sind mehr an Karen Trim interessiert als an uns. Geht schnell, seht geradeaus und sagt *gar nichts*.«

Der Rechtsanwalt deutete auf die Jungen.

»Die Reporter dürfen euch keine Fragen über die Vorwürfe stellen. Wenn sie es versuchen, werde ich sie verklagen.«

»Dürfen sie uns fotografieren?«, erkundigte sich Noah, der sich fragte, was Sadie und seine Freunde zu Hause wohl von dem Vorfall halten würden.

»Sie dürfen Fotos machen, aber sie müssen eure Gesichter unkenntlich machen, wenn sie sie in einem Artikel drucken wollen, der irgendetwas mit einer Anzeige zu tun hat«, erklärte der Anwalt.

Zum Nebeneingang führten drei Stufen empor, und die Polizei hatte ihre Absicht dadurch verraten, dass sie ein paar Minuten zuvor eine Behindertenrampe angebracht hatte. Als Jen die Tür aufmachte, blitzten ungefähr zwanzig Kameras, und ein Haufen Reporter begann zu rufen.

»Es handelt sich hier um Minderjährige«, rief der Anwalt, der als Erster hinausging. »Sie kennen die Regeln!«

Noah sah seinen Vater unsicher an. Er hatte Angst, war aber auch ein bisschen aufgeregt. Hinter dem Anwalt rollte er die Rampe hinunter und war schneller am wartenden Taxi, als irgendjemand rennen konnte. Sein Vater lief hinter ihm her.

Theo packte sich mit einer Hand in den Schritt und streckte den anderen Mittelfinger den Fotografen entgegen. Da die nicht mit ihm reden durften, konzentrierten sie sich stattdessen auf seine Mutter.

»Mrs Richardson«, rief einer der Journalisten. »Ihr ältester Sohn und Ihr erster Ehemann sitzen bereits hinter Gittern. Erwarten Sie, dass Theo sich bald zu ihnen gesellt?«

Theos Mutter wollte schon anfangen zu fluchen, doch Jen hielt ihr eine Hand vor den Mund.

»Kein Kommentar!«

»Sind Sie stolz darauf, wie Sie Ihre Kinder erzogen haben?«, fragte ein weiterer Reporter sarkastisch, während sie schnell zum Taxi gingen.

»Soll ich dir die Kamera in den Arsch schieben?«, rief Theo, griff nach dem Objektiv und versuchte, es seinem Besitzer vom Hals zu zerren.

Der Fotograf stolperte, während die Journalisten weiter Theos Mutter verfolgten.

»Mrs Richardson, können Sie bestätigen, dass Sie acht Kinder von drei verschiedenen Vätern haben?«

»Verpisst euch!«, schrie sie. »Ich habe mein ganzes

Leben lang hart gearbeitet und nie einen Penny von der Fürsorge bekommen.«

»Mrs Richardson, Sie sind dieses Jahr nach einem Vorfall mit einem anderen Elternteil bei einem Bandwettbewerb schon einmal festgenommen und verwarnt worden. Glauben Sie, dass Ihre Kinder Ihrem Beispiel folgen?«

»Lassen Sie meine Mutter in Ruhe!«, brüllte Theo, als Jen sie in das wartende Taxi schob und hinter ihr einstieg.

Der Rechtsanwalt blieb auf der Straße, schloss die Tür des Taxis und schlug gegen das Fenster, um dem Fahrer zu sagen, dass er losfahren konnte.

»Vertreten Sie Mrs Richardsons Interessen?«, erkundigte sich einer der Journalisten. »Hätte sie Interesse daran, uns ihre Sicht der Dinge zu schildern?«

Das Taxi überrollte beim Losfahren fast einen Fotografen, während das Fahrzeug mit Noah und seinem Vater schon längst weg war. Sobald sie sich richtig hingesetzt und ihre Gurte angelegt hatten, sah sich Theo um und bemerkte, dass seiner Mutter Tränen über das Gesicht liefen.

»Nicht weinen, Mum«, sagte er und legte ihr den Arm um die Schultern.

»Du!«, stieß sie hervor, »du bist einen Tag zu Hause, und schon passiert so etwas!«

Karen Trim war ein Superstar, und als PR-Managerin war Jen klar, dass der Vorfall in der Sendung mit Karen Trim Theo und seine Familie ins Rampenlicht gebracht hatte. Ihre Aufgabe war es, Rock War so viel Publicity wie möglich zu verschaffen, aber es musste gute Publicity sein, daher musste sie wissen, woher die Journalisten ihre Informationen hatten.

»Oh, ich weiß schon, mit wem sie gesprochen haben«, antwortete Mrs Richardson und trocknete sich die Träne mit einem Kleenex. »Janey Jopling, die dumme Ziege!«

Jen sah sie verständnislos an und Theo erklärte: »Das ist die Mutter von Alfie und Tristan.«

»Wartet nur, bis mir die blöde Kuh unterkommt«, drohte Mrs Richardson. »Ihr könnt mir glauben, dass ich sie mit jeder Menge Schmutz bewerfen kann!«

Zurück ins Irrenhaus

»Hallihallo!«, rief Babatunde gut gelaunt. Er saß auf einem Stuhl in seinem Bad in der Rock-War-Villa und filmte seinen wie immer im Hoodie steckenden Körper. »Da liege ich also am Sonntagmorgen im Bett und schlafe ordentlich aus, als mein Telefon anfängt zu piepsen und zu tuten. Erst denke ich, das ist, weil Summers Video die Millionenmarke passiert hat, aber dann ist es doch zu aufdringlich, also nehme ich das Telefon und...

Ich dachte, da will mich jemand verarschen. Aber dann klicke ich ein YouTube-Video an und sehe, wie Theo von diesem Riesenkerl vermöbelt wird und sich Noah im Rollstuhl-Rugby-Tackle mit Karen Trim anlegt. Es ist überall in den BBC-Nachrichten. Und bei CNN. Heute Morgen zierte es die Titelseiten aller Boulevardzeitungen. Jay hat sich furchtbar aufgeregt, wie sie so einen Mist über seine Familie schreiben können und so tun, als seien sie die größten Prolls der Welt.

Und Karen Trim! *Ich bin für Chancengleichheit!* Wie sie auf Noah in seinem Rollstuhl losgeht. Alle Welt zieht über sie her, aber ich glaube, sie genießt jede Minute davon. Und genauso chaotisch geht es hier im Haus zu. Am Mittwoch sollen unsere drei berühmten

Juroren bekannt gegeben werden. Aber unser Morgenunterricht ist gecancelt. Sie haben die Ställe nicht aufgeschlossen, sodass wir nicht proben können, und Zig Allen hat alle für zehn Uhr zu einem großen Meeting einberufen.

Ich werde versuchen, euch noch etwas zu zeigen, bevor ich gehe«, sagte Babatunde. »Falls die Kamera es nah genug heranzoomen kann.«

Er stand auf, stieg mit der Kamera auf den Toilettendeckel und machte ein kleines Schiebefenster dahinter auf, durch das er mit dem größten Zoom filmte. Das Bild war wackelig, doch man konnte sehen, was los war.

»Das ist das Haupttor der Rock-War-Villa«, erklärte er. »Bis gestern haben wir da noch nie jemanden gesehen. Aber jetzt stehen da sechzig Kameras auf Stativen und Fernsehteams sind mit einer ganzen Schlange von Übertragungswagen angerückt. Ich glaube, jetzt kommt *Rock War* ganz groß raus!«

* * *

Auf dem Dachboden knallte Zig Allen den Telefonhörer auf den Apparat. Dann nahm er ihn wieder und knallte ihn noch fester zurück.

»Karolina!«, schrie er. »Schwingen Sie Ihren Hintern hier rein!«

Zigs große deutsche Stellvertreterin kam nervös herein.

»Gerade haben drei von den Praktikanten Alarm geschlagen«, begann sie. »Die Presse kommt durch ein Nebentor. Sie sagen, hier führe ein öffentlicher Weg durch das Gelände, daher können wir sie von Rechts wegen nicht daran hindern.«

»Später!«, rief Zig. »Ich hatte gerade Rophan Hung von Rage Cola in der Leitung. Er tobt. Sind die Kids versammelt? Ich muss sie auf Spur bringen, bevor sie noch mehr Schaden anrichten.«

Im Ballsaal fand Zig alle achtundvierzig Kandidaten schwitzend auf den Sitzsäcken. Auf einer der großen Leinwände lief der Vorfall mit Karen Trim. Zig befahl, ihn auszuschalten, und schickte dann eine einsame Kamerafrau nach draußen, bevor er zwischen die Jugendlichen trat und direkt vor Theo stehen blieb.

»Was war das Erste, was ich euch gesagt habe, als ihr angekommen seid?«, schrie er wütend. »Das Allererste? Das Allerallererste?«

»Das mit dem Feueralarm?«, vermutete jemand.

»Nein!«, tobte Zig. »Nicht das mit dem blöden Feueralarm. Was habe ich über die Sponsoren gesagt? Ich habe gesagt, dass ihr nie, niemals, unter gar keinen Umständen etwas sagen dürft, was die Leute verärgert, die das Geld für Rock War zur Verfügung stellen.

Und was passiert?«, fragte Zig nach einer Kunstpause. »Die berühmteste Erscheinung des Reality-TV wird von zwei meiner Kandidaten angegriffen. Ein YouTube-Video aus *Shellys Frühstückspause*, das bereits einundzwanzig Millionen Mal angeklickt wurde. Und was sagt dieser Idiot mitten in diesem Clip?«

Wieder hielt Zig inne und sah Theo finster an.

»Mitten in diesem Clip sagt Theo Hirnlos-Richardson: *Rock War wird Ihnen präsentiert in Verbindung mit Rage Cola und seinem unglaublichen Angebot an Durchfall erzeugenden Getränken!* Und ratet mal, was los ist, Kinder? *#RageColaDurchfall* ist der Hit auf Twitter. Wir haben mehr Publicity, als uns lieb ist. Vielleicht haben wir sogar eine Supershow.

Aber ich habe gerade eine Stunde mit Rophan Hung von Rage Cola am Telefon verbracht und die wollen uns den Geldhahn zudrehen. Ich kann noch eine ganze Menge mehr betteln, aber so, wie es im Moment aussieht, entzieht uns Rage Cola die Sponsorengelder. Und ohne das Geld gibt es kein Rock War. Das ist kein Scherz, Kinder. So ernst ist die Lage.

Also will ich, dass ihr alle in euren Zimmern bleibt. Da draußen laufen überall Journalisten herum, mit denen ihr auf keinen Fall sprechen dürft. Verlasst das Gebäude nicht. Kein Twitter, kein Facebook, keine Nachrichten an Freunde. Um sicherzugehen, schicke ich die Praktikanten rum, damit sie die Telefone einsammeln, und schalte das Wi-Fi ab. Und jetzt gehe ich zurück in mein Büro und sehe, ob ich diese Show durch irgendein Wunder noch retten kann.«

Zig stürmte davon und die Kandidaten sahen einander entgeistert an. Drei Aushilfen begannen die Telefone einzusammeln, und Theo hatte das Gefühl, als würden alle ihn anstarren.

»Gebt mir nicht die Schuld«, verlangte er. »Wir haben uns doch alle über Rage Cola lustig gemacht.«

»Aber unsere Witze hat man rausgeschnitten, du Affe«, verwies ihn Sadie. »Du hast es live im Fernsehen bei einer Set-Invasion gesagt.«

Auf dem Weg in sein Zimmer fragte einer der Aushilfen nach seinem Telefon, und Theo hatte gute Lust, ihm eine zu knallen, doch dann gab er es ihm einfach und stürmte weiter. Nachdem er zwei Stockwerke höher die Tür hinter sich zugeknallt hatte, vermittelte ihnen der Regisseur Joseph eine etwas rosigere Schilderung der Lage.

»Ziggo hat gerade eine Menge zu tun«, erklärte er.

Der ältere Regisseur tratschte gerne ein wenig und ließ sich auf einem Hocker nieder, bevor er fortfuhr: »Rage Cola ist zwar stinksauer, aber Channel Six ist völlig aus dem Häuschen. Ihre beiden großen Talentshows für den Herbst haben einen riesigen Publicity-Schub erhalten. Die Verfilmung von Gullivers Reisen hat nur mittelmäßige Kritiken erhalten, daher wollen sie Rock War – Battlezone als neunzigminütige Show um halb sieben laufen lassen anstatt als sechzigminütige um halb sechs.«

»Zur Primetime«, sagte Michelle und klatschte. »Dann läuft Rock War also direkt vor Hit Machine?«

»Sofern uns Rage Cola nicht den Geldhahn zudreht«, wandte Lucy ein.

»Was ist mit anderen Sponsoren?«, fragte Jay. »Wenn die Show hitverdächtig ist, lässt sich doch bestimmt jemand finden. Oder kann Channel Six seine eigenen Shows nicht bezahlen?«

Joseph zuckte mit den Achseln. »Die Finanzlage bei solchen Projekten ist komplex. Sponsorenverträge werden normalerweise Monate oder sogar Jahre zuvor abgeschlossen. Diese Show läuft mit einem sehr hohen Budget. Allein für den Umbau dieses Hauses hat Rage Cola über zwei Millionen bezahlt.«

»Gibt es denn da keinen Vertrag?«, fragte Jay. »Wie kann Rage Cola sich einfach zurückziehen?«

»Die Verträge sind mehrere Hundert Seiten lang«, sagte Joseph. »Aber sie enthalten jede Menge Klauseln, die garantieren, dass Rage Cola in positivem Licht dargestellt wird. Zig kann sie natürlich verklagen. Aber bevor er noch einen Fuß in einen Gerichtssaal setzen kann, sind wir längst hier rausgeflogen.«

Albinogorillas

»Hier ist Michelle mit einem weiteren extraheißen Dingsdabumsda! Die große Frage des heutigen Tages lautet: Ist Rock War am Ende? Sind wir alle dazu verdammt, in unsere schäbigen kleinen Existenzen zurückzukriechen?«

Michelle schwenkte die Kamera herum und zeigte ein Dutzend Rock-War-Kandidaten, die sich in ihre Duschkabine und darum herumzwängten. Das Licht im Bad war aus, und sie versuchten, gespenstisch auszusehen, indem sie ihre Gesichter von unten mit Taschenlampen beleuchteten.

»Wir sind verdammt!«, flüsterten sie geheimnisvoll.

»Verdammt!«

»Mein Bruder Theo ist ein Idiot«, fügte Jay, der unter ihnen war, hinzu. »Ich wusste von Anfang an, dass es ein Fehler war, ihn in meine Band aufzunehmen.«

»Aber wir haben eine Entscheidung getroffen«, erklärte Michelle. »Wenn Rage Cola unsere jugendlichen Träume von Ruhm zerschmettert und uns aus diesem Haus hinauswirft, werden wir nicht kampflos gehen. Wir werden alle Möbel zertrümmern, die Klodeckel als Frisbees benutzen, die Fernseher aus dem

Fenster werfen und uns den Hintern mit den Vorhängen abwischen. Stimmt das, Jungs und Mädels?«

Im Bad brach zustimmender Jubel aus.

»Du hast deinen Fernseher bereits aus dem Fenster geworfen«, erinnerte Summer Michelle.

»Bleibt dran, geliebte Zuschauer«, befahl Michelle bedeutungsvoll. »Die Rock-War-Kandidaten gehen nur mit einem lauten Knall ab!«

Sie stoppte die Aufzeichnung und alle strömten in bester Laune aus dem Bad.

»Oh Mann, wer hat da gefurzt?«, wollte Dylans Bandkollege Leo wissen.

»Das war Noah«, sagte Sadie. »Ich kenne doch seinen Geruch.«

»Und du bist eine Petze«, beschwerte sich Noah bei seiner besten Freundin.

»Eine Frage«, meinte Summer nachdenklich. »Das Wi-Fi ist abgeschaltet und sie haben uns die Telefone weggenommen. Wie wollt ihr das hochladen?«

»Ich habe ein iPad mit 4G-Netz«, erzählte Dylan. »Das Signal ist hier zwar nicht stark, aber oben am Pool bekomme ich normalerweise ein Netz.«

»Na dann los!«, rief Sadie und führte die Gruppe aus Summers und Michelles Zimmer. »Auf zum Pool!«

* * *

Während Rock War zerfiel, blieb das Wetter perfekt. Summer bekam leicht einen Sonnenbrand, daher holte sie sich nach dem Schwimmen ein Eis aus der Küche und ließ sich mit einem John-Green-Buch, das sie sich von Coco ausgeliehen hatte, auf den Sitzsäcken im Ballsaal nieder.

Summer las gerne, doch Hausaufgaben und die Pflege ihrer Großmutter machten das zu einem seltenen Luxus. Dummerweise hatte sie jetzt, wo sie eigentlich nur Freizeit hatte, viel zu viel auf dem Herzen, als dass sie sich auf das Buch hätte konzentrieren können.

Instinktiv fand sie, dass es schade wäre, wenn Rock War zu Ende ginge. Aber sie war schüchtern, daher war es auch eine verlockende Vorstellung, nach Dudley zurückzukehren, zur Schule zu gehen, für ihre Großmutter zu kochen und sich schlechte Fernsehsendungen anzusehen.

Und dann hatte sie auch neue Gefühle, die sie nicht ganz verstand. Bevor sie bei Rage Rock auf die Bühne gestiegen war, hatte sie sich übergeben müssen, doch als die Menge von ihrer Stimme in den Bann gezogen wurde, hatte sie einen Rausch verspürt, den sie unglaublich gerne noch einmal erleben wollte. Und während alle Aufmerksamkeit auf Theo und seine Invasion von Channel Three gerichtet war, hatte sie auf einem Sofa bei der BBC gesessen und selbstbewusst die Fragen der Moderatoren beantwortet, Scherze gemacht und subtil Rock War gefördert, wie man es ihr im Medientraining gezeigt hatte.

Summer wusste nicht, was sie eigentlich wollte, als sie das Buch aufgeschlagen neben sich legte und sich zurücklehnte, um die kunstvoll verzierte Decke zu betrachten. Aber es schien wirklich seltsam, dass sie in zwei Wochen wieder in der Schule sitzen und ihre Eignungstests für die Abschlussprüfungen machen sollte.

Sie fragte sich, ob sie am Ruhm Gefallen fand, doch dann wurde ihr klar, dass das, was ihr wirklich gefiel, die Tatsache war, dass es zum ersten Mal in ihrem

Leben noch für jemand anderen als ihre Großmutter wichtig war, was sie tat.

»Chef!«, schrie ein Praktikant.

Summer setzte sich abrupt auf, als zwei Praktikanten energisch durch den Indoorbasketballplatz am anderen Ende des Saals schritten. Matt war schon ein paar Wochen dabei, aber das Mädchen mit den krausen Haaren war der neueste Zugang in Zigs unbezahlter Armee.

Der Küchenchef kam aus der Schwingtür.

»Das ging aber schnell«, fand er.

Matt schüttelte den Kopf.

»Wir sind mit unseren Einkaufswagen an die Kasse gegangen, aber die Kreditkarten sind gesperrt.«

»Welche?«, fragte der Küchenchef.

»Beide«, antwortete Matt.

»Hattet ihr die richtigen PIN-Nummern?«

Matt nickte. »Wir haben die Karten schon oft benutzt. Bis gestern, als ich den Minibus getankt habe, funktionierten sie bestens.«

»Dann müsst ihr zu Zig gehen«, meinte der Küchenchef.

Doch davon war Matt wenig begeistert.

»Der hat beschissene Laune. Ich habe vorhin etwas hinaufgebracht. Da hat er seine Redakteure angeschrien und seine Assistentin war den Tränen nahe.«

»Nun, und was soll ich machen?«, fragte der Küchenchef und deutete nach hinten. »Wir haben achtundvierzig Kandidaten und fast ebenso viel Personal. Also sag Zig, dass wir einen Haufen Bargeld brauchen oder eine funktionierende Bankkarte, sonst gibt es heute Abend kein Essen.«

»Zig hat einen Lamborghini«, meinte das kraushaarige Mädchen, als Matt mit ihr nach oben ging. »Der hat doch bestimmt Geld.«

Summer fragte sich, ob sie finanzielles Unheil anzog. Ihre Großmutter lebte von der Stütze, und Summer musste sich bemühen, mit ihrem Haushaltsgeld auszukommen. Und jetzt war sie in einer großen Fernsehproduktion und auch dort wurde das Geld fürs Essen knapp...

* * *

Vor der Villa lagerten immer noch Journalisten, aber ihre Zahl war gesunken, da im nahe gelegenen Zoo von North Dorset ein frisch geborenes Albinogorillapärchen der Öffentlichkeit präsentiert wurde.

Loyale Fotografen und das einzig noch verbleibende Fernsehteam wurden für ihre Treue allerdings belohnt, als ein schwarz-goldener Hubschrauber über das Dach des Hauses schwebte. Die Kandidaten auf der Dachterrasse sahen die Worte *Karen Trim Productions*, als er auf dem Rasen landete, nachdem die Rotoren die Plastikstühle in den Pool gefegt hatten.

Der öffentliche Pfad, der durch das Grundstück verlief, führte eigentlich nirgendwohin und wurde kaum genutzt, doch für die Presse, die jetzt an der Mauer entlangtrabte und dann als Pulk durch eine unbezeichnete Tür eindrang, war er ein Gottesgeschenk.

In bester Fernsehmanier landete der Hubschrauber zwei Mal. Beim ersten Mal sprang ein zweiköpfiges Filmteam heraus. Sobald die Kamera und ein Boom-Mikrofon im Gras aufgestellt waren, hob der Pilot ab und flog noch einen engen Kreis, bevor die Kameras seine zweite Landung filmten.

Da die Bootcamp-Proben eingestellt worden waren und sie keine Telefone und kein Wi-Fi mehr hatten, kamen die Kandidaten und die Crew aus dem Haus, um zu sehen, was los war. Zig und Regisseur Joseph hatten einen Vorsprung und daher den besten Blick auf Karen Trims dramatische Ankunft.

Mit goldenen Ohrenschützern, einer Sonnenbrille mit tellergroßen Gläsern und spitzen, hohen Stiefeln, die sich auf dem kurzen Gras nicht sonderlich gut machten, stolzierte Karen theatralisch auf ihren Kameramann zu, drehte sich dann leicht zur Seite und küsste Zig auf beide Wangen.

»Zig, Ziggy, Zig!«, säuselte sie unter dem Blitzlichtgewitter der Presse auf dem Weg. »Lange nicht gesehen.«

»Hallo«, begrüßte sie Zig, der schwitzte, weil ihm die Kamera unangenehm war. »Ich dachte, das sei ein privates Treffen. Können wir das nicht ausschalten?«

»Sie drehen einen Dokumentarfilm über mein Comeback in Großbritannien«, erklärte Karen. Plötzlich entdeckte sie Lorrie zwischen den Kandidaten und Helfern.

»Sie machen Ihre Sache als Moderatorin ja soo gut«, sagte Karen zu ihr, mit der gleichen falschen Stimme wie als Jurorin bei *Hit Machine*. »So jung und frisch! Egal was mit Rock War passiert, wir beide müssen mal zusammen Mittag essen.«

Lorrie lächelte hilflos, während ein paar ihrer früheren Kollegen sie ansahen, als würden sie ihr am liebsten einen Tritt geben.

»Praktikanten sind so unglaublich«, erklärte Karen und deutete dann auf Zig. »So hat dieser junge Mann angefangen. Zig war Praktikant in meiner allerersten

Show. Als *Hit Machine* anfing, war er stellvertretender Aufnahmeleiter, und dann entschloss er sich, Venus TV zu gründen und selbst Geld zu verdienen.«

»Ganz genau«, bestätigte Zig und wurde vor Verlegenheit rot.

Als Karen Trim gehört hatte, dass Rock War seinen Hauptsponsor verloren hatte, hatte sie Zig um ein Treffen gebeten. Da Karen angeblich eine halbe Milliarde schwer war und Zig drohte, pleitezugehen, hoffte er, dass sie ihm finanzielle Unterstützung anbieten wolle.

Doch Karen hatte Blut gespuckt, als Zig seine eigene Gesellschaft gründete, und hatte jahrelang in der Presse bissige Bemerkungen gemacht, dass viele von Zigs Shows nur billige Imitationen ihrer eigenen wären. Es würden zwar nicht viele Menschen von Salford nach Dorset fliegen, nur um einen ehemaligen Mitarbeiter in der Öffentlichkeit zu demütigen, doch Zig schätzte, dass Karen Trim genau so eine Person war.

»Muss dieser Kerl uns filmen?«, wiederholte er gereizt und ging Karen und ihrem Kameramann voran ins Haus.

»Darling, ich filme überall«, gab Karen zurück. »Und jetzt lass uns mal über Zahlen reden und sehen, ob wir die Löcher stopfen und dieses sinkende Schiff über Wasser halten können.«

Zigzack

»Das wird echt beschissen, wenn Karen Trim Rock War übernimmt«, behauptete Dylan düster.

Er saß inmitten einer ganzen Reihe von Kandidaten und Praktikanten im Ballsaal. Karen Trim war seit zwei Stunden oben in Zigs Büro.

»Ist sie denn schlimmer als Zig?«, fragte Lucy. »Der Typ ist doch total irre.«

»Karens Shows sind alle gleich«, meinte Dylan achselzuckend. »Die große Bühne mit funkelnden Lichtern. Die gestellten Interviews. Die heulenden Kandidaten. Rock War ist echter. Kannst du dir vorstellen, dass ein Kandidat von Hit Machine sein eigenes Videotagebuch führt? Oder auf einem Rockfestival spielt und nicht in einem Fernsehstudio?«

»Aber sie benutzen doch auch Facebook und so«, meinte Sadie.

»Ja«, nickte Dylan, »aber das ist alles so steril und gestellt.«

»Oh ja, und bei uns ist ja überhaupt nichts gestellt«, spottete Lucy.

»Karen Trim ist doch nicht dumm«, warf Summer ein. »Warum sollte sie das ändern, was Rock War so besonders macht?«

Noah lachte.

»Es würde mich echt wundern, wenn sie hier investiert, nach unserem kleinen Fernseheinsatz.«

Doch Theo war da anderer Meinung.

»Du machst wohl Witze. Die Publicity hat ihr wahrscheinlich Millionen eingebracht.«

»Andy Warhol hat gesagt, man soll das, was über einen geschrieben wird, nicht lesen, sondern nur wiegen, damit man sieht, wie viel Publicity man hat.«

»Wer ist Andy Warhol?«, wollte Noah wissen.

»Ein Typ, der Publicity mochte«, antwortete Jay unsicher. »Ich glaube, er hat Baseball gespielt.«

Summer versuchte, die trübe Stimmung zu heben.

»Ich hoffe nur, dass die Show weitergeht. Selbst wenn sie Änderungen machen, ist das doch besser, als wenn wir einfach so zurück in die Schule gehen, oder?«

»Genau«, stimmte Alfie zu. »Die Show ist mit ihr vielleicht noch beliebter.«

»Ist ja logisch, dass das von euch beiden kommt«, schnaubte Michelle.

Summer ließ sich nicht mehr auf alles ein, was Michelle sagte, aber Alfie hatte nicht so viel Erfahrung mit ihr und fragte gekränkt: »Und warum ausgerechnet von uns?«

»Weil«, begann Michelle, als sei das völlig offensichtlich, »wenn Karen Trim ihre Fänge in Rock War schlägt und sich in unsere Musik mischt, wird sie alle Girliegirls und Omas als Zuschauer keschern. Und für wen stimmen die wohl? Für das Mädchen mit der unglaublichen Stimme und den süßen kleinen Jungen, der noch nicht mal Schamhaare hat.«

»Hab ich wohl!«, fauchte Alfie wütend und tauchte

zur Beweisführung mit der Hand in seine Shorts, zupfte kräftig und zog sie mit ein paar drahtigen schwarzen Haaren wieder heraus. »Da, was ist das wohl, hä?«

»Sind das alle?«, fragte Dylan interessiert.

»Ach, leck mich doch!«, schmollte Alfie, streckte ihnen allen den Finger entgegen und ließ sich wieder auf seinen Sitzsack fallen.

Als Joseph auf dem Weg zur Eingangshalle durch den Ballsaal ging, sahen alle auf.

»He, alter Mann!«, rief Theo. »Wo gehen Sie denn hin?«

»Zigarillos aus dem Laden im Dorf holen«, antwortete Joseph. »Soll ich etwas mitbringen?«

»Danke, nein«, lehnte Theo ab. »Haben Sie eine Ahnung, was da oben vor sich geht?«

Joseph blickte sich kurz um und ging dann zu den Jugendlichen.

»Zig hat mich wegen ein paar finanzieller Details hereingerufen«, verkündete er verschwörerisch. »Er sagt, Rock War sei hitverdächtig und hätte weltweit Potenzial. Er will Karen Trim ein Drittel seiner Gesellschaft verkaufen und dafür genügend Geld bekommen, um die erste Staffel von Rock War zu produzieren. Aber Karen spielt die Harte und erinnert Zig daran, dass er pleite ist. Sie will alle Fernsehshows von Zig aufkaufen und uns als Karen Trims Rock War weiterführen. Dafür will sie Zigs Schulden bezahlen und ihm die Schmach ersparen, bankrottzugehen.«

»Irgendeine Aussicht auf einen Kompromiss?«, fragte Summer.

Joseph schüttelte den Kopf.

»Man nennt Karen Trim nicht umsonst den Panzer. Die Dame verhandelt nicht, die unterwirft die Leute.«

* * *

Als sich der Nachmittag in den Abend hinzog, bekam Zigs Stellvertreterin Geld für Lebensmittel, doch Karen Trims Hubschrauber blieb auf dem Rasen. Kandidaten und Praktikanten begannen ein FIFA14-Turnier auf den Playstations des Ballsaales, doch selbst Alfies sensationeller Sieg durch Elfmeterschießen über Tristan bekam nur gedämpften Beifall.

Es war schwer, sich auf irgendetwas zu konzentrieren, solange die Verhandlungen zwischen Karen und Zig im Obergeschoss liefen. Beim Abendessen blieben sie immer noch eingeschlossen, obwohl der allgemeine Tenor im Esszimmer lautete, dass es wohl nur eine Frage der Zeit war, bis Zig nachgab und Karen Trim Rock War ihrem Reality-TV-Imperium einverleibte.

Kurz nach acht Uhr abends waren Sadie und Noah in ihr Zimmer gegangen. Sadie war eingefleischter East-Enders-Fan, und Noah sah halb interessiert zu, halb um darüber zu lästern, als es an der Tür klopfte.

»Wir masturbieren gerade, komm später wieder!«, rief Sadie.

Es war ein Running Gag unter den Kandidaten, wenn jemand an die Tür klopfte, so krasse Äußerungen von sich zu geben wie nur möglich. Doch die Frau vor der Tür war darin nicht eingeweiht.

»Ich muss mit Noah sprechen«, sagte Karen Trim entgeistert.

Noah musste grinsen und Sadie wurde knallrot und verbarg ihr Gesicht.

»Ja, kommen Sie rein«, lud Noah Karen ein.

Doch sein Grinsen verschwand gleich wieder, denn Karen war wirklich imposant, und als er sie das letzte Mal aus der Nähe gesehen hatte, hatte er sie mit seinem Rollstuhl über den Haufen gefahren. Sein erster Gedanke war, dass sie sich mit Zig geeinigt hatte und gekommen war, um ihn aus der Show zu schmeißen. Doch Karen lächelte liebenswürdig.

»Wir haben irgendwie auf dem falschen Fuß angefangen, nicht wahr?«, meinte sie.

»So kann man das auch ausdrücken«, gab Noah misstrauisch zurück.

»Sind Sie jetzt unser Boss?«, fragte Sadie, die ihre normale, direkte Art wiedergefunden hatte.

»Ich habe ein Angebot gemacht«, erklärte Karen. »Vielleicht braucht Zig Allen ein wenig länger, um den Ernst seiner Lage zu erkennen. Aber ich bin nicht hier, um darüber zu reden.«

»Sie haben mich live im Fernsehen aus meinem Rollstuhl gekippt, und das lässt Sie nicht gut aussehen«, stellte Noah fest.

Karen kniff die Augen zusammen, als ob sie sich ärgerte. Doch dann lächelte sie künstlich und stieß ein Glucksen aus.

»Einem Gaukler kann man nichts vormachen, nicht wahr?«, sagte sie. »Ja, für mein Image wäre es gut, wenn wir uns küssen und vertragen. Aber falls du es noch nicht bemerkt hast, auch bei Rock War geht es um Beliebtheit. Meine PR-Abteilung wird dafür sorgen, dass das Bild weit verbreitet wird, online und in der Presse, und das wird auch das Profil von dir und deiner kleinen Band stärken.«

»Und wen juckt es, wenn unsere Show stirbt und

wir zurück nach Belfast verfrachtet werden?«, warf Sadie ein.

Karen starrte sie an, als wolle sie sagen: *Wie kannst du es wagen, mich zu unterbrechen!*, doch bevor jemand etwas sagen konnte, verlangte Noah: »Zehntausend Pfund.«

»Ohhh!« Karen lächelte. »Das ist eine Menge Geld, junger Mann.«

»Halten Sie mich nicht für dumm«, forderte Noah. »Sie waren in der Times-Liste der reichsten Menschen. Sie sind vierhundertfünfzig Millionen schwer – für Sie sind zehn Riesen so, als würde mir ein Zwanzig-Pence-Stück herunterfallen.

Außerdem ist das Geld nicht für mich, sondern für eine Kinderorganisation in Belfast, die sich ›Kids in Action‹ nennt. Sie bieten behinderten Kindern sportliches Training und Stipendien, damit ihre Eltern Rennprothesen oder leichte Rollstühle für den Sport anschaffen können.«

Sadie sah Noah stolz an, während sich Karen Trim an die Nase tippte.

»Das funktioniert«, meinte sie dann. »Die Story bekommt noch mehr Gewicht, wenn wir sie mit der alten Wohltätigkeitsmasche verbinden können.«

Damit ging sie hinaus vor die Tür, wo ihr Gefolge stand. Den ersten Teil ihres Gesprächs konnten Noah und Sadie nicht hören, aber die halbe Rock-War-Villa hörte, wie sie die Geduld mit ihrer Assistentin verlor.

»Ich habe verdammt noch mal keine Ahnung, wo Sie mitten in Dorset um zehn Uhr abends einen großen Pappscheck auftreiben können«, schrie sie. »Aber entweder beschaffen Sie mir einen bis elf Uhr oder Sie sind gefeuert!«

Als Karen ihre Leute wegführte, sprang Sadie vom Bett und überraschte Noah mit einem fetten Schmatzer auf die Backe.

»Ich nehme alles zurück, was ich über dich gesagt habe«, scherzte sie. »Sich Karen Trim gegenüber so zu behaupten, das war total klasse!«

Der große Scheck

Zuerst rief Karen Trims Assistent die Pressehotline ihrer Bank an. Die wiederum kontaktierte den Leiter einer Filiale dreißig Meilen von der Rock-War-Villa entfernt. Der wusste, dass er keinen Riesenscheck in seiner Filiale hatte, kannte aber einen Drucker in der Gegend, der ihm einmal kurzfristig einen gemacht hatte, als der Bürgermeister einen brauchte.

Der Filialleiter rief den Drucker an, der um zwanzig nach zehn aus dem Bett stieg, seinen Laden aufmachte, einen bannergroßen Scheck ausdruckte und mit Klebespray auf Pappe brachte. Da sein Lieferwagen wegen eines kleinen Unfalls in der Werkstatt stand, erklärte sich die Schwägerin des Bankdirektors, die in der Nähe wohnte, bereit, die dreißig Meilen bis zur Rock-War-Villa hinauszufahren. Sie verfuhr sich einmal, schaffte es aber dennoch bis um zehn nach elf.

Noah zog eines seiner besten Hemden an und Karen Trims Kameramann machte ein Foto von ihm zusammen mit Karen und dem Riesenscheck. Dann machten sie mit Noahs Handy noch ein Selfie und twitterten an Kids in Action, dass Geld unterwegs sei.

Riesenschecks sind nicht echt, aber Karen versprach, dass sie gleich am nächsten Morgen einen echten Scheck an das Büro von Kids in Action in Belfast schicken würde. Noah bezweifelte es nicht, denn sie würde eine unglaublich schlechte Presse bekommen, wenn sie einer wohltätigen Stiftung Geld versprach und dieses Versprechen nicht hielt.

Nachdem sie in die Kamera gelächelt hatte, stapfte Karen zu ihrem Hubschrauber, um zum Hauptquartier von Hit Machine in Salford zurückzufliegen. Es passte ihr nicht, dass es so spät geworden war und dass sie zehntausend Pfund für das Foto mit Noah hatte hinblättern müssen, daher feuerte sie vor dem Einsteigen ihre Assistentin und weigerte sich, sie mitzunehmen.

»Keine nette Frau«, sagte Sadie zu Noah, als sie den Hubschrauber abheben sahen und die Assistentin schluchzend zum Haus kam. »Wenn sie übernimmt, werde ich vielleicht aus Prinzip aufhören.«

* * *

»Los, Leute, kommt her!«, rief Joseph.

Mit einer flachen Mütze und seiner üblichen Strickjacke und Slippern wartete der großväterliche Regisseur geduldig, bis die achtundvierzig Kandidaten aus ihren Zimmern oder vom Frühstück in den Ballsaal kamen. Zwei Mädchen hatten sogar schon ein paar frühe Bahnen im Pool gezogen und kamen in Badehandtücher gewickelt herein.

Zigs strenge Assistentin Karolina stand neben Joseph, als er die Arme hob und verkündete:

»Ich habe gute Neuigkeiten!«

»Karen Trim ist bei einem Hubschrauberabsturz ums Leben gekommen und hat uns all ihr Geld vermacht?«, vermutete Sadie.

Unwillkürlich musste Joseph mitlachen.

»So gut nun auch wieder nicht. Aber ich kann stolz verkünden, dass wir eine Show auf die Beine stellen werden!«

Ein paar Leute klatschten und riefen Beifall.

»Aufgrund unserer Budgetkürzungen und des Wegfalls von Rage Cola als Sponsor können wir unsere hochrangigen Juroren nicht bezahlen und das Ausbildungsprogramm des Bootcamps nicht beenden. Doch es besteht immer noch ein gewaltiges öffentliches und mediales Interesse an Rock War. ›Summer singt Patti Smith‹ und ›Theo vs. Karen Trim‹ wurden Millionen Male auf YouTube gesehen. Seit Miss Trims Besuch gestern wird unser Tor noch mehr von der Presse belagert. Und die Wiederholungen der ersten Rock-War-Folgen bekommen für eine Show auf 6point2 rekordverdächtige Zuschauerzahlen.

Jetzt wird Rock War zum ersten Mal auf dem Hauptkanal von Channel Six gezeigt. Es wird am Samstag um 19 Uhr gesendet. Zum größten Teil wird die Show aus einer Zusammenstellung des Materials der vergangenen Wochen bestehen. Da Summer und Theo unsere beiden Online-Superstars sind, wird der Höhepunkt sein, dass die beiden ein speziell dafür aufgezeichnetes Duett singen.«

Theo hielt Summer den aufgerichteten Daumen entgegen. »Du und ich, Schwester!«

Summer hatte das Gefühl, als würden alle sie ansehen, und lächelte Theo an, bevor sie knallrot wurde. Doch ein paar der anderen Kandidaten waren nicht ganz so glücklich.

»Was ist mit unseren Bands?«, fragte Michelle. »Sollte es bei Rock War nicht eigentlich darum gehen?«

Joseph nickte verständnisvoll.

»Das ist keine perfekte Lösung«, gab er zu. »Ich würde mich genauso freuen wie ihr, wenn die Geldfee zur Tür hereinspaziert käme, uns einen dicken fetten Scheck ausstellte und uns damit machen ließe, was wir wollen. Doch da das recht unwahrscheinlich ist, verschaffen wir Zig mit der zusammengestellten Show und dem Rettungsanker von Channel Six mehr Zeit, einen Partner zu finden, mit dem alle zusammenarbeiten wollen.«

Joseph schien ein anständiger Kerl zu sein, daher nickten alle zustimmend oder widersprachen zumindest nicht länger.

Den nächsten Teil der Ankündigung übernahm Karolina mit ihrem harten deutschen Akzent.

»Es gibt noch ein anderes haariges Problem bei der Weiterführung der Show«, verkündete Karolina. »Rage Cola hat uns einen Anwaltsbrief geschickt. Sie verlangen, dass alle Rage-Cola-Werbung aus der Rock-War-Villa entfernt wird, bevor neue Filmaufnahmen gemacht werden. Einige Praktikanten haben bereits damit angefangen, aber wir arbeiten jetzt mit einem Minimum an Personal und Crew, um die Kosten gering zu halten. Wenn also einige der Kandidaten sich bereit erklären würden, zu helfen…«

»Lasst uns den Laden auseinandernehmen!«, schrie Michelle begeistert und boxte in die Luft.

Doch Karolina sah sie nur missmutig an und hob die Stimme: »Wenn einige von euch ordentlich und vernünftig dabei helfen könnten, die Gegenstände mit dem Rage-Cola-Markenzeichen zu entfernen, würden wir das sehr zu schätzen wissen.«

Fünf Komma drei

Samstag

»Also, das ist mein Arm«, erzählte Michelle ihrer Kamera. »Na ja, ganz offensichtlich ist es mein Arm. Aber wie man sieht, hat er jetzt einen schönen langen Riss und zweiundzwanzig Stiche. Beim Ausräumen der ganzen Rage-Cola-Sachen ist es wohl mit uns durchgegangen. Theo und ich standen an den einander gegenüberliegenden Ecken des Ballsaales mit den Getränkeautomaten auf Sackkarren. Wir wollten die Automaten aufeinander zurollen und es in der Mitte richtig krachen lassen.

Das Problem ist nur, dass ich eher klein bin und Theo ziemlich massiv. Ich mühe mich also mit meinem Automaten ab und sehe Theo mit seinem praktisch auf mich zurasen. Da mir klar war, dass das nicht gut gehen kann, habe ich Angst gekriegt und versucht, auszuweichen.

Theos Automat ist gegen meinen geknallt und es hat ordentlich gekracht. Und irgendwie ist mein Arm durch die Plastikscheibe gegangen und... Na ja, das Ergebnis seht ihr ja.«

Michelle stand auf, ohne die Aufnahme zu beenden.

Summer nahm ihren Platz auf dem Bett ein und begann mit ihrem eigenen Beitrag.

»Liebes Videotagebuch«, lächelte sie ironisch, »dies ist ein gemeinsamer Eintrag, denn Michelle hat vergessen zu erwähnen, dass sie ihren Camcorder mit Klebeband am Getränkeautomaten befestigt hatte, und der hat den Crash in noch schlechterem Zustand überdauert als ihr Arm.«

»Aber die Speicherkarte hat überlebt!«, meldete sich Michelle. »Siebzigtausend YouTube-Treffer und steigend!«

»Wir hatten eigentlich Spaß in den letzten Tagen«, fuhr Summer fort. »Channel Six hat vier kräftige Türsteher engagiert, die dafür sorgen, dass die Presse nicht vom Wanderweg abkommt – wir dürfen also wieder in die Probenräume. Von Karen Trim haben wir nichts gehört. Zig ist immer gestresster, weil er fast bankrott ist. Ich glaube, er hat seit Tagen nicht geduscht, und er knurrt alle an.

Er gibt uns auch unsere Telefone nicht wieder und schaltet das Wi-Fi nicht ein, weil er behauptet, er stecke in sehr delikaten Verhandlungen, und wolle nicht, dass wir ihm wieder dazwischenfunken. Mir ist das eigentlich egal, denn ich habe sowieso nur das billigste Mistding von Telefon ohne Internet oder irgendetwas. Und meine Großmutter kann ich auch vom Büro aus anrufen, wann immer ich will.«

»Du bist ja so ein armes Schwein«, spottete Michelle.

Leicht gereizt nickte Summer: »Ja, ich bin ein armes Schwein«, gab sie zu. »Aber hauptsächlich habe ich diese Woche mit Theo geprobt und unser Duett aufgenommen. Es ist ein Song namens ›Fairytale of New

York‹. Im Original wird es von einem komischen Iren namens Shane MacGowan gesungen. Seine raue Art zu singen ist ähnlich wie die von Theo und der weibliche Part passt auch gut zu meiner Stimme.

Es ist nur so komisch, dass wir jetzt August haben und ›Fairytale‹ ein Weihnachtslied ist. Aber anstatt das irgendwie zu verschleiern, hat Joseph eine Schneemaschine gemietet. Wir haben ein total witziges Video zu dem Song gemacht. Theo und ich singen im hellen Sonnenschein am Pool, während eine unsinnige Masse an Schnee auf uns herunterrieselt. Sie haben zwei Versionen von dem Video aufgenommen. Die ernsthaftere davon wird wohl in der Fernsehshow gesendet, und die andere, in der ganz viele chaotische Szenen von Rock War eingeschnitten sind, wird wahrscheinlich auf YouTube gezeigt werden.«

* * *

Die acht großen Bildschirme an der Wand des Ballsaales zeigten alle denselben Kanal. In den Nischen, wo früher die Getränkeautomaten gestanden hatten, hingen jetzt Rock-War-Logos, und da alle Sitzsäcke mit den Rage-Cola-Logos verschwunden waren, hatten die Kandidaten die Kopfkissen aus ihren Zimmern heruntergeschleppt und begnügten sich damit.

Die Kandidaten wurden gefilmt, während die Crew – vom frischesten Hilfsarbeiter bis zu Zig Allen – an der gegenüberliegenden Wand auf Stühlen aus dem Speisesaal saßen. Die Einspielung einer Hit-Machine-Werbung rief ein paar Buhrufe hervor, dann zeigten die Bildschirme das sich drehende Logo von Channel Six. Der Ansager klang ungewöhnlich aufgeregt.

»Und jetzt auf Channel Six – abweichend vom Programm – bringen wir Ihnen das Neueste von der Talentshow, die man anscheinend nicht aus den Schlagzeilen fernhalten kann. Hier ist *Rock War – Was bisher geschah*.«

Nachdem kurz das Logo von Venus TV aufgeblitzt war, zeigten die Bildschirme eine Aufnahme von Summer in ihrem kleinen Zimmer und ihren beiden halb gepackten Tragetüten auf einem ungemachten Bett. Unten erschien eine Zeile: *Erster Tag der Sommerferien*.

»Hi! Mein Name ist Summer. Ich bin vierzehn Jahre alt und Leadsängerin bei Industrial Scale Slaughter... Sorry, kann ich das noch mal machen?«

Was als Nächstes geschah, sah man nicht, denn es kam ein Schnitt und eine Aufnahme von Noah, der bei Sonnenaufgang über einen Lift in ein Ryanair-Flugzeug rollte.

»Gab es schon mal einen Rockstar in einem Rollstuhl?«, fragte Noah aus dem Off. »Mir fällt keiner ein, aber ich will der erste sein!«

Der letzte Schnitt dieser Eingangssequenz zeigte Mrs Richardson, die am Fuß einer Treppe stand.

»Jay, Theo, Adam!«, schrie sie. »Ich habe euch faulen – PIEPS – Frühstück gemacht. Da könnt ihr wenigstens den Anstand haben und eure fetten Hintern hier herunterschwingen, um es zu essen!«

Dann erschien das Rock-War-Logo, und man hörte E-Gitarren, bevor der Schriftzug WAS BISHER GESCHAH über das Logo fiel, dass es wackelte.

Achtzig Minuten lang lachten die Kandidaten im Ballsaal, machten sich über ihre Auftritte auf der Leinwand lustig, tranken Cola aus dem Supermarkt und aßen Pringles. Weiter hinten nahm Zig ein paar Glückwunschanrufe entgegen und wurde ein wenig fröhlicher, als er sich zum Rest der Crew gesellte, die Bier, Wein und was sonst noch aus der Küche aufzutreiben war, tranken.

Das große Finale von Theo und Summer war das Einzige, was speziell für diese Show gefilmt worden war, und passte nicht ganz zum dokumentarischen Stil des Rests. Aber es war gut gemacht und amüsant.

Als der Abspann lief, waren die Kandidaten in Hochstimmung. Sie hatten sich für eine Show gemeldet, in der es um Rockmusik ging und die anders als die schmalzigen, hochglanzpolierten Talentshows war, und genau so hatte dieses Rock-War-Special auf der Leinwand ausgesehen.

Zig war mittlerweile sturzbetrunken und stolperte fast, als er nach vorne kam. Auf seinem Hemd prangte ein großer Rotweinfleck.

»Ich weiß nicht, ob wir überleben werden«, begann er traurig. »Ich habe bei dem Stress eine Woche nicht mehr geschlafen. Aber für meine müden Augen sah das nach einer verdammt guten Show aus.«

Alle klatschten, und es ertönten ein paar begeisterte Rufe, besonders von den jungen Praktikanten, die zum überwiegenden Teil betrunken waren.

»Heute Morgen hat Karen Trim angerufen«, lallte Zig. »Sie hat mich gefragt, ob ich zur Vernunft gekommen sei und ihr Angebot, Rock War zu kaufen, annehmen wolle. Vielleicht ist es nur mein Stolz, vielleicht bin ich auch ein Idiot, aber ich habe dieser alten Schraube gesagt, dass ich lieber pleitegehe, als dass ich zulasse, dass sie ihre Krallen in meine Show schlägt!«

Dafür bekam er den größten Applaus des Abends. Auch wenn Karen Trim die Einzige zu sein schien, die das Geld hatte, um Rock War aus der Klemme zu helfen, schienen sich Kandidaten und Crew zunehmend einig zu sein, dass man Rock War lieber den Bach runtergehen lassen sollte, als dass man sie übernehmen ließe.

Als Zig sich wieder setzte, hielt ihm Karolina ein iPad unter die Nase.

»IAB, fünf Komma drei!«, rief Zig und boxte in die Luft. »Heiliger Strohsack! Fünf Komma drei!«

Joseph und ein paar andere aus der Crew standen auf, um ihm die Hand zu schütteln, doch von den Kandidaten wusste niemand, was IAB war. Lorrie, die seit ihrer Nacht mit Theo keinen Alkohol mehr angerührt hatte, studierte Fernsehproduktion an der Uni und erklärte es ihnen.

»IAB ist das Independent Audience Bureau, ein unabhängiges Institut zur Zuschauerbefragung. Mit ihren elektronischen Systemen beobachten sie das Zuschauerverhalten in Tausenden von Haushalten und schätzen, wie viele Menschen jede Sendung sehen. Fünf Komma drei bedeutet, dass schätzungsweise fünf Komma drei Millionen Leute gerade *Was bisher geschah* gesehen haben.«

»Ist das gut?«, wollte Dylan wissen.

»Das ist ausgezeichnet«, erwiderte Lorrie. »Die Shows mit den höchsten Zuschauerzahlen in Großbritannien sind Soap-Operas wie *Coronation Street* und *East Enders*. Sie haben üblicherweise um die zehn Millionen Zuschauer. Fünf Komma drei ist höchst beachtlich. Das ist so viel, wie beliebte Sendungen wie *Top Gear* bekommen.«

Karolina kam Lorrie zu Hilfe.

»Das sind wahrscheinlich die höchsten Zuschauerzahlen für Channel Six seit den besten Zeiten von Hit Machine«, erklärte die Deutsche. »Und je mehr Zuschauer eine Show hat, desto mehr kann man für die Werbung verlangen.«

»Dann brauchen wir Karen Trims Geld gar nicht?«, fragte Jay hoffnungsvoll.

»Rock War ist eine sehr teure Show«, erklärte Karolina. »Wir brauchen immer noch einen Sponsor, aber diese Zuschauerzahlen könnten es sehr viel leichter machen, einen zu finden.«

Lucy Wei hatte fast zwei Stunden lang gesessen. Sie reckte sich gähnend und zog sich das verschwitzte T-Shirt vom Rücken.

»Du stehst gerade, hol mir eine Cola«, verlangte Michelle.

»Hol sie dir selber, du faules Stück«, gab Lucy zurück, stieg über die ausgestreckten Beine ihrer Bandkolleginnen und ging hinaus, um frische Luft zu schnappen.

Sie nahm den Weg durch die Küche, in der zwei Praktikanten herumknutschten, und durch die Hintertür nach draußen, wo sie Dylan fand, der eine Zigarette rauchte.

»Lass mich mal ziehen«, verlangte sie und machte »Mmmmh«, als sie den Rauch in die Lungen sog.

»Ich habe nicht mehr viele«, bemerkte Dylan. »Mein Dad sollte mir eigentlich zweihundert russische Zigaretten und einen großen Beutel Hasch schicken.«

»Dein *Dad?*«, lachte Lucy.

Dylan zuckte mit den Achseln, als sei das keine große Sache.

»Er meint, ich sei alt genug, mich umzubringen, wenn ich das wollte.«

»Ich rauche eigentlich nicht. Und wenn mein Dad sehen würde, dass ich auch nur einen Zug nehme, würde er ausrasten. Was macht dein Dad eigentlich?«

»Er ist Musikproduzent«, log Dylan und wechselte dann das Thema. »Ich fand die Sendung wirklich gut.«

»Ja, das war sie«, stimmte Lucy zu.

»Ich muss mal«, verkündete Dylan und reichte Lucy die Zigarette. »Willst du sie aufrauchen?«

»Warum nicht«, meinte Lucy.

Da sie keine richtige Raucherin war, nahm sie noch zwei Züge und drückte die Zigarette dann unter ihren Converse aus. Dass es auf dem Land so richtig dunkel wurde, gefiel ihr, und sie wollte gerne einen kleinen Spaziergang machen, um dem Lärm im Haus zu entkommen, doch bevor sie losgehen konnte, kam Zig heraus.

»Da ist ja meine kleine Rädelsführerin«, meinte er grollend.

Lucy lief ein Schauer über den Rücken. Es war das erste Mal, dass sie mit Zig sprach, seit er gedroht hatte, dass Industrial Scale Slaughter keine Chance habe, bei Rock War zu gewinnen. Zig roch nach Alkohol und machte den Eindruck, als hätte er seit Tagen nicht geschlafen oder geduscht.

»Ich habe mir einen Wolf gearbeitet, um diese Show zu retten«, stieß er undeutlich hervor. »Kann nicht schlafen, verstehst du? Ich mache die Augen zu, aber im Kopf arbeitet es weiter. Und dann kriege ich obendrein einen Anruf von so einem gelackten Anwalt.«

»Ich gehe wieder rein«, sagte Lucy.

»Nein, tust du nicht.« Zig verstellte ihr den Weg,

fasste sie am Handgelenk, und als sie sich entwinden wollte, drängte er sie gegen die Wand.

»Ich schreie!«, drohte Lucy.

»Bei allem, was ich durchmache«, zischte Zig, »lässt du mir durch den Anwalt deines Vaters drohen!«

Er packte ihren Arm fester und grub seinen Daumen in ihren Oberarm.

Lucy biss die Zähne zusammen.

»Lassen Sie mich los, bevor ich Sie zwinge!«

Da sie nicht stark genug war, um Zig fortzustoßen, riss sie das Knie hoch und stieß es ihm zwischen die Beine.

»Ekelpaket!«, schrie Lucy, als Zig zurücktaumelte.

Sie hatte Zig nicht schlimm erwischt, sondern lediglich so, dass er wütend wurde, auf sie zusprang und versuchte, sie am Haar zu packen. Doch wenn er auch stärker war, war sie schneller und überdies nüchtern. Sie duckte sich und versetzte ihm, ohne recht zu wissen wie, mit dem Ellbogen einen Schlag auf die Nase. Zig stolperte zurück. Blut troff ihm aus der Nase in die Hand, die er davorhielt. Lucy lief zurück in die Küche. Die beiden Praktikanten, die dort herumknutschten, blickten auf. Einerseits wollte Lucy das Richtige tun und Zigs Verhalten anzeigen. Was war, wenn er irgendwann jemand Kleineren angriff, wie Summer oder Alfie?

Andererseits wusste sie, dass Zig alles abstreiten würde, und es war doppelt unangenehm, weil er im Augenblick von den meisten im Haus als der mutige Underdog betrachtet wurde, der darum kämpfte, Rock War aus den Klauen der bösen Karen Trim zu retten.

Das Pärchen ignorierte Lucy und knutschte weiter, doch noch bevor sie die Küche durchquert hatte, hörte man das charakteristische Dröhnen eines Zwölfzylindermotors.

Das Mädchen sah Lucy an.

»Ist das Zigs Lamborghini?«

Ihr Freund sah ihr verärgert nach, als sie hinauslief.

»Komm zurück!«, rief er. »Zig ist weiß Gott alt genug.«

»Mr Allen!«, rief die Praktikantin und rannte auf das Auto zu, das gerade zurücksetzte. »Sie können doch kaum stehen!«

Doch das leuchtend orange Auto war schon mehr als fünfzig Meter entfernt und Zig hätte bei dem Lärm des kraftvollen Motors sowieso nichts hören können.

Lucy folgte der Praktikantin nach draußen und sah gerade noch, wie Zig das Gaspedal durchtrat. Der starke Wagen zog an, und die Hinterräder wirbelten Erde hoch, als er über eine Graskante fuhr. Es war schwer zu sagen, wie schnell er fuhr, aber Lucy und das Pärchen kamen gerade um das Haus herum, als der Lamborghini auf das Haupttor zuraste.

Zig hatte eine Fernsteuerung für das Tor, sodass es offen stand, als er kam, doch die davorparkenden Presseleute beeilten sich, ihre Stative von der Straße zu zerren, und mindestens ein Fotograf entschloss sich, seine Geräte aufzugeben.

Zum Glück – zumindest für diesen Fotografen – war Zig sehr betrunken und das Tor eher für eine schmale Kutsche als für das wesentlich breitere italienische Superauto gebaut. Als Zig feststellte, dass er danebengezielt hatte, konnten ihn nicht einmal mehr die großen Keramikbremsen retten.

Die Front des Wagens wurde eingedrückt, als er den Pfosten traf, doch durch den Schwung schrammte er noch ein Stück daran entlang. Auf der ganzen rechten Seite riss die orange Kunststoffverkleidung auf, sodass es überall Splitter hagelte, während die Journalisten in Deckung gingen. Beim Aufprall erstarb der Motor, und die Presseleute zuckten zusammen, als mehrere Airbags knallten.

Sobald der Wagen zum Stillstand gekommen war, begann der Schwarm von Fotografen, Bilder zu machen, während Kandidaten und Crew vom Haus her angelaufen kamen.

»Mr Allen?«, rief ein Journalist und hob die Flügeltür an, aus der eine Wolke weißen Rauchs aus den Airbags stieg. »Mr Allen, geht es Ihnen gut?«

»Lassen Sie mich in Ruhe!«, schrie Zig, als ihn der kräftige Journalist aus dem Auto zog.

Ein Dutzend Kameras blitzten, während Zig sich mit blutender Nase langsam umdrehte, um das Wrack seines 300 000 Pfund teuren Wagens zu betrachten.

»Keine Bilder, ihr Hyänen!«, lallte Zig. »Nehmt die Kameras weg!«

»Mr Allen, wie viel haben Sie getrunken?«, fragte ihn ein Reporter.

»Mr Allen, ist es wahr, dass Karen Trim versucht, Ihre Gesellschaft zum Dumpingpreis zu kaufen?«

»Stimmt es, dass Rage Cola Venus TV wegen Rufschädigung auf zwanzig Millionen Pfund verklagen will?«

»Erwähnen Sie den Namen dieser Frau nicht in meiner Gegenwart!«, verlangte Zig, dem immer noch Blut aus der Nase lief. »Wenn ich Karen Trim noch einmal sehe, erwürge ich die blöde Kuh. Und eines sage ich Ihnen, sollte die Frau dabei ins Gras beißen, werden eine Menge Schönheitschirurgen arbeitslos.

Und was Rage Cola, Unifoods oder wie immer man das auch zu nennen beliebt, angeht, die Arschlöcher und ihr Familienvermögen sind mir mittlerweile völlig egal. Und jetzt geht mir aus dem Weg! Ich geh nach Hause und besauf mich, bis ich aus den Latschen kippe.«

Doch Zig schaffte es nur vier Schritte weit, bevor er bäuchlings umkippte. Mehrere Kameras filmten ihn, wie er laut schluchzend am Boden lag und sich in die Hose pinkelte.

Die Küsse von Bournemouth

Es war Montagmorgen, 8:28 Uhr. Der Boss von Channel Six, Mitch Timberwolf, Fernsehkoch Joe Cobb und Zig Allens Stellvertreterin Karolina saßen an einem langen Tisch am Ende des Ballsaales. Die Kandidaten mussten in ihren Zimmern bleiben und sich ruhig verhalten, während Fernsehcrews ihre Kameras aufbauten und zum ersten Mal Journalisten in die Rock-War-Villa eingelassen wurden.

Da Channel Six eine Aktiengesellschaft war, mussten Bekanntmachungen nach den Regeln der Börse veröffentlicht werden, und Mitch wartete bis genau 8:30 Uhr, bevor er sich räusperte.

»Ich glaube, ich habe noch nie so viele Journalisten mitten in Dorset gesehen«, scherzte er. »Wenn Rock War anfängt, so viel Geld einzubringen wie Publicity im letzten Monat, schreiben Sie in hoffentlich nicht allzu ferner Zukunft Berichte über meine horrenden Bonuszahlungen.«

Nachdem das Gelächter verklungen war, las Mitch ein vorbereitetes Statement vor.

»Ich freue mich, Ihnen mitteilen zu können, dass die Channel Six AG zusammen mit einem Konsortium, dem mein guter Freund, der bekannte Koch Joe

Cobb, angehört, heute Vormittag den gemeinsamen Kauf von Venus TV von Zig Allen verkünden kann.

Diese Eigentumsübertragung sichert die Zukunft von Venus TV als lebendige, unabhängige Fernsehproduktionsgesellschaft. Außerdem sichert sie auf lange Sicht die Hits der Channel-Six-Shows wie *Cobb's Kitchen*, *Achtung, Schnorrer!* und natürlich *Rock War*. Fragen?«

»Wo ist Zig Allen?«, rief ein Mann von der BBC.

»Zig Allen litt unter starkem Stress. Er erholt sich zurzeit in einer privaten Rehaeinrichtung. Er wird an Venus TV nicht weiter beteiligt sein. Ich und alle anderen bei Channel Six wünschen Mr Allen baldige Genesung.«

»Soweit wir wissen, hat Karen Trim mit Zig Allen verhandelt, um Rock War zu übernehmen. Ist sie eine Ihrer Investorinnen?«

Mitch schüttelte den Kopf.

»Karen Trim konnte ihren Deal mit Zig Allen nicht zum Abschluss bringen. Sie gehört nicht zum Konsortium von Channel Six.«

»Wird Karen Trim wütend sein, dass Sie ihr Venus TV vor der Nase weggeschnappt haben?«, erkundigte sich eine elegante Journalistin.

Mitch lächelte wenig überzeugend.

»Karen Trim ist ein geschätztes Mitglied der Channel-Six-Familie. Wir haben die Absicht, mit ihr zusammen daran zu arbeiten, dass die neue Staffel von Hit Machine zu einem Riesenerfolg wird.«

»Wie groß ist der Anteil von Channel Six an Venus TV?«

»Laut dem offiziellen Statement vor der Londoner Börse übernimmt Channel Six einen Anteil von fünfzehn Prozent an Venus TV und hat einem Deal zugestimmt, die langfristige Zukunft mehrerer der größten Shows zu sichern. Cobb Entertainment übernimmt einen Anteil von zehn Prozent. Die neuen Eigentümer der restlichen fünfundsiebzig Prozent an Venus TV möchten ihre Zusammensetzung zu diesem Zeitpunkt nicht bekannt geben.«

»Wird Rock War einen neuen Sponsor bekommen?«

Mitch schüttelte den Kopf.

»Unsere Sponsoren sind ganz wild darauf, während Rock War Werbung zu schalten. Bei den ausgezeichneten Zuschauerzahlen vom letzten Samstag bin ich zuversichtlich, dass Channel Six die Kosten durch die Werbeeinnahmen decken kann, ohne auf direktes Sponsoring angewiesen zu sein.«

»Mr Timberwolf, wäre Karen Trim einfach zu mächtig geworden, wenn sie so viele der größten Shows von Channel Six übernommen hätte?«, fragte ein bärtiger Journalist. »Es gab in der Vergangenheit Gerüchte, dass sie sogar die Kontrolle über Channel Six selber übernehmen wollte.«

Mitch richtete seine Krawatte gerade und sah den Reporter direkt an. »Ich habe alles gesagt, was es zu Karen Trim zu sagen gibt. Sie ist ein wertvolles Mitglied der Channel-Six-Familie, und ich hoffe, dass das auch noch lange Jahre so bleibt.«

Als Nächstes meldete sich ein eifriger Journalist mit französischem Akzent zu Wort.

»Bei all der Publicity und angesichts der ausgezeichneten Zuschauerzahlen vom Samstag, halten Sie es für möglich, dass Rock War ein größerer Erfolg werden könnte als Hit Machine?«

»Ich hoffe, dass beide Shows unglaublich beliebt

werden«, wich Mitch diplomatisch aus. »Den Zuschauern von Channel Six wird zwischen jetzt und Weihnachten ein sehr aufregendes Programm geboten.«

* * *

Da Zig Allen fort war, übernahm Karolina die Verantwortung. Die große, ruhige Deutsche musste Zigs Erfahrung ersetzen und begann damit, dass sie Julie, die Assistentin, die Karen Trim drei Tage zuvor gefeuert hatte, einstellte.

Die Zukunft der Show war gesichert und Venus TV konnte wieder Geld ausgeben. Zu den ersten Maßnahmen gehörte es, innerhalb der Tore ein Pressezelt zu errichten und eine Baufirma zu beauftragen, das große Rage-Cola-Logo auf dem Boden des Swimmingpools zu ersetzen.

Kurz vor dem Mittagessen schaltete Karolina das Wi-Fi wieder ein und sorgte dafür, dass die Kandidaten ihre Telefone zurückbekamen. Sie machten eine kleine Show daraus und präsentierten den erfreuten Kids Telefone und Tablets auf einem Samtkissen mit Goldkordel.

Als sich Rage Cola zurückgezogen hatte, war die Crew auf ein Minimum reduziert worden, doch jetzt tauchten wieder vertraute Gesichter auf wie Mo, der musikalische Leiter, und Shorty, der Kameramann. Joseph rief Lorrie und die höheren Crewmitglieder zu einer Besprechung zusammen.

Durch den Verlust von Rage Cola und die Entscheidung, die Folge *Was bisher geschah* zu produzieren, war das sechswöchige Format von *Bootcamp* ein wenig durcheinandergeraten. Doch während die Crew die Show neu aufstellen musste, waren die Kandidaten fast eine Woche auf dem Gelände eingesperrt gewesen und drehten langsam durch.

Die nächste nennenswerte Stadt für einen Ausflug war Bournemouth. Um der Presse zu entgehen, schlichen sich die Teenager hinten aus dem Haus und liefen einen Kilometer, bis sie ein Bus abholte. Während der dreißigminütigen Fahrt waren alle ziemlich aufgekratzt.

Nach einer Unterbrechung, weil Eve sich übergeben musste, kamen sie in Bournemouth an und teilten sich in Gruppen auf. Jay verbrachte eine Stunde beim Shopping mit Sadie, Noah und Babatunde. Zigs volltrunkener Crash mit dem Lamborghini hatte die Titelseiten aller Sonntagszeitungen geziert, aber zu ihrer Überraschung prangte ihre Show auch am Montag noch auf vielen Titelblättern.

Die beliebteste Story, *Trim will Rock War kaufen*, war bereits überholt. Aber bei einigen der billigeren Blätter kursierte eine Geschichte über eines der Mädchen von Half Term Haircut, dessen älterer Bruder offenbar im Gefängnis saß, weil er an einem grauenhaften Unfall schuld gewesen war, bei dem drei Schulkinder an einer Bushaltestelle ums Leben gekommen waren. *Rock-War-Bruder bekommt lebenslänglich.*

»Ich hoffe, die Presse fängt nicht an, in meiner Familie herumzubuddeln«, meinte Noah. »Die sind alle so langweilig.«

Jay grinste. »Wenn ein Reporter versucht, im Schmutz meiner Familie herumzustochern, muss er aufpassen, dass ihn die Schlammlawine nicht überrollt.«

»Theo ist doch in Ordnung«, fand Noah.

»Du liebst Theo«, neckte ihn Sadie. »Er ist dein Idol.«

»Ach lass doch«, wehrte Noah ab. »Aber immer hacken alle auf Theo herum. Zu mir war er immer anständig.«

Jay nickte.

»Theo ist ein Irrer, aber er hat tatsächlich so etwas wie einen moralischen Kompass. Er würde zwar einen Supermarkt beklauen, nicht aber eine wohltätige Einrichtung. Er würde jemandem, der ihn ärgert, zwar eine knallen, ihn aber nicht zusammenschlagen. Die wahren Irren sind mein ältester Bruder Danny und mein jüngerer Bruder Kai. Danny sitzt ein, seit er sechzehn ist. Er hat mit seinem dämlichen Kumpel ein Wettbüro überfallen. Sie haben den Geschäftsführer mit einer Gummikeule niedergeschlagen und die Frau auf den Tresen geknallt. Die Idioten haben geglaubt, sie würden einen Haufen Geld kriegen, fanden aber nur achtzig Pfund in den Kassen. Der Rest war in einem mit einem Zeitschloss gesicherten Safe aufbewahrt, zu dem keiner der Angestellten Zugang hatte.«

»Wie lange hat er bekommen?«, fragte Babatunde.

»Nicht lange genug«, fand Jay. »Mir graut vor dem Tag, an dem Danny nach Hause kommt. Wenn ich groß rauskomme, zahle ich vielleicht jemandem zehn Riesen, um ihn und Kai zu erledigen.«

Noah grinste.

»*Rock-War-Star zahlt zehn Riesen für den Mord an seinen Brüdern*«, sagte er. »Das würde definitiv in die Nachrichten kommen.«

»Meine Familie ist nicht sehr aufregend«, erzählte Babatunde. »Meine Eltern wollen, dass ich in ihre

Fußstapfen trete und Arzt werde, was einigermaßen verwunderlich ist, weil sie die ganze Zeit darüber klagen, wie furchtbar ihre Jobs sind.«

Durch seinen Rollstuhl war Noah der Rock-War-Kandidat, der am leichtesten zu erkennen war. Die vier wurden von zwei sonnengebräunten Schwestern angehalten, als sie sich dem Treffpunkt mit den anderen am Odeon-Kino näherten. Die Mädchen wollten Autogramme, doch niemand hatte einen Stift oder Papier.

»Das ist so eine coole Sendung«, fand die jüngere der beiden.

»Und für wen werdet ihr stimmen?«, wollte Babatunde wissen. »Doch hoffentlich für Jet?«

Die Mädchen zuckten mit den Achseln, dann gab die ältere zu: »Summers Stimme ist unglaublich.«

Die jüngere Schwester nickte.

»Aber ihre Band ist nicht so toll. Was für eine Art von Musik ist das noch mal?«

»Thrash-Metal«, sagte die andere. »Das ist Mist.«

Als sie in die andere Richtung weitergingen, sah Babatunde Jay an.

»Summer wird Rock War gewinnen«, meinte er düster. »Ich glaube, wir anderen kämpfen nur um die restlichen Plätze.«

»Das ist nicht sicher«, meinte Jay. »Summers Stimme verleiht Industrial Scale Slaughter vielleicht einen Wow-Effekt, aber sie sind mit Sicherheit nicht die beste Band im Wettbewerb.«

»One Direction sind bei *X-Factor* auch nur Dritte geworden und die kommen ganz gut klar«, bemerkte Noah.

Mittlerweile waren sie am Odeon-Kino angekommen, wo ein paar der anderen schon warteten. Einige Mädchen – und ein paar widerstrebende Freunde – wollten eine romantische Komödie sehen. Doch alle Jungen waren für *Guardians of the Galaxy*.

Da das Kino zur Nachmittagsvorstellung nur spärlich besetzt war, verteilten sich alle. Jay blickte auf, als sich Summer neben ihn setzte.

»Starke Superhelden muss man einfach lieben«, sagte sie und lächelte breit.

»Popcorn?«, bot Jay ihr an und hielt ihr die Schachtel hin. »Nur Salz.«

Summer nahm eine Handvoll, während auf der Leinwand eine weitere Werbung lief.

»Lasst endlich den dämlichen Film laufen!«, rief Theo und warf seine leere Coladose durch das Kino.

»Gleich wird er rausgeschmissen«, prophezeite Summer grinsend.

»Hoffentlich«, meinte Jay.

Summer schlug ihm leicht auf den Arm.

»Er ist dein Bruder!«

Jay schüttelte den Kopf.

»Dann reihst du dich also in die lange Schlange seiner Bewunderinnen ein?«

Summer lächelte.

»Na ja, er hat einen Körper wie ein Unterwäschemodel und bei unseren Proben konnte man erstaunlich gut mit ihm arbeiten. Aber…«

Summer hielt inne, als sei sie nicht sicher, ob sie fortfahren sollte.

»Aber was?«, forschte Jay.

»Ich steh eher auf Genies als auf Muskelprotze«, sagte Summer, neigte sich zu ihm und küsste ihn sanft auf die Lippen.

Jay versuchte, cool zu bleiben, musste aber unwillkürlich breit grinsen. Nachdem er sich aus seiner Starre losgerissen hatte, legte er Summer nervös den Arm um die Schultern. Sie lehnte den Kopf bei ihm an und nahm sich noch mehr Popcorn.

»Ich warte schon seit Ewigkeiten darauf, dass du den ersten Schritt machst«, bekannte sie leise. »Ich habe schon geglaubt, du würdest mich gar nicht mögen.«

Richte nicht

Dienstag

Es hieß, dass für die bevorstehenden Battlezone-Runden ein berühmter Moderator angeworben werden sollte, doch für den Moment blieb die Exhilfskraft Lorrie das Gesicht von Rock War. Mit einem großen Regenschirm stand sie vor der Rock-War-Villa, während es blitzte und der Regen auf den Kies herunterprasselte.

»In den letzten sechs Wochen hatten die Kandidaten von Rock War viel Spaß. Sie waren auf schicken Partys, sie hatten Unterricht bei Topprofis und haben Freundschaften geschlossen. Aber jetzt ist es an der Zeit...«

Lorrie brach ab, weil ein Windstoß am Regenschirm zerrte und sie aus dem Gleichgewicht brachte.

»Cut!«, rief die Regisseurin Angie.

»Können wir das nicht drinnen machen?«, bat Lorrie. »Ich bin hinten ganz nass!«

»Hier geht es um Atmosphäre«, verwies sie Angie. »Wir versuchen, dramatische Stimmung zu erzeugen, und dafür ist das Wetter perfekt. Mach bei *Es ist an der Zeit* weiter.«

»Ruhe am Set!«, rief Angies Assistentin.

»Ton!«

»Kamera läuft!«

»Und Action!«

»Aber jetzt ist es an der Zeit, dass es ernst wird«, sagte Lorrie und fuhr fort, obwohl ihr ein weiterer Windstoß in die Frisur fuhr. »Wir erwarten die Ankunft unserer drei Rocklegenden. Am Samstagabend werden alle zwölf Bands einen Liveauftritt haben und unsere Legenden werden ihnen Punkte zwischen 1 und 10 geben. Danach liegt es an euch, den Zuschauern, eure Stimme über das Telefon abzugeben und eine der drei am niedrigsten bewerteten Bands zu retten.«

»Cut!«, rief Angie und hielt beide Daumen hoch. »Super, Lorrie, vielen Dank, dass Sie durchgehalten haben.«

Lorrie rannte nach drinnen, wo ihr ein Praktikant ein Handtuch reichte und ein Visagist sich um ihre Frisur kümmerte, während die Crew die nächste Aufnahme vorbereitete. Das dauerte eine halbe Stunde, in der sechs Kameras und die Beleuchtung eingestellt werden mussten und achtundvierzig widerstrebende Kandidaten sich im Regen aufstellten.

Als sie fertig waren und die Kameradrohne fünfzig Meter entfernt in Position war, hatte es aufgehört zu regnen.

»Wir verbrennen hier gleich Reifen für zehn Riesen und haben nur eine Aufnahme! Sind alle bereit?«

Da es Kameras am Tor, den Weg entlang und vor dem Haus gab, gab die Regieassistentin das Actionsignal durch das Abfeuern einer Startpistole.

Durch das Tor, das noch die Spuren vom Zusammenprall mit Zigs Lamborghini trug, rollten drei rote

Ferraris. Mit Stuntmen hinter dem Lenkrad und Rocklegenden auf den Beifahrersitzen rasten die Wagen den Weg zum Haus hinauf.

Als der erste Ferrari Lorrie und ihr Mikrofon erreichte, wurde er langsamer, als ob er anhalten wollte, doch dann trat der Fahrer aufs Gas, sodass die Hinterreifen durchdrehten und sie in eine Gummi- und Staubwolke hüllten. Auf dem Platz vor dem Haus drehte er Kreise und die anderen beiden taten es ihm nach.

Die Kandidaten, halb erstickt von der Gummiwolke und taub vom Lärm der Wagen, deren Auspuff man extra laut getunt hatte, lachten und klatschten, als die drei Wagen vor ihnen anhielten. Die Legenden stiegen aus und kamen auf Lorrie zu. Es waren ein älterer Mann mit wirrem Haar, eine punkige Frau in einem schwarzen Kaftan und ein gut aussehender junger Mann mit Cowboystiefeln, engen Jeans und einer verspiegelten Sonnenbrille.

»Wie fanden Sie das?«, fragte Lorrie und hielt dem älteren Mann das Mikro hin.

Mit einem Londoner Arbeiterklassenakzent meinte er: »Ich bin hier, aber ich glaube, meine Eingeweide liegen noch irgendwo da vorne auf dem Weg.«

Die drei Legenden stellten sich neben Lorrie auf, die sich räusperte und versuchte, den Gummiqualm, der ihr in den Augen brannte, zu ignorieren.

»Falls ihr es nicht schon wisst«, begann sie, »das ist der Gitarrist Earl Haart. Er hat über zwanzig Millionen Alben verkauft und sein Gitarrenriff zu ›Find my Love‹ wurde von den Hörern von Terror FM zum besten aller Zeiten gekürt. Unser zweites legendäres Jurymitglied«, fuhr Lorrie fort und hielt der punkigen

Frau das Mikrofon hin, »Beth Winder. Sängerin der 80er-Jahre-Band Gristle, Gelegenheitsschauspielerin, Komponistin für die Musik von über dreißig Kinofilmen und zweimal für den Oscar für die beste Filmmusik nominiert. Willkommen bei Rock War!«

»Ich freue mich, hier zu sein«, sagte Beth. »Ich bin ein großer Fan der Show. So viele talentierte junge Bands, die richtig gute Musik machen.«

Einige der Kandidaten klatschten, als Beth in die Luft boxte.

»Und last, but not least«, wandte sich Lorrie an den sexy jungen Cowboy. »Jack Pepper ist eine Sensation im Indie-Bereich. Seine Alben verkaufen sich weltweit millionenfach. Außerdem hat er zwei Romane geschrieben und die Friedenscamp-Organisation gegründet, die dazu beiträgt, Hunderttausende von Kindern auf der ganzen Welt, die in Flüchtlingslagern leben, zu unterrichten. Und das alles mit nur vierundzwanzig Jahren. Jack, es ist toll, dass Sie bei uns sind.«

Jack schob seine Brille herunter und sah Lorrie intensiv an.

»Kann ich deine Telefonnummer kriegen?«, fragte er. »Du siehst toll aus.«

Lorrie wurde knallrot, und ein paar Mädchen machten *Oooh*, als Jack sie auf die Wange küsste. Jay bemerkte, wie Summer Jack ansah, und wurde furchtbar eifersüchtig.

»Das ist ein Kerl, der jede Menge Sex kriegt«, stellte Babatunde fest.

»Also...«, stammelte Lorrie, deren Unerfahrenheit sich zeigte, während Jack befriedigt grinste. »Jack... im Laufe der nächsten drei Tage wird jede Legende vier Bands unterrichten und ihre Leistung für die Show am kommenden Wochenende perfektionieren. Freuen Sie sich auf die Herausforderung?«

»Baby«, sagte Jack, zog die Augenbraue hoch und sah Lorrie tief in die Augen. »Ich bin für jede Herausforderung zu haben.«

* * *

Jay war in Hochstimmung gewesen, seit er am Tag zuvor mit Summer zusammengekommen war. Es war die Aufregung, endlich eine Freundin zu haben, und der neue Respekt, mit dem ihn die Jungen betrachteten, nachdem er den halben Abend mit Summer kuschelnd und knutschend auf einem Liegestuhl am Pool verbracht hatte.

Doch auch wenn es toll war, eine Freundin zu haben, so war es doch etwas ganz anderes, als einer der besten Gitarristen der Welt in den Probenraum von Jet kam. Jay erwartete jederzeit zu Hause aufzuwachen, wo seine Mutter herumschrie und Kai ihn schlug.

»Ihr seid ja still«, fand Earl Haart, als er in den umgebauten Stall kam, gefolgt von einer Hilfskraft mit einem kleinen Camcorder.

Der Fußboden war gepflastert und die Luft stickig, da man nur durch die Tür lüften konnte. Die Praktikantin lehnte sich an die Wand und schraubte ein Weitwinkelobjektiv an die Linse, damit sie in dem engen Raum vernünftige Aufnahmen bekam.

Earl streckte ihnen die Hand hin. Jay, Theo, Adam und Babatunde stellten sich höflich vor, dann zog Earl einen Klavierhocker aus einer Ecke und setzte sich darauf.

»Ihr kommt also aus Nordlondon?«, stellte er fest. »Woher denn genau?«

»Kennen Sie Tufnell Park?«, fragte Adam.

»Meine alte Studentenheimat«, erwiderte Earl erfreut. »Ich habe an der North London Polytechnic studiert. In der Studentenvereinigung und den umliegenden Pubs habe ich meine ersten Gigs gespielt. Das waren noch Zeiten!«

Adam lächelte.

»Das ist jetzt die North London University. Mittags kommen immer jede Menge Studenten in den Fish-&-Chips-Laden meiner Mutter.«

»Gute Fish & Chips...«, erinnerte sich Earl, »das kriegt man heute nur noch schwer. Überall nur noch McDonald's und fünf Pfund für einen Becher ekligen Kaffee. Ich war immer in dem Laden an der Ecke direkt neben dem White-Horse-Pub.«

Jay sah von seiner Gitarre auf. Jetzt wusste er, dass er träumte.

»Der gehört unserer Mum«, erzählte Adam stolz. »Er ist seit über fünfzig Jahren in Familienbesitz. Und der Pub nebenan auch.«

»Wie klein die Welt doch ist«, meinte Earl. »Der alte Mann, der damals den Laden schmiss... großer Schnauzer, hammerhart. Wenn ihm jemand dumm kam, schoss er hinter dem Tresen hervor, und WUMM! hat er ihm das Licht ausgemacht.«

»Das war unser Großvater«, sagte Adam.

»Wie geht es ihm?«, fragte Earl. »Er muss jetzt über siebzig sein.«

»Er ist vor unserer Geburt gestorben«, antwortete Adam. »Krebs.«

»Wie schade«, fand Earl. »Ich erinnere mich da an

eine Nebengasse. Da habe ich mal eine Braut gepoppt, und ich schwöre, die hat die ganze Zeit über ihre Fritten gegessen.«

Die vier Jet-Mitglieder mussten lachen.

»Sie sollten eines von diesen blauen Denkmalschildern da anbringen«, schlug Theo zu ihrer Erheiterung vor. »*Earl Haart – Rockgitarrist – vögelte 1974 hier eine Braut.*«

»Das war achtundsechzig«, korrigierte Earl.

»Wohnen Sie noch in London?«, erkundigte sich Babatunde.

»Ich habe eine Wohnung in Chelsea«, sagte Earl. »Aber aus Steuergründen bin ich in den Siebzigerjahren nach LA umgezogen. Exfrauen, Kinder und Enkel wohnen alle in Kalifornien, daher nehme ich an, dass das jetzt meine Heimat ist.«

Als das Gespräch abflaute, schlug Earl Jay aufs Knie.

»Dann lass uns mal was hören.«

»Hä?«, fragte Jay und sah verwirrt von seiner Gitarre auf.

»Er hat ein Mädchen im Kopf«, erklärte Adam.

»Und zwar eine, die weit über seiner Liga spielt«, fügte Babatunde hinzu.

»Na ja, er schrammelt da mein Riff«, meinte Earl entrüstet. »Also lass mal hören, mein Junge.«

Jay ging viel zu viel im Kopf herum, sodass ihm gar nicht aufgefallen war, dass er Earls berühmtes Riff aus »Find my Love« gezupft hatte.

»Tut mir leid«, sagte er, »das muss Ihnen ja echt zum Hals raushängen.«

Earl lachte. »›Find my Love‹ kann ich gar nicht oft genug hören. Für mich ist dieser Song der Klang des Geldes, das auf mein Konto klimpert. Also spiel, Junge!«

Jay fühlte sich unbehaglich, als er die Lautstärke an seinem Gitarrenverstärker hochdrehte. Er kannte das Riff nicht wirklich und war daher selbst überrascht, wie gut er es hinbekam.

»Sieht aus, als hätten wir hier einen guten Gitarristen«, fand Earl, stand auf und bedeutete Jay, ihm die Gitarre zu geben. »Kannst du es auch so spielen?«

Das Mädchen mit der Kamera ging um ihn herum, um eine bessere Aufnahme davon zu bekommen, wie sich Earl Jays Gitarre um den Hals hängte und sie dann auf seinen Rücken schwang. Er musste die Arme ordentlich verdrehen, um die Saiten zu erreichen, aber er sah sich nicht einmal um, als er sein berühmtestes Riff hinter seinem Rücken spielte.

»Stimmt es, dass Sie es auch mit Ihren Zähnen spielen können?«, fragte Jay.

»Konnte ich«, bestätigte Earl, »als ich noch meine eigenen Zähne hatte.« Nach einer weiteren Pause sagte er: »Also, bevor wir anfangen zu arbeiten, würde ich gerne etwas von euch hören.«

Sie diskutierten noch, welchen Song sie spielen sollten, als sie draußen auf dem Rasen vor den Ställen Michelle toben hörten.

»Auf keinen Fall!«, schrie sie. Jet und die Mitglieder einiger anderer Bands traten vor ihre Probenräume und sahen Michelle vor der Expunkerin Beth Winder stehen. »›We Built this City‹ ist eine total schmalzige Rockballade. Wir heißen Industrial Scale Slaughter, verdammt noch mal! Wir sind eine Thrash-Metal-Band und wollen keinen grausigen Siebzigerjahre-Glam-Rock-Scheiß spielen!«

»Ihr müsst spielen, was ihr könnt«, riet Beth, während Michelle wütend einen Kameramann anfunkelte, der zwischen ihnen stand. »Und euer größtes Plus ist Summer.«

»Vergiss es!«, fauchte Michelle. »Ist das alles, was wir jetzt sind? Summer Smiths Backup-Band? Um die sich keiner schert, solange das kleine blonde Mädchen irgendwas trällert?«

»Beruhige dich, Michelle«, verlangte ihre große Schwester Lucy, die aus dem Probenraum gelaufen kam. »Es war doch nur ein Vorschlag.«

»Wir finden einen anderen Song«, fügte Summer hinzu, die Lucy und Coco folgte. »Ich bin ganz deiner Meinung, Michelle. Seit Rage Rock hat sich alles nur noch um mich gedreht und das ist euch dreien gegenüber nicht fair.«

Beth trat von Michelle zurück und deutete auf die vier Mädchen.

»Das muss ich mir nicht antun! Ich bin seit fünfunddreißig Jahren im Musikgeschäft und werde bezahlt, egal ob ihr gewinnt oder verliert.«

»Vielen Dank, dass du dich für mich eingesetzt hast, meine Süße«, bedankte sich Michelle bei Summer und umarmte sie.

Summer lächelte, als die Mädchen wieder in ihren Probenraum gingen, doch Lucy war wütend.

»Du hättest dir wenigstens anhören können, was sie zu sagen hat«, fauchte sie Michelle wütend an und setzte sich wieder hinter ihr Schlagzeug. »Falls du es noch nicht bemerkt hast, du hast gerade eine der drei Personen verärgert, die dafür sorgen können, dass wir aus der Show fliegen.«

Gesegnet sei der Tag

Donnerstag

Jay sang unter der Dusche Louis Armstrongs »What a wonderful world« und kam mit einem Handtuch und einem breiten Grinsen heraus.

»Halt doch die Klappe, du Glückspilz!«, verlangte Babatunde und warf sachte mit einem Drumstick nach ihm, was Jay dazu zwang, in Deckung zu gehen und das Handtuch fallen zu lassen.

Babatunde lachte schallend auf, als Jay zu seinem Bett flitzte und sich schnell Boxershorts anzog.

»Wie könnte eine Frau so einem Körper widerstehen?«, neckte ihn Babatunde.

Jay zog sich das T-Shirt über seine magere Brust.

»Ich habe schon alles geplant«, erzählte er, während er in der Plastiktüte kramte, in der die Helfer seine saubere Wäsche gebracht hatten. »Ich mache ein paar Hits mit Jet, aber meine Karriere startet erst voll durch, wenn ich euch Loser loswerde und solo anfange. Da hat Summer schon ein paar ihrer Alben auf den Markt gebracht, die allesamt Bestseller werden. Unsere Hochzeit wird das Cover von *Hello!* zieren. Wir haben eine Wohnung in Mayfair, aber hauptsächlich leben wir in LA. Drei Kinder, eine Ponykoppel für unsere kleine Tochter und zwei Rottweiler, die uns die Fans vom Leib halten. Dich stelle ich als Chefbutler ein, aber dazu musst du den Hoodie loswerden.«

»Du bist echt auf 'nem Trip«, fand Babatunde, während Jay seine Socken anzog. »Du wirst hart landen, wenn eure kleine Romanze endet.«

»Die Sonne kommt wieder raus.« Jay ignorierte die Warnung seines Bandkollegen und sah aus dem Fenster. Es war ein schöner Morgen und vor dem neu errichteten Zelt standen ein paar Presseleute und rauchten. »Kommst du mit runter zum Frühstücken?«

»Ich komme gleich«, versprach Babatunde. »Meine Mutter hat die Nachtschicht gehabt, und ich habe versprochen, sie anzurufen.«

Am Essen in der Villa war nie viel auszusetzen gewesen, aber jetzt, wo der Starkoch Joe Cobb einen Anteil an Venus TV besaß, hatte er darauf bestanden, das Küchenpersonal durch sein eigenes zu ersetzen. Jay war enttäuscht, als ihm ein Blick in den Speisesaal zeigte, dass Summer nicht dort war, aber der Geruch von frisch gebackenem Brot und Croissants tröstete ihn.

Hinten saßen ein paar Mädchen, die Jay kaum kannte, daher setzte er sich zu Leo von den Pandas of Doom, nachdem er sich ein Omelett bestellt hatte, und biss in ein Aprikosenteilchen.

»Ich mag das neue Essen«, meinte er.

Leo schien nicht so gesprächig wie sonst.

»Jen hat nach dir gesucht. Hast du mit ihr gesprochen?«

Jay schüttelte den Kopf. »Jen die Aushilfe oder Jen die PR-Frau?«

»PR«, antwortete Leo und fuhr nach einer unsicheren Pause fort: »Da steht heute etwas über dich in der Zeitung.«

Unbekümmert meinte Jay: »Bei meiner Familie war das ja klar. Geht es um meinen Bruder Danny?«

»Du weißt es nicht?«, sagte Leo. »Es geht um *dich*.«

»Aber ich habe doch gar nichts gemacht!«, protestierte Jay. »Ich bin sozusagen das unschuldigste Mitglied meiner Familie. Welche Zeitung war das denn?«

»UK Today.«

Normalerweise lagen immer ein paar alte Zeitungen im Speisesaal. Während ein Koch Jay sein Omelett und eine Kanne Tee brachte, lief er umher und fand zwar alle möglichen Zeitungen, nur nicht die, die er suchte.

»Hier«, sagte Leo und schob ihm seinen Laptop zu, als Jay mit leeren Händen zurückkam.

Die Webseite von UK Today war genauso aufgemacht wie die schwarz-rote Papierausgabe. Selbst die Überschriften waren in der gleichen Schriftart gehalten und die auf Leos Bildschirm lautete:

Rock-War-Star Jay gezeugt durch One-Night-Stand mit einem Polizisten

Die Überschrift gefiel Jay nicht und der Artikel noch weniger, als er sah, wer das Interview gegeben hatte.

Nach einer sensationellen Wendung der Ereignisse, die erneut die kontroverse Show erschüttert, hat UK Today ein Exklusivinterview mit Jane Jopling, der Mutter der Kandidaten Tristan und Alfie, führen können. In ihrem Zweieinhalb-Millionen-Haus in der wohlhabenden Gegend von

287

Hampstead in Nordlondon brachte die hochschwangere Mrs Jopling eine Reihe von erstaunlichen Anschuldigungen gegen Heather Richardson, die Mutter der rivalisierenden Kandidaten Jay Thomas, Adam Richardson und Theo Richardson, hervor. Mrs Jopling behauptet, dass Jay Thomas der Sohn von Polizeiinspektor Chris Ellington (34) sei. Mrs Jopling deutete an, dass der damals noch unschuldige neunzehnjährige Inspector Ellington als frischgebackener Constable die achtfache Mutter Heather Richardson in einem Fahrzeug mit Diebesgut antraf, das ihr Mann, der berüchtigte Nordlondoner Gangster Vincent »Chainsaw« Richardson gestohlen hatte. Mrs Jopling zufolge hatte Heather Richardson damals drei kleine Söhne und wollte »auf keinen Fall in den Knast«, also warf sie sich dem jungen Beamten an den Hals. Aufgrund einer kurzen Affäre wurde Inspector Ellingtons Sohn Jayden Ellington Thomas neun Monate später geboren, doch seine Mutter wurde nie dafür zur Rechenschaft gezogen, dass sie die gestohlenen Waren transportiert hatte.

Jane Jopling, deren Geschichte von einer früheren Angestellten im Fish-&-Chips-Laden, in dem Heather Richardson arbeitet, bestätigt wurde, behauptet, sie sei mit Heather Richardson seit der Schulzeit befreundet gewesen. Ihre Freundschaft endete, als Jane 1996 den reichen Geschäftsmann Gideon Jopling heiratete.

»Heather war total neidisch«, sagt Mrs Jopling. »Sie kann nicht damit leben, dass ich etwas aus mir gemacht habe, während ihre Familie immer noch in der Gosse lebt.«

Schon im Frühling wurden Jane Jopling und Heather Richardson nach einem Streit vor einer Londoner Musikveranstaltung polizeilich verwarnt. Dabei wurde Mrs Joplings 65 000 Pfund teurer Porsche Cayenne auf mysteriöse Weise in den Regent's Canal gestoßen.
Weitere Anschuldigungen...

Mit offenem Mund überflog Jay den Rest des Artikels.

»Alles in Ordnung, Kumpel?«, fragte Leo. »Soll ich nachsehen, ob eine der Sozialarbeiterinnen da ist?«

»Schon gut«, log Jay mit feuchten Augen. »Ich will nicht, dass diese Sozialidioten mich fragen, wie ich mich *fühle*. Ich muss nur mal telefonieren.«

Er lief durch den Speisesaal und aus der Hintertür bei der Küche. Im Augenblick stand dort niemand zum Rauchen, und er sah nach, ob sein Telefon ein Signal empfing, dann drückte er die Kurzwahltaste für seinen Dad.

»Hallo, mein Sohn«, meldete sich Chris nach ein paarmal Klingeln.

»Hi«, sagte Jay. »Ich war mir nicht sicher, ob du heute Dienst hast.«

»Ich arbeite nicht. Ich nehme an, du hast die Zeitung gelesen?«

»Sicher«, erwiderte Jay. »Wenn ich wieder in der Schule bin, werden alle auf mir rumhacken. Aber ich mache mir Sorgen um dich. Wird sich das auf deinen Job auswirken?«

»Der Reporter von UK Today hat mich gestern angerufen und mich gefragt, ob ich die Geschichte bestätigen kann. Heute Morgen bin ich zu meinem Chef gegangen und habe meine Kündigung eingereicht.«

Jay hatte das Gefühl, als hätte ihn jemand in den Magen getreten.

»*Was* hast du? Hättest du es nicht leugnen können?«

»Ich will deine Mum ja nicht kritisieren, aber sie hat den Vorfall seit Langem als eine Art Scherz betrachtet. Im Laufe der Jahre hat sie einer ganzen Reihe von Leuten davon erzählt.«

»Du bist mein ganzes Leben lang Polizist gewesen«, sagte Jay. »Was zum Teufel wirst du jetzt machen?«

»Mein Chef hat gesagt, der Vorfall habe sich am Anfang meiner Laufbahn ereignet, und da ich seitdem eine blütenreine Weste habe, ist es höchst unwahrscheinlich, dass weitere Maßnahmen eingeleitet werden.«

»Aber das ist ungerecht«, rief Jay mit klopfendem Herzen. »Jeder macht mal Fehler. Das ist fünfzehn Jahre her!«

Jays Vater schnalzte mit der Zunge.

»Ich war jung, naiv und neugierig, was Sex betraf. Aber das entschuldigt nicht, dass ich eine Straftäterin als Gegenleistung für einen Fick habe laufen lassen. Für einen Cop ist das so ziemlich das Schlimmste, was man machen kann.«

»Scheiße!«, rief Jay und stampfte mit dem Fuß auf, wobei ihm auffiel, dass er auf Socken nach draußen gelaufen war. »Ich hätte doch nie an diesem blöden Wettbewerb teilgenommen, wenn ich gewusst hätte, dass so etwas passiert.«

»Gib dir nicht die Schuld an etwas, wofür du nichts kannst«, verlangte Chris streng. »Vielleicht hatte das alles seinen Grund. Mit deiner Mutter zu schlafen, war vielleicht das Dümmste, was ich in meinem Leben getan habe, aber einen Sohn wie dich zu haben, ist auf jeden Fall das Beste.«

Jay stieg eine Träne ins Auge. Er hob seinen Fuß an und betrachtete die nasse Socke.

»Bist du allein?«, fragte er. »Geht es dir gut?«

»Ich bin bei Johno. Du hast ihn auf meiner Geburtstagsparty gesehen.«

»Der Dicke«, nickte Jay.

»Ich wollte nach Hause gehen, aber da warteten schon ungefähr zwanzig Journalisten vor der Tür. Meine Uniform musste ich abgeben, als ich das Revier verließ, daher habe ich gerade eine alte Trainingshose an, die ich noch im Schrank hatte, und eines von Johnos T-Shirts, das XXXL ist und an mir hängt wie ein Kleid. Johnos Frau hat versprochen, mir auf dem Rückweg von der Arbeit ein paar Sachen bei Primark zu besorgen.«

»Und was machst du jetzt?«, fragte Jay.

»Ich habe hier fünf Staffeln von *Kampfstern Galactica* auf Blu-Ray«, scherzte Chris, wurde aber ernst, als er ein Schluchzen vernahm. »Alles in Ordnung, mein Junge?«

»Ich bin nur... total geschockt«, antwortete Jay. »Als wir anfingen, Publicity zu bekommen, habe ich geglaubt, dass sie irgendwelchen Mist über Chainsaw und Danny ausgraben würden. Aber ich hätte nie geglaubt, dass dir so etwas passieren könnte. Wenn ich Mrs Jopling bei einem Elternabend sehe oder so, dann werde ich ihr echt eine knallen!«

»Oh nein, das tust du nicht«, erwiderte Chris bestimmt. »Vielleicht ist es sowieso am besten so. Ich hatte eine Menge Stress. Als Wachmann bei Sainsbury werde ich vielleicht weniger verdienen, aber ich werde wahrscheinlich wesentlich besser schlafen. Vielleicht studiere ich auch und gehe an die Uni.«

»Das wäre schön«, meinte Jay ermutigend. »Du bist clever. Vielleicht kannst du Anwalt werden oder so.«

»Und wenn gar nichts geht, wird mich mein millionenschwerer Rockstarsohn bestimmt unterstützen.«

Das wollten wir doch immer schon

Jay war aufgeregt. Am liebsten wäre er zum Pressezelt gelaufen und hätte den Journalisten von UK Today mit heißem Kaffee übergossen oder in sein Zimmer, wo er sich vor allem versteckt hätte. Ein anderer Teil von ihm wollte die Rock-War-Villa verlassen und zu seinem Dad fahren.

Jays Vater hatte seinen Job ernst genommen. Alle seine Freunde waren Polizisten, sein Leben kreiste um Polizeisquash- und -dartturniere. Er lebte allein, und Jay war sich sicher, dass er log, wenn er so tat, als mache ihm das alles nichts aus. Chris Ellington hatte nicht nur seinen Job eingebüßt, er hatte seine ganze Identität verloren.

»Ich habe mit Mum gesprochen«, erzählte Adam Jay, als sie sich mit den anderen im Probenraum trafen. »Sie ist fuchsteufelswild. Aber *UK Today* hat ihr sechstausend dafür geboten, ihre Sicht der Dinge zu schildern, die *Post* sogar acht. Sie wartet auf ein Angebot von zehn. Und Len hat einen Reporter verprügelt, der auf einem Lieferwagen stand und versucht hat, durch die oberen Fenster zu fotografieren.«

Jay tat seine Mutter leid, doch mit acht Kindern zwischen fünf und neunzehn und einem Fish-&-Chips-

293

Laden in einer der übelsten Straßen Londons bereitete ihr die Tatsache, dass sie von einer Zeitung als Schlampe bezeichnet worden war, weit weniger Sorgen als die wirklich wichtigen Dinge, wie zum Beispiel, dass ihre drei Jüngsten ordentlich aßen, die Aushilfskräfte sich nicht aus der Kasse bedienten und dass sie genügend Geld auf dem Konto hatte, um die Stromrechnung zu bezahlen.

»Wenn ich Mrs Jopling sehe...«, knurrte Theo und schlug sich mit der Faust in die Hand.

»Schade, dass sie nur zwei Söhne hat«, meinte Adam. »Wenn sie eine Tochter hätte, könnte Theo sie echt wild machen, indem er mit ihr schläft.«

»Ich könnte ja mal mit Tristan schlafen«, witzelte Theo. »Ich wette, er hätte nichts dagegen.«

Jay fand es schön, dass seine Brüder hinter ihm standen, doch es gefiel ihm nicht, dass sie das Ganze gleich zu einem Witz machten.

»Ich muss an die Luft«, behauptete er.

Er ging an ein paar Probenräumen vorbei. Einer war leer, in einem wurde gerade Frosty Vader gefilmt. Der dritte Stall war der Probenraum von Industrial Scale Slaughter. Summer fächelte sich Luft mit einer Zeitschrift zu, während ihre drei Bandkolleginnen an einem Arrangement arbeiteten.

»Ohhh«, machte Lucy, als sie Jay sah. »Geht es dir gut?«

Jay kam sich geliebt vor, als ihn Coco umarmte und sogar Michelle sich zu einem mitfühlenden Schnurren hinreißen ließ. Er sah Summer an, die ihre Zeitschrift weglegte und ihre Kolleginnen ansah.

»Ich kann doch eine Viertelstunde Pause machen, während ihr über Musik redet, oder?«

Sobald sie draußen waren, küssten sie sich. Summers Augen mussten sich erst an die helle Sonne draußen gewöhnen, während sie zwanzig Meter weiter gingen und sich auf dem unebenen Gras der ehemaligen Koppel niederließen. Mit Summer an seiner Seite fühlte Jay sich gleich besser, obwohl sie verschwitzt aus dem heißen Probenraum kam. Er bewunderte ihre Beine, als sie die Schuhe wegkickte.

»Das ist schlimm«, meinte sie, »all die Lügen, die da über dich gedruckt werden.«

Jay lächelte schief, legte sich ins Gras zurück und pflückte ein Gänseblümchen.

»Das sind keine Lügen«, seufzte er. »Ich wünschte, ich wäre wie Noah oder Babatunde. Du weißt schon: Mami, Daddy, ordentliche Jobs und eine vernünftige Anzahl von Geschwistern.«

Summer nickte.

»Nur damit du es weißt, bevor es auf den Titelseiten steht: Meine Mutter ist ein Junkie. Sie war ein paarmal im Gefängnis, und ich habe sie nicht mehr gesehen, seit ich acht war. Sie hat keine Ahnung, wer mein Dad ist, wahrscheinlich weil sie in der Zeit schwanger wurde, als sie mit allen Kerlen geschlafen hat, nur um an Drogen zu kommen.«

Jay lächelte.

»Das liebe ich so an dir«, meinte er. »Wir haben so viel gemeinsam.«

Mittlerweile hatte er noch mehr Gänseblümchen gepflückt und streute sie auf Summers Bauch. Sie drehte sich um und sie gaben sich einen grandiosen Kuss.

»Bis ich neun war, musste ich jedes Jahr einen Bluttest machen«, erzählte Summer, als sie sich schließlich voneinander lösten. »Weil meine Mutter gebrauchte

Nadeln benutzte und so. Als ich klein war, habe ich nachts oft vor Angst wach gelegen und gefürchtet, dass in meinem Blut etwas Unsichtbares war, was mich umbringen würde.«

Jay wusste nicht, was er darauf sagen sollte, daher saugte er ein wenig an Summers Hals.

»Du riechst fantastisch«, behauptete er.

»Nivea-Deospray«, sagte Summer. »Neunundvierzig Pence.«

»Du riechst, als würde es mindestens ein Pfund kosten«, neckte sie Jay.

Summer schob ihm die Hand unter das T-Shirt, was sich richtig sexy anfühlte, bis sie ihm in die Brustwarze kniff.

»Nicht frech werden! Du riechst, als hättest du das Baguette mit scharfen Würstchen zum Mittag gehabt.«

»Ist das so schlecht?«

»Mit Gerüchen ist es merkwürdig, oder?«, fand Summer. »Wenn man Hunger hat, riecht Essen zum Beispiel ganz toll, aber eklig, wenn man satt ist. Und an dir riechen scharfe Würstchen und ein Hauch von Schweiß sogar ziemlich gut.«

Jay lächelte, wollte aber nicht antworten, denn es war schön, einfach nur so dazuliegen mit Summers Hand auf seiner Brust. Er versuchte, die Angelegenheit mit den Zeitungen auszublenden und dass er in Sachen Freundin so unbeleckt war und dass Jet möglicherweise bei Rock War rausfliegen würde. Beide schafften es, den Moment zu genießen, bis Tristans Schatten über ihnen auftauchte.

»Nettes Geschreibsel in der Zeitung, Arschgesicht«, sagte Tristan.

Jay setzte sich auf und betrachtete seinen früheren

Freund. Er hatte sich darüber geärgert, dass Tristan mit seiner Cousine Erin abgezogen war, deshalb hatte er das Gefühl, auf dieser Ebene etwas wettgemacht zu haben, seit er mit Summer zusammen war.

»Arschgesicht«, meinte er nachdenklich. »Du bist fünfzig Meter vom Probenraum bis hierher gegangen und da ist dir keine bessere Beleidigung eingefallen?«

»Dein Dad hat gekündigt«, erzählte Tristan. »Ist überall auf der Webseite von UK Today. Dann lebt er jetzt wohl auch von Sozialhilfe, wie der Rest deiner Familie.«

»Du hörst viel zu viel auf deine Tory-Mama«, stellte Jay fest. »Wir sind zwar nicht reich, aber in meiner Familie bezieht niemand Sozialhilfe.«

»Ihr müsst welche kriegen, bei dem Tempo, in dem deine Mutter wirft«, höhnte Tristan.

Jay war daran gewöhnt, dass Tristan ihn ständig reizte, und war eher genervt als wütend. Aber unbeabsichtigt hatte Tristan auch Summers wunden Punkt getroffen. Sie schoss hoch und stieß mit dem Zeigefinger nach ihm.

»Was gibt dir das Recht dazu?«, schrie sie ihn an. »Ich schätze, es ist schön, in deinem Zweieinhalb-Millionen-Pfund-Haus zu sitzen und von Mama in ihrem neuen Porsche herumkutschiert zu werden. Aber so etwas haben nicht alle und das ist nicht ihre Schuld. Manche Leute bekommen Sozialhilfe, weil sie krank sind und nichts dafürkönnen. Manche Leute müssen sich krummlegen, nur damit sie genug für das Essen für die Woche haben. Manche Kids gehen mit blutigen Füßen in die Schule, weil sie sich keine größeren Schuhe leisten können.«

Summers Wutausbruch hatte die Aufmerksamkeit

der Kids in den umliegenden Probenräumen erregt. Und dass Babatunde aufhörte zu trommeln, bedeutete, dass Adam und Theo darunter waren.

»Reißt du schon wieder die Klappe auf, Tristan?«, schrie Adam, der vor Theo angelaufen kam.

Der Anblick von Jays starken Brüdern versetzte Tristan so in Panik, dass er Summer aus dem Weg stieß und zu rennen anfing. Doch Jay schob den Fuß vor, bekam zwar einen heftigen Tritt vors Schienbein, doch Tristan segelte ins Gras.

Die Kameracrew, die Frosty Vader gefilmt hatte, zeichnete nun auf, wie Theo Tristan hochhob und sich über die Schulter warf.

»Okay, du mieser kleiner Scheißer«, verkündete er. »Darum hast du schon lange gebettelt.«

»Theo, lass ihn runter!«, verlangte der Kameramann halbherzig.

Doch weder er noch seine Assistentin oder ihr Praktikant hatten Lust, sich mit dem muskulösen Boxchampion anzulegen, daher verfolgten sie ihn nur mit der Kamera.

Einen Moment lang war Jay besorgt, dass Theo Tristan wirklich etwas antun würde, doch dann sah er schnell, wohin Theo lief, und begriff, dass Tristan eher Erniedrigung als Schmerz erwartete.

Am Ende des Stallgebäudes befand sich eine Außentoilette. Sie war noch in den Tagen gebaut worden, als nur ein paar Stallburschen sie benutzten und nicht über fünfzig Kandidaten und Crewmitglieder, daher wurde es dort ziemlich schmutzig, so sehr, dass die meisten Mädchen mittlerweile lieber zum Haus hinaufgingen, als in die Hinterlassenschaften der Jungen zu treten.

»Lass mich los!«, verlangte Tristan. »Das wirst du bereuen! Lass mich los!«

Theo trat die Toilettentür auf und erschreckte damit einen Jungen von den Messengers, der gerade pinkelte.

»Verpiss dich«, befahl Theo dem Jungen, der erschrocken auf Theos massige Gestalt und Tristans wild um sich schlagende Gliedmaßen blickte.

Als der Junge sich aus dem Staub machte, gezwungen, sein Geschäft in den Büschen neben dem Stall zu verrichten, schrie Tristan noch ein letztes Mal verzweifelt auf.

»Ich bring dich um, du Bastard!«

Theo neigte sich vor und ließ Tristan mit dem Kopf voran in die Schüssel hinab.

»Je mehr du zappelst, Trissielein, desto größer ist die Gefahr, dass du mit einem netten Häufchen auf der Stirn wieder auftauchst.«

Als loyale Freundin war Erin den ganzen Weg vom Probenraum der Brontobytes gesprintet.

»Lass ihn los, Theo!«, verlangte sie und wandte sich dann an die Filmcrew. »Warum filmt ihr das, anstatt ihm zu helfen?«

»Der ist größer als wir«, verwies sie der Praktikant.

»Theo!«, schrie Erin und drängte sich in die Kabine, wo Tristans Kopf gerade die Schüssel berührte.

»Mein Vater hat Einfluss!«, schrie Tristan, dem der Geruch nach Kacke und grottigem Abfluss in die Nase stieg. »Er verklagt dich! Der nimmt dir jeden Penny ab, den du hast!«

Theo lachte.

»Trissie, wie du uns immer so schön erzählst, sind wir doch alle arme Schweine. Ich habe gar kein Geld.«

Die Toilette hatte einen altmodischen Spülkasten mit einer baumelnden Kette zum Ziehen. Als Theo danach griff, wurde Adam klar, dass Erin bei ihrem mutigen Versuch, ihren Geliebten zu retten, wahrscheinlich nur von Theos Ellbogen oder Tristans wedelnden Armen und Beinen getroffen werden würde.

»Du wirst noch verletzt«, warnte er, packte Erin um die Taille und zog sie hinaus, doch Erin glaubte, dass Adam Theo beschützen wolle. Als dieser an der Kette zog, um Tristan den Kopf zu waschen, riss sie sich von Adam los. Da ihm nicht klar war, wie wütend seine Cousine war, machte er keinen Versuch, sich zu verteidigen, als Erin ihm einen mächtigen Schlag versetzte.

»Helft mir!«, schrie Tristan, bevor er merkte, dass er den Mund schließen musste, wenn er ihn nicht voll Wasser bekommen wollte.

»Das wird dir eine Lehre sein!«, rief Theo und grinste breit, als er aus dem Stall stolzierte. Dann marschierte er direkt vor die Kamera, schlug sich mit der Faust in die Hand und rief: »Noch jemand, der meine Familie dissen will?«

Doch als er sah, wie sich Adam das Gesicht hielt und ihm Blut über das Kinn und den Arm lief, sah er nicht mehr ganz so selbstbewusst aus.

»Sie hat mir die Nase gebrochen!«, stöhnte Adam. Das Blut in seiner Nase ließ seine Stimme seltsam verzerrt klingen. »Ich spüre, wie sich der Knochen bewegt!«

Während Adam herumtaumelte, fiel Tristan triefend nass von der Toilette herunter und hustete und spuckte.

»Hört auf zu filmen!«, schrie er, den Tränen nahe,

und fiel auf den pissegetränkten Fußboden der Toilette.

Etwa zwanzig Kids hatten die ganze Sache mit angesehen, und ein paar von ihnen lachten nervös, als Tristan herauskroch und Erin ihm hochhalf.

Jay riss sich das T-Shirt vom Körper und gab es Adam, damit er es auf seine Nase legte, dann sah er nervös zu Summer. Er hatte ein furchtbar ungutes Gefühl. Theo hatte schon allen möglichen Unsinn gemacht, aber bislang hatte er noch nie einen anderen Rock-War-Kandidaten angegriffen. Das würde Ärger geben und vielleicht flog Jet sogar aus Rock War.

Chip

Die Kamera schwenkte durch einen heruntergekommenen Konzertsaal. Die Bar war verbrettert, die niedrige Decke gelb von altem Zigarettenqualm, und alle Wände und Säulen waren mit Graffiti beschmiert. Mitten auf der Bühne stand Lorrie vor einem unbeleuchteten Rock-War-Neonschild auf einer Blechkiste.

»Willkommen im Granada Room in Liverpool«, sagte Lorrie, als die Kamera innehielt. »Hier haben in den Sechzigern die Beatles ihre ersten Gigs gespielt und in den Siebzigern war es der Mittelpunkt der Liverpooler Punkszene.

Diesen Samstag werden sich alle zwölf Rock-War-Bands auf diese historische Bühne begeben und die drei Rock-War-Legenden beeindrucken. Und dann ist es an euch, den Zuschauern, zu entscheiden, wer es in die letzten Runden der Show schafft. Also schaltet *Rock War – Der Showdown* ein. Live ab 18:30 Uhr diesen Samstag. Nur auf Channel Six!«

»Mach weiter«, befahl Joseph. »Das war gut, Lorrie, aber ich fürchte, wir haben das Piepen eines Lasters mit drauf, der draußen zurücksetzt. Also noch mal von Anfang an, sobald du bereit bist.«

Zig Allen war ein kreativer Mensch, der besser darin war, sich Shows wie Rock War auszudenken, als sie tatsächlich in die Tat umzusetzen. Karolina Kundt war ein ganz anderer Typ. Sie lebte in Excel-Listen, Notizen und elektronischen Kalendern, aber es brachte sie nicht aus der Ruhe, wenn sie sich um einen kranken Koch kümmern musste oder ein Gewitter den ganzen Filmplan des Tages durcheinanderwarf.

Seit Karolina übernommen hatte, schien die Crew zufriedener, und alles lief glatter als unter Zigs Herrschaft von mildem Chaos und gelegentlichen Wutausbrüchen über Leute, die sein Geld verschwendeten. Doch jetzt stand die große, leicht ergraute Deutsche vor ihrer ersten großen Herausforderung.

Zigs früheres Büro war nicht groß genug für alle, daher saß Karolina auf einem Schreibtisch im Großraumbüro davor. Ihre kürzlich eingestellte Assistentin Julie und die Sozialarbeiterin vom Dienst standen neben ihr, während ihr sieben wütende Kandidaten auf Bürostühlen gegenübersaßen.

Links von Karolina waren Brontobyte. Alfie sah entsetzt aus, Salman verärgert. Tristan hatte frisch gewaschene Haare und Erin einen Verband um die Fingerknöchel. Rechts von Karolina saß Jay, der sich fühlte, als sollte er gleich eine Kugel durch den Kopf bekommen, Babatunde, in Hoodie und mit Sonnenbrille so undurchschaubar wie immer, und Theo, der weit weniger selbstsicher wirkte als sonst. Adam konnte nicht dabei sein, weil er in der Notaufnahme darauf wartete, dass seine gebrochene Nase gerichtet wurde.

»Vor Beginn der Dreharbeiten habt ihr alle diese Formulare unterschrieben«, begann Karolina und wedelte mit einem Stapel zusammengetackerter DIN-A4-

Blätter. »Ich habe diese Verhaltensvorschriften selbst geschrieben. Sie legen die Regeln für die Haltung und das Benehmen aller Rock-War-Kandidaten fest. Auch die Strafe für den Bruch dieser Regeln ist angegeben: Jeder, der die Regeln bricht, wird von Rock War ausgeschlossen und zusammen mit den anderen Mitgliedern seiner Band nach Hause geschickt.«

Karolina warf die Papiere weg. »Leider wurde bis jetzt sehr wenig auf die Einhaltung dieser Vereinbarung geachtet. Doch das geht auf eine Zeit zurück, in der ich noch nicht das Sagen hatte. Also fangen wir doch mal damit an, zu fragen, aus welchem Grund ich euch nicht alle sofort nach Hause schicken sollte?«

»Jet sollten Sie auf jeden Fall nach Hause schicken«, meldete sich Tristan zu Wort. »Ich wurde angegriffen, ich bin hier das Opfer!«

»Du hast doch die ganze Sache angefangen, indem du auf mich losgegangen bist und dabei Summer beleidigt hast«, wandte Jay verärgert ein.

Karolina deutete auf Erin.

»Adam ist im Krankenhaus. Er hat die schwerste Verletzung erlitten. Mitglieder beider Bands haben sich zu Tätlichkeiten hinreißen lassen, die zum sofortigen Ausschluss von Rock War führen sollten.«

Vorsichtig hob Brontobytes Sänger Salman die Hand: »Aber wenn Sie unsere beiden Bands rauswerfen, wie soll dann die Show am Samstag funktionieren?«

Das hatte sich Jay auch schon gefragt und sich an diese Hoffnung geklammert.

Theo verschränkte die Arme und klang plötzlich wieder wie der Alte: »Wenn Sie uns rausschmeißen *könnten*, dann hätten Sie das schon getan«, stellte er fest.

Karolina sah Theo finster an.

»Glaubst du, ohne dich läuft der Wettbewerb nicht? Eigentlich ist das ganz einfach. Ohne euch wird an diesem Wochenende eben nur eine statt zwei Bands eliminiert. Dann lassen wir ein paar Wochen vergehen und verkünden dann, dass es einen Fehler im elektronischen Abstimmungssystem gegeben hat und wir aufgrund dessen keine Band eliminieren. Ich kann Jet und Brontobyte also rauswerfen und die Konsequenzen für Rock War werden innerhalb von drei Wochen bereinigt sein.«

»Mein Dad verklagt Sie!«, schrie Tristan, deutete auf Theo und fuhr fort: »Ich habe einen Scherz gemacht und der da hat total überreagiert. Er sollte wegen tätlichen Angriffs verhaftet werden!«

»Glaubst du, das war schlimm?«, fuhr Theo auf. »Nächstes Mal nehme ich eine verstopfte Toilette, in die ich deinen Kopf tunken kann!«

Jay zog Theo am Arm und bedeutete ihm, sich zu beruhigen.

»Das reicht!«, befahl Karolina und nahm eine Speicherkarte von dem Schreibtisch, auf dem sie saß. »Ich gebe euch zwei Möglichkeiten zur Wahl. Die erste Möglichkeit ist die, die ich schon beschrieben habe. Wenn ihr hier rausgeht, geht ihr nach unten und packt eure Koffer. Ihr könnt jammern und stöhnen und drohen, die Polizei zu rufen oder Venus TV zu verklagen. Aber auf dieser Speicherkarte ist alles, was ich brauche, um Jet und Brontobyte aus der Show zu werfen.

Oder«, fuhr Karolina nach einer Kunstpause fort, »ihr entscheidet euch für die zweite Möglichkeit. Zum Glück für euch sieben wäre es für Rock War tatsächlich besser, wenn alle zwölf Bands in der Samstagabend-Liveshow aufträten. Vor allem weil Theo einer unserer beliebtesten Kandidaten ist.

Ich mache euch also folgenden Vorschlag: Wir tun so, als hätte dieser unglückselige Vorfall nicht stattgefunden. Tristan hat Summer nicht beleidigt. Theo hat nicht überreagiert und Erin hat Adam nicht die Nase gebrochen. Alle bleiben dabei und ich nehme diese SD-Karte mit der einzigen Aufnahme und stecke sie in den Schredder. Ihr habt die Wahl, aber das Ganze funktioniert nur, wenn ihr einstimmig dafür seid.«

Einen Moment lang herrschte Schweigen, dann hob Jay die Hand.

»Für mich ist das in Ordnung«, sagte er. Auch Babatundes Hand streckte sich in die Höhe.

Als Nächster hob Salman die Hand, doch Alfie sah seinen großen Bruder zögernd an, bevor er es ebenfalls tat.

»Ich bin derjenige hier, der wirklich gelitten hat«, grollte Tristan.

»Du musstest nur duschen«, korrigierte ihn Alfie. »Deine Sachen werden von anderen gewaschen, aber Adam ist der mit der gebrochenen Nase.«

»Oh«, warf Karolina ein, »das wollte ich ja noch sagen: Joseph ist bei Adam im Krankenhaus. Ich habe den Vorschlag mit ihm besprochen, und Adam ist zufrieden, solange nur alle dabeibleiben.«

Daraufhin streckten auch Erin und Theo die Hand in die Höhe und ließen Tristan als Einzigen außen vor.

Salman trat gegen Tristans Stuhl.

»Willst du jetzt bei Rock War mitmachen oder nicht?«, fragte er.

Doch erst der strenge Blick seiner Freundin brachte Tristan schließlich dazu, den Arm zu heben.

»Na gut«, meinte er. »Ich werde den Mund halten. Schließlich geht es um die Musik, oder?«

Beide Bands nickten einstimmig, als Karolina drei Schritte zu einem großen Papierschredder an der Tür machte und ihn anschaltete. Mit befriedigendem Knirschen wurde die SD-Karte von den Metallzähnen im Inneren zermalmt.

»Das Meeting ist beendet«, verkündete Karolina und ging zu ihrer Tür. »Versucht, heute Nacht zu schlafen. Morgen ist eure letzte Chance, vor dem großen Zirkus Samstagabend noch einmal zu proben. Und ich warne euch ein letztes Mal: Sollte sich so etwas wiederholen, werde ich nicht mehr so nachsichtig sein!«

Die Jugendlichen und die Sozialarbeiterin verließen das Büro, doch Julie ging zu ihrer neuen Chefin und sagte leise: »Soweit ich weiß, haben wir GY-150-Kameras für die kleineren Aufnahmen benutzt. Bei Karens Shows haben wir immer einen Doppelaufzeichnungsmodus verwendet, falls mal eine SD-Karte versagen sollte.«

»Sehr vernünftig«, grinste Karolina. »Das machen wir hier auch.«

»Aber dann...« Julie lächelte.

»Die andere SD-Karte liegt sicher in meinem Safe«, erklärte Karolina. »Tristan ist ein hinterhältiger Kerl und seine Mutter scheint mir das totale Monster zu sein. Falls Brontobyte in den ersten Runden rausfliegt, stehen die Chancen ziemlich hoch, dass er versucht, Venus TV zu verklagen.«

Die glorreichen 48

Freitag

Summer stand als Erste auf, um aufs Klo zu gehen, und stellte fest, dass jemand einen Zettel unter ihrer Tür hindurchgeschoben hatte.

Memo
An: alle Kandidaten
Von: Karolina Kundt

Rock-War-Kandidaten, die aus der Show hinausgewählt werden, kehren nicht in die Rock-War-Villa zurück. Bevor wir heute Abend abfahren, müssen alle Kandidaten ihr persönliches Eigentum vom Pool, aus dem Ballsaal und allen anderen Bereichen geholt und in ihre Zimmer gebracht haben.
Alle Musikinstrumente müssen im Probenraum der Band sein. Wer sich Instrumente aus dem Lager oder von anderen Bands geliehen hat, gibt sie bitte vor der Abfahrt nach Liverpool zurück. Die Sachen der abgewählten Kandidaten werden ihnen innerhalb von drei Tagen nach Hause geliefert.

Summer kam ein wenig wehmütig aus ihrem Zimmer und betrachtete den Ballsaal zwei Stockwerke unter ihr, in dem Zeitschriften, Kaffeebecher und Poolschuhe herumlagen. Sie dachte an den Nachmittag, an dem sie das Haus das erste Mal betreten hatte, und konnte gar nicht fassen, dass das schon sechs Wochen her war.

An der Treppe wartete Jay. Nach einem Kuss nahmen sie die Metallrutsche nach unten. In der Lobby sahen sie Tische, Plastikstühle und Whiteboards aufgestapelt. Sie waren alle nagelneu und noch in Plastikfolie und Pappe verpackt.

»Es wird merkwürdig werden, hier unterrichtet zu werden, jetzt, wo die Ferien vorbei sind«, fand Jay.

»Es wird noch viel merkwürdiger werden, wenn wir rausgewählt werden und in unser normales Leben zurückkehren müssen«, gab Summer zu bedenken.

»Du wirst nicht rausgewählt«, widersprach Jay. »Du bist der Rock-War-Superstar.«

Summer wedelte unsicher mit der Hand.

»Aber wir haben eine Jurorin schon verärgert, und wir spielen einen Pantera-Track, der uns sicher nicht zu den Favoriten der netten alten Damen macht, die meine Stimme so lieben.«

Die meisten Crewmitglieder waren bereits in Liverpool und bereiteten die Show vor. Auf Karolinas Stundenplan war der Freitagvormittag den Proben vorbehalten, doch da das Bandequipment zum größten Teil bereits nach Norden zur Show transportiert worden war, saßen die meisten Kandidaten um den Pool herum, bis es Zeit war, abzufahren.

Die drei Rocklegenden wurden im Hubschrauber geflogen, während die zwölf Bands mit großen Mercedeslimousinen mit ihren Bandlogos auf den Türen vorliebnehmen mussten. Uniformierte Chauffeure luden die Reisetaschen in den Kofferraum und das letzte Kamerateam im Haus hatte für ein Fotoshooting Bänke auf dem Rasen aufgestellt.

Die Kandidaten stellten sich in drei Reihen zu je sechzehn auf und versuchten, nicht zu blinzeln, als sie mit einer auf ein Stativ montierten Nikon fotografiert wurden. Durch das große Haus mit seinen efeubewachsenen Mauern sah das Bild fast nach einem Internat aus, nur dass die Kids gebleichte Haare, Nietenarmbänder, zerrissene Jeans und Nasenringe trugen anstatt geschniegelter Schuluniformen.

Ein paar zahme Presseleute waren ebenfalls eingeladen worden, am Fotoshooting teilzunehmen und ein paar harmlose Fragen zu stellen. Dylan, Jay und Noah standen zusammen, als eine Radioreporterin ihnen ein kleines Aufnahmegerät hinhielt.

»Ich bin Tash von Rok FM«, stellte sie sich vor. »Meint ihr, ich könnte von euch ein paar O-Töne bekommen?«

»Sicher«, antwortete Jay, und Dylan und Noah nickten.

Sie hielt ihnen das dicke Mikro vor die Nase.

»Seid ihr nervös?«

»Ein bisschen«, antwortete Dylan. »Als wir uns fürs Foto aufgestellt haben, hatte ich das Gefühl, in einem dieser alten Filme mitzuspielen, wo die Einheit gedrillt wird, bevor sie in die Luftschlacht um England zieht oder so.«

Jay und Noah mussten lachen.

»Da ist natürlich der kleine Unterschied, dass diese Jungs riskiert haben, dass ihnen die Nazis die Birne wegschießen, während wir uns höchstens zu Idioten machen und aus einer Fernsehshow gewählt werden können.«

»Glaubt ihr, dass nach dem ganzen Rummel um die Show eure Eltern stolz auf euch sind?«, fragte die Reporterin.

»Dieser Rummel hat die Show ausgemacht«, erwiderte Dylan. »Bevor das alles geschah, war Rock War eine Teenagershow zum Vergessen. Jetzt sind wir Primetime.«

»Ich bin nicht sicher, ob meine Mum stolz ist«, bemerkte Jay. »Aber sie hat von der *Post* vierzehntausend bekommen, um ihre Geschichte zu erzählen, und mit dem Geld kann sie den Laden renovieren.«

»Und was ist mit deinem Vater? Das muss doch schwierig gewesen sein.«

Jetzt fühlte sich Jay wesentlich unwohler, erinnerte sich aber daran, dass man ihm im Medientraining beigebracht hatte, positiv zu bleiben, und lächelte daher.

»Mein Dad ist ein toller Kerl. Es ist schade, dass er kündigen musste, aber es ist auch eine Gelegenheit für ihn, etwas Neues zu versuchen.«

»Wird er morgen Abend im Granada Room sein?«

»Das glaube ich nicht«, antwortete Jay.

»Meine Eltern kommen«, erklärte Noah.

»Tolle Antworten, Jungs«, sagte Tash und sah nach, ob der Rekorder noch lief. »Könnt ihr jetzt noch schnell sagen, wer ihr seid und dass Rok FM rockt?«

Die Jungen sahen sich ein wenig verlegen an, berieten sich kurz, wie sie das machen sollten, und sagten dann gleichzeitig:

»Wir sind Jay, Noah und Dylan von Rock War. Und wir sagen: Rok FM rockt!«

»Kurz und gut, Jungs«, sagte die Journalistin zufrieden. »Danke schön!«

Bei den Limousinen ging alles schief. Am Dach der Rock-War-Villa war eine Kamera montiert, mit der Angie eine imposante Aufnahme von allen zwölf Limousinen bekommen wollte, wenn sie in einer Reihe losfuhren. Doch das hatte den Fahrern dummerweise niemand mitgeteilt, und daher waren ein paar von ihnen losgefahren, sobald ihre vier Bandmitglieder eingestiegen waren.

Jay stieg als Erster in die Stretchlimo von Jet. Hinten befanden sich zwei Luxussessel in Fahrtrichtung und zwei ihnen gegenüber, mehr als vier Meter entfernt. Dazwischen stand auf der einen Seite ein dreisitziges Ledersofa und auf der anderen eine Holzkonsole mit einem Bildschirm, einer PS4 und einer beleuchteten Cocktailbar.

»Na, das gefällt mir aber«, verkündete Jay und ließ sich auf einen der hinteren Sessel fallen.

»Das Auto von meinem Dad ist aber vieeel größer«, log Babatunde, was die anderen zum Lachen brachte.

Für die vier jungen Bandmitglieder war der Alkohol aus der Bar entfernt worden und man hatte Kameras mit extremem Weitwinkel in die Decke eingebaut.

»Mann«, stieß Theo hervor, »wenn man hier ein Mädchen mitnimmt, kriegt man garantiert einen Fick.«

Der Einzige, der die Begeisterung nicht ganz so teilte, war Adam, der von den Schmerzmitteln ein wenig benommen war und eine Plastikmaske über der Nase trug.

»Heiliger Dingsbums«, keuchte Jay, nachdem er auf ein paar Knöpfe gedrückt hatte, sodass plötzlich sein Sitz nach hinten kippte, er eine Massage bekam und gleichzeitig sah, wie sich das Panoramadach öffnete.

Schließlich schien man die Idee, dass alle gleichzeitig abfuhren, aufgegeben zu haben. Doch als Jet abfahren sollte, klopfte Dylan ans Fenster.

»Kann ich bei euch mitfahren?«, fragte er. »Ich habe den anderen gesagt, ich müsste noch mal aufs Klo, aber als ich wieder rauskam, waren sie schon weg.«

»Kein Platz«, witzelte Theo, machte dann aber die Tür zu dem riesigen Innenraum auf.

»Oh mein Gott!«, schrie Jay, während er per Knopfdruck einen Ventilator über seinem Kopf einschaltete und einen Strahl Bläschen aus einer Düse durch das offene Dach schießen ließ. »Dieses Auto ist besser als Sex!«

»Woher willst *du* denn das wissen?«, erkundigte sich Adam.

In einem großen Bogen verließ der Wagen das Villengrundstück und Dylan ließ sich in die Polster sinken. Jay sah durch das Rückfenster auf die beiden Limousinen, die ihnen folgten, und das große Haus, das hinter ihnen verschwand.

»Vielleicht sehen wir das nicht wieder«, meinte er traurig.

»Wen interessiert's?«, fragte Babatunde und nahm sich eine Pepsi aus dem Kühlschrank. »Selbst wenn wir morgen rausgewählt werden, war das doch der beste Sommer meines Lebens.«

Theos Maße

Von Dorset nach Liverpool waren es vier Stunden Fahrt bei mäßigem Verkehr und nur einer einzigen Toilettenpause. Auf der ersten Hälfte der Strecke fuhren die zwölf identischen Limousinen relativ dicht beieinander. Autos, die ihnen entgegenkamen, hupten, wenn sie erkannten, wer darin saß, und die Kandidaten aus den verschiedenen Wagen simsten einander. Ein paar stellten sich auch hin und steckten den Kopf aus der Dachluke, bis ihnen die Fahrer es verboten und die Panoramadächer verriegelten, wenn sie nicht hören wollten.

Die meisten Limousinen fuhren auf der A 34 direkt nach Liverpool, doch einige Bands sollten für ein paar Fotos mit ihrer Familie einen Zwischenstopp einlegen. Für Jets Wagen bedeutete das einen Umweg von nahezu zweihundert Kilometern und einen Kampf mit dem Freitagabendverkehr, um nach London hineinzufahren.

»Seht mal, was mir Summer geschickt hat«, sagte Jay zu Babatunde und zeigte ihm ein Foto bei WhatsApp. Darauf war der Leopardenmusterteppich in der Limousine von Industrial Scale Slaughter zu sehen und ein Herz, das aus den Verschlüssen von Pepsiflaschen geformt war.

»Nett«, fand Babatunde. »Aber da steht, das kommt von Michelle.«

»Summer hat nur ein altes Nokia«, erklärte Jay. »Ich glaube, das hat nicht einmal eine Kamera.«

Die Straßen um Camden waren vollkommen verstopft. Theo hatte seinen Sessel weit zurückgelehnt und schlief halb, als ihn ein Schlag gegen das Fenster neben seinem Kopf aufschrecken ließ. Sie fuhren durch den belebtesten Teil von Camden Lock, wo es auf den Straßen von Menschen wimmelte, die am Kanal und an den schicken Marktständen entlangschlenderten.

Theo machte das Fenster auf und sofort streckten sich fünf maniküre Hände ins Auto.

»Wir lieben die Show!«, rief eines der Mädchen. »Viel Glück morgen!«

Ein paar andere Leute schlugen aufs Dach, und der Besitzer eines Saftstandes schrie ihnen zu, sie sollten aussteigen und einen Gratisdrink bei ihm einnehmen.

»Der beste O-Saft von Camden! Den wollt ihr!«

Da er fürchtete, andernfalls irgendein armes Mädchen hinter sich herzuschleifen, hielt der Fahrer lieber an und schaltete die Warnblinker ein, was ihm sofortigen gehupten Protest vom Bus hinter ihm eintrug.

Theo schüttelte noch eine Hand und schloss das Fenster wieder. Noch mehr Leute hatten das Jet-Logo gesehen und winkten, obwohl die Fenster der Limousine alle tiefschwarz getönt waren.

Während ringsum Handyfotos gemacht wurden, fuhr der Fahrer wieder los. Bis Tufnell Park waren es noch weitere zehn Minuten und er hielt sich an die Nebenstraßen. Als sie in die Straße der Brüder einbogen, sahen die Jungen etwa sechzig Menschen vor dem Laden ihrer Mutter und weitere zwanzig auf der anderen Straßenseite.

»Woher wussten die, dass wir kommen?«, fragte Jay. »Das haben sie wohl auf der Webseite veröffentlicht.«

Der Fahrer machte das Dach auf und die vier Jet-Mitglieder plus Dylan standen auf und sahen oben hinaus. Telefone blitzten auf und der Kameramann Shorty von Rock War filmte von einer Verkehrsinsel aus. Er balancierte auf einer Leiter, um ein gutes Bild über die Köpfe der Menge hinweg zu bekommen.

»Das ist irre«, fand Jay lächelnd, war sich aber gleich darauf nicht mehr so sicher, ob es ihm wirklich gefiel, dass man ihm vor seinem eigenen Haus auflauerte.

Als der Wagen anhielt, machten ein paar riesige Kerle in grauen Sakkos Platz, damit die Jungen aussteigen konnten. Theo bekam Applaus, weil er auf dem Dach balancierte und von dort hinuntersprang. Jay und die anderen nahmen den eher konventionellen Weg durch die Tür.

Nicht nur auf der Straße, sondern auch im Laden selbst drängten sich die Menschen, aber Jays Blick wurde von einem großen weißen Graffiti an der Wand der Gasse angezogen.

Theo Richardson hat einen Minischwanz

»Sieht aus, als hätte dich eine deiner Exfreundinnen geoutet«, grinste Adam.

Theo wurde wütend, als Dylan und Jay lachen mussten. Die PR-Frau Jen reichte ihnen Stifte. Jay nahm einen und signierte das Autogrammbuch einer Zehnjährigen.

»Geht weiter die Reihe entlang«, forderte Jen sie auf, als auch die anderen begannen, Autogramme zu geben. »Die Kameras sind drinnen aufgebaut. Wir wollen euch Jungs filmen, wie ihr hinter dem Tresen steht und Fish & Chips verkauft.«

»Sorry«, entschuldigte sich Jay, weil er jemandem auf die Zehen trat, als er sich in den überfüllten Laden drängte. Durch die TV-Beleuchtung war es dort viel heller als sonst. Als er hinter den Tresen ging, reichte ihm ein Praktikant eine gestreifte Schürze, doch Jay ignorierte ihn, umarmte kurz seine Mutter und ging weiter.

»Wo willst du hin?«, fragte Angie, die Regisseurin, genervt.

»Ich habe drei Stunden in diesem Auto gesessen«, erklärte Jay. »Was glauben Sie, wo ich hinwill?«

Unten an der Treppe saß Jays sechsjähriger Bruder Hank.

»Hi!«, begrüßte Jay ihn liebevoll. »Tut mir leid, Kumpel, aber ich platze gleich.«

»Sie haben gezeigt, wie du Summer küsst«, erzählte Hank, der ihm zum Klo folgte. »Warum hast du *das* denn gemacht?«

»Das verstehst du, wenn du älter bist«, erklärte Jay, der sich nicht die Mühe machte, die Tür zu schließen, bevor er endlich lospinkeln konnte.

Hinter ihm stand Dylan schon an, als er hinauskam. Während Angie ihre Aufnahmen von den drei Brüdern beim Servieren im Imbiss machte, nahm Jays Stiefvater Big Len die drei jüngeren Geschwister mit hinaus, damit sie sich die Limousine ansehen konnten.

Nachdem Angie genug Aufnahmen von den Jungen hinter dem Tresen hatte, setzten sie sich auf der anderen Seite an einen Tisch, wo sich Babatunde, Dylan und ihr Fahrer zu ihnen gesellten.

Jays Mutter legte Papierdecken auf den Tisch und brachte ihnen Dorsch, Lachs und Calamari und einen großen Haufen Fritten.

»Gutes Futter«, fand der Fahrer und grinste in die Kamera.

»Der beste Laden in London«, erklärte Jay. »Und das sage ich nicht nur, weil er meiner Mutter gehört.«

Ein paar Leute machten Fotos von den Jungen, während sie aßen, und Theo gab ein paar Autogramme auf Chipstüten, aber die meisten fanden die Limousine interessanter. Die beiden Kraftpakete sorgten dafür, dass alles gesittet vor sich ging und die Kids sich anstellten, um Fotos zu machen. Jay aß gerade seinen letzten Tintenfischring, als zwei Jungen aus seiner Klasse an die Scheibe schlugen.

»Hi, Leute«, grüßte Jay sie.

»Wichser!«, riefen die beiden und schnippten Jay zu. Dann rannten sie die Straße hinunter.

Jay hatte mit den anderen Kandidaten bei Rock War eine Menge gemeinsam, aber dies war eine unangenehme Erinnerung daran, dass er in der Schule nicht gerade der Beliebteste war. Und wenn er zurückkam, dann würden ihn seine Teilnahme an Rock War und die Dinge, die UK Today über seine Eltern geschrieben hatte, zum Ziel unzähliger Sticheleien machen.

* * *

Es wurde langsam dunkel, und sie waren gerade an einem Schild vorbeigekommen, auf dem *Liverpool 30 Meilen* stand, als Babatunde ein merkwürdiges Zucken in der Armlehne zwischen sich und Theo spürte. Sein erster Gedanke war, dass er aus Versehen auf einen Knopf gedrückt hatte, doch der zweite Schlag schien stärker zu sein und wurde von einem angestrengten Ächzen begleitet.

Die Armlehne konnte man hoch- und runterklappen, doch wie bei den meisten modernen Autos gab es noch eine zweite Klappe, durch die man Dinge aus dem Kofferraum holen konnte.

»Was ist denn los?«, wunderte sich Theo gereizt, weil er aufgewacht war, als Babatunde den Riegel löste.

Beim Anblick einer kleinen Hand erschrak Babatunde. Hank zog sich am Rand des Sitzes durch die Lücke. Da er davon ausging, dass Jay nachsichtiger sein würde als Theo, kletterte der Sechsjährige hinaus, sprang über Dylans ausgestreckte Beine in der Mitte des Wagens und hopste Jay auf den Schoß.

»Überraschung!«, schrie Hank und rammte Jay sein Knie in den Magen.

Jay schoss entsetzt und ein wenig atemlos hoch und hätte seinen kleinen Bruder dabei fast zu Boden geworfen.

»Hank, was soll das denn?«, rief Theo. »Mum bringt dich um!«

»Bitte nicht böse sein!«, flehte Hank, legte die Handflächen aneinander und sah Jay so mitleiderregend wie möglich an.

Es war eine heikle Situation. Einerseits fand Jay es süß, dass sein kleiner Bruder den blinden Passagier spielte, doch dann gewann seine erzieherische Seite die Oberhand.

»Das war wirklich dumm«, erklärte er streng. »Mum und Daddy suchen dich wahrscheinlich.«

»Nee«, behauptete Hank. »Daddy hat mich ins Bett

gebracht. Also bin ich nach unten gegangen und habe mich ins Auto geschlichen, als keiner hingesehen hat.«

Jay griff nach seinem Telefon, das er in der Armlehne auflud.

»Was machst du denn?«, stieß Hank hervor. »Sag es ihnen nicht. Ich wollte doch nur ein Abenteuer!«

»Ich muss es ihnen sagen«, antwortete Jay. Hank wand sich von Jays Schoß und setzte sich beleidigt auf die Armlehne. »Und stör Adam nicht! Er hat eine geschwollene Nase und versucht, seine Kopfschmerzen loszuwerden.«

»Richardsons Take-away«, meldete sich Jays Stiefvater.

»Hi, Len«, sagte Jay fröhlich. »Euch fehlt nicht zufällig ein Kind, oder?«

»Wie bitte?«, fragte Len.

»Hank hat sich im Kofferraum versteckt«, erklärte Jay. »Wir haben ihn gerade gefunden.«

»Oh, Mist«, seufzte Len. »Ich habe ihn ins Bett gebracht, als ihr gegessen habt. Deine Mum wird mir die Schuld geben, wenn sie es herausfindet.«

Jay lachte.

»Ja, ich bin froh, dass ich da nicht dabei sein muss. Aber es ist in Ordnung. Ihr kommt doch sowieso morgen zur Show. Er kann heute Nacht bei mir schlafen.«

»Sag Hank, dass er sich benehmen soll und dass er Ärger bekommt, wenn ich ihn sehe.«

»Mache ich bestimmt. Bis morgen!«

Hank saß nahe genug, dass er beide Seiten des Gespräches hatte verstehen können, und setzte sich grinsend auf den Boden zwischen Jays Beine.

»Daddy ist ein Softie«, erklärte er. »Ich habe keine Angst vor ihm.«

»Aber Mum wird auch böse sein«, warnte ihn Jay. »Was wäre gewesen, wenn das Auto plötzlich gebremst hätte? Dann hätte dich das Gepäck k. o. geschlagen.«

Vor dem Zorn seiner Mutter hatte Hank definitiv Angst und sah ein paar Sekunden lang besorgt drein. Dann krabbelte er zum Kühlschrank.

»Krieg ich was?«, fragte er, doch da hatte er sich schon eine Dose Orangenlimo genommen.

Blinder Passagier

Das Thorne Hotel war ein Viersternehotel, das näher am John-Lennon-Airport als an der Innenstadt von Liverpool lag. Durch ihren Abstecher nach London war Jets schwarze Limousine die letzte der zwölf, die auf einen reservierten Parkplatz des Hotels fuhr.

Jen hatte die Unterkünfte organisiert und reichte ihnen die Schlüssel zu Zimmern im dritten Stock. Jay sorgte dafür, dass Hank außer Sichtweite blieb, denn er wusste, dass Jen sonst viel Aufhebens darum machen würde und er am Ende ein leidiges Gespräch mit der Sozialarbeiterin führen musste.

Alle anderen Bands und die meisten Crewmitglieder waren auf dem gleichen Gang im dritten Stock untergebracht. Viele von ihnen hatten die Türe offen stehen. Im ganzen Gang standen die Wagen des Zimmerservice und Hank war ein großer Hit.

»Oh, ist der süß!«, fand Eve und ließ es zu, dass er ihr die Schokolade vom Kopfkissen klaute.

Hank missfiel es zwar, dass Summer Jay küsste, doch er hatte schon weniger dagegen, als er es sich in dem Zimmer, das sie mit Michelle bewohnte, auf dem großen Bett gemütlich machte und mit der Fernbedienung zwischen den Kinderkanälen hin und her schaltete.

Summer und Michelle passten auf Hank auf, während Jay duschte und auspackte. Adam litt noch unter seiner gebrochenen Nase, und da die Richardsons der Meinung waren, Hank könne nur der Familie zugemutet werden, zog Jay mit Hank zu Theo. Als der Zimmerservice in den Raum der Jungen gerollt wurde, trugen alle außer Hank den flauschigen weißen Bademantel des Thorne Hotels.

Summer hatte schon gegessen, doch sie nahm sich ein Stück von Jays Pizza, und Hank aß Nuggets und Bohnen, während sich Theo vor die verschlossene Minibar hockte.

»Theo, sie haben den Alk weggeschlossen«, meinte Jay. »Gib es auf.«

Theo grunzte und klappte ein Werkzeug an seinem Taschenmesser heraus.

»Wenn ich in einen BMW einbrechen kann, ohne die Alarmanlage auszulösen, lass ich mich doch nicht von dem schäbigen Schloss an einer Hotelminibar abschrecken.«

»Deine Spaghetti werden kalt«, bemerkte Summer.

»Alkohol, hier komme ich!«, verkündete Theo und zog am Schloss. »Eine leichte Drehung und voilà!«

Er zog am Kühlschrankgriff. Da nichts geschah, versuchte er es wesentlich stärker. Das Schloss blieb zwar heil, aber er brach die Plastikangeln auf der anderen Seite heraus, sodass ihm die ganze Kühlschranktür entgegenkam.

»Oh«, machte Theo, als die kleinen Whiskey- und Cognacflaschen aus der Tür herausfielen, und er kippte nach hinten, sodass seine Füße in die Luft ragten.

»Höchst elegant!«, rief Jay laut lachend.

»Sollte das so sein?«, erkundigte sich Summer spitz, und Hank lachte so laut, dass ihm die Soße seiner gebackenen Bohnen aus der Nase lief.

»Ich bin mir ziemlich sicher, ich weiß, was ich falsch gemacht habe«, entgegnete Theo, nahm eine Miniflasche Gordon's Gin, schraubte sie auf und leerte sie in zwei Zügen. Dann stand er auf und ging zur Tür.

»Ich versuche es mal bei dem Kühlschrank in eurem Zimmer«, sagte er zu Summer.

»Ich will eine Cola!«, rief Hank, ließ seinen Teller stehen und glitt vom Bett auf die türlose Minibar zu. Doch er wurde gebremst, als ihn Jay am Knöchel ergriff.

»Auf keinen Fall«, erklärte er ernst und erklärte Summer: »Hank macht nicht oft ins Bett, aber wenn, dann normalerweise, wenn er total aufgekratzt ist und zu viele Blubberdrinks hatte.«

»Ah«, machte Summer, als sich Hank widerwillig wieder mit dem Teller auf dem Schoß hinsetzte. »Guter Gedanke.«

»Du musst ihr nicht meine Geheimnisse verraten«, verlangte Hank beleidigt.

Jay konnte nur ein paar Bissen seiner Pizza in Ruhe genießen, bevor aus dem Zimmer gegenüber ein Schrei von Michelle erscholl.

Summer lief hinüber, um zu sehen, was in ihrem Zimmer vor sich ging, und stellte fest, dass Theo hier beim Knacken der Minibar wesentlich mehr Erfolg gehabt hatte. Als Jay und Hank aus der Tür sahen, warf Michelle Summer eine kleine Whiskeyflasche zu.

Hank hob sie auf und sah Jay an.

»Darf ich die haben?«

»Klar doch«, sagte Jay zu seiner Überraschung.

»Echt jetzt?«, stieß Hank hervor. »Mummy würde mich nicht lassen.«

Nervös betrachtete er die kleine Flasche, während Theo und Michelle offensichtlich schon mehrere davon intus hatten.

»Morgen ist Wettkampftag«, mahnte Summer. »Seid vernünftig!«

Jay fing an zu lachen.

»Den beiden zu sagen, sie sollten vernünftig bleiben, könnte ein klein wenig vergeblich sein.«

»Ich krieg das nicht auf«, beschwerte sich Hank und hielt seine Flasche hoch.

»Das kann er doch nicht trinken!«, empörte sich Summer, die Jay unverantwortlich fand.

»Du hast noch nie Whiskey getrunken, oder?«, erkundigte sich Jay, als er die Flasche aufmachte.

Hank nahm einen Schluck. Sobald der Whiskey seine Zunge berührte, schossen ihm fast die Augen aus dem Kopf.

»Iiiiihh! Eklig!«, schrie er und spuckte ihn aus. »Das brennt!«

Damit rannte er zurück ins Zimmer und hielt den Mund unter den Wasserhahn.

»Willst du noch mehr, Hank?«, fragte Jay. Summer lief vor Lachen rot an.

»Du hast mich reingelegt!«, beschwerte sich Hank.

»Woher soll ich denn wissen, dass du keinen Whiskey magst?«, wunderte sich Jay, der sich anstrengte, möglichst gleichmütig zu klingen. Hank kam wieder aus dem Bad. Wasser lief ihm übers Kinn.

»Du bist gemein!«, sagte er und schlug Jay auf den Hintern.

Der wollte gerade wieder in sein Zimmer gehen,

als er sah, wie Dylan, Leo und ein paar andere Kandidaten aus einem kleinen Raum mit Eismaschinen kamen. Sie hatten irgendwo einen großen Plastikmülleimer geklaut, der so voll mit Eiswasser war, dass sie ihn zu viert kaum tragen konnten.

»Komm mit und schau dir das an, Jay«, meinte Dylan. »Ich glaube, das wird dir gefallen.«

»Was wird mir gefallen?«, erkundigte sich Jay und folgte dem schwappenden Eimer zum letzten Zimmer auf dem Gang.

Die vier Mitglieder von Frosty Vader hatten eine Zweizimmersuite am Ende des Ganges bekommen. Im Wohnzimmer gab es einen großen Balkon mit Schiebetüren. Die Lichter im Zimmer waren aus und Noah hielt Wache.

»Die da unten rauchen immer noch«, flüsterte er. »Vier oder fünf.«

Mit sattem »Plunk« setzten die Jungen den Kübel ab.

»Wer ist denn da unten?«, flüsterte Jay, dem Summer und Hank folgten.

Sadie saß in Pyjamahosen auf dem Bett.

»Fotografen«, erklärte sie. »Mindestens einer von ihnen ist von deinen Lieblingen von UK Today. Siehst du den großen Kahlkopf da? Und der andere da, das ist der, der sich immer hinter der Küche am Haus herumgetrieben hat.«

»Kamera läuft!«, sagte sie dann und schob die Glastür ein Stück weiter auf. Sie lehnte sich ans Geländer und hielt die Kamera nach unten.

»Auf drei!«, befahl Dylan.

»Warum ist es denn hier so dunkel?«, fragte Hank plötzlich, erstarrte aber, als ihn acht Leute anzischten.

»Okay«, meinte Dylan. »Seid ihr bereit? Eins, zwei...«

Die vier Jungen rannten auf den Balkon, nicht ohne einen großen nassen Fleck auf dem Teppich zu hinterlassen. Leo stieß sich die Zehe am Türrahmen an und musste loslassen, doch die anderen drei hatten genügend Schwung, den Kübel über das Geländer zu heben und auszukippen.

Einige der Fotografen sahen rechtzeitig hoch, um sich vor dem Schlimmsten in Sicherheit zu bringen, aber die meisten bekamen den vollen Guss aus Wasser und Eiswürfeln ab.

»Nehmt das, ihr spionierenden Mistkerle!«, rief Sadie, als sich die Journalisten mit nassen Hemden und matschigen Zigaretten zwischen den Lippen aus dem Staub machten. »Ich wette, das kommt gut auf YouTube!«

Geschenke

Samstag

Da sich Michelle und Theo die Kante gaben, hatte Summer auf Theos Bett geschlafen, während sich Jay und Hank das andere geteilt hatten.

Hank ging den anderen voran zu den Aufzügen und wunderte sich über die Federn auf dem Boden und Rasierschaumstreifen an den Korridorwänden.

»Da war aber jemand unartig«, grinste er und fragte Jay, der ihn einholte: »Kommen wir jetzt ins Fernsehen?«

Jay schüttelte den Kopf.

»Jen, die PR-Sprecherin, hat uns zusammengerufen. Heute Nachmittag werden wir proben und die Show ist dann heute Abend.«

In der Lobby im Erdgeschoss erwartete sie eine Praktikantin. Hank streckte einem Fotografen, der sie knipste, die Zunge heraus. Ein stiernackiger Wachmann brachte den Fotografen zur Automatiktür und die Praktikantin deutete auf einen Empfangsraum.

Der große Saal war eigentlich für Konferenzen und Hochzeitsempfänge vorgesehen, doch für den Moment waren alle Stühle und Klapptische an die Wand gerückt worden, sodass vor ihnen nur der bunt gemusterte Teppich lag, während ein Mann auf einem Gerüst stand und die Glühbirnen im Deckenleuchter auswechselte.

Mitten im Raum standen Julie und Jen. Hinter ihnen befanden sich ein Haufen Pappschachteln und etwa vierzig Kandidaten, halb angezogen oder noch im Pyjama. Noch nicht jeder hatte Hank gesehen, und die meisten Mädchen begrüßten ihn begeistert und sagten, wie ähnlich er Theo und Adam sähe.

Jay fand Adam, der immer noch seine Nasenmaske trug, aber wesentlich munterer wirkte als tags zuvor.

»Wie geht es dir?«

»Viel besser«, sagte Adam. »Die Schwellung geht zurück und ich habe nur noch leichte Kopfschmerzen. Ich kann heute Abend auf jeden Fall spielen.«

»Okay, sind alle da?«, fragte Jen, als ein weiterer Pulk von Kandidaten hereinkam.

»Theo fehlt«, rief Coco.

»Der hört mir ja sowieso nie zu«, grinste Jen. »Also fangen wir an.«

Sie schlug eine Zeitung auf, deren Schlagzeile lautete: *Rock-War-Rüpel urinieren auf die Presse.*

»Diese Bombennachricht kommt heute Morgen auf den Titelseiten mehrerer Boulevardzeitungen. Ich habe auch einen Anruf erhalten, der mit einer Anzeige wegen Sachbeschädigung droht, weil mehrere Fotoausrüstungen und ein Laptop etwas abbekommen haben.«

»Das war kein Urin!«, verwahrte sich Noah. »Wir haben das Video hochgeladen. Da sieht man, dass es Wasser und Eiswürfel sind!«

»Überrascht euch das etwa?«, fragte Jen. »Ich

denke, ihr habt mittlerweile alle mitbekommen, dass das, was man online und in der Zeitung liest, nur wenig Ähnlichkeit mit der Wahrheit hat. Nun, als PR-Managerin kann ich nicht behaupten, dass ich unglücklich darüber bin, dass meine Show am Morgen vor unserer ersten Livesendung so viel Aufmerksamkeit bekommt. Allerdings ist es mein Job, dafür zu sorgen, dass Rock War in den Nachrichten bleibt. Und zwar nicht nur heute, sondern jede Woche zwischen jetzt und dem großen Finale im Dezember. Wenn ihr die Medien verärgert, erschwert mir das meinen Job ungemein. Also bitte, bitte, bitte keine Streiche mehr gegen die Presse!«

Julie übernahm und erläuterte den Jugendlichen den Ablauf des Tages. Die, deren Eltern angereist kamen, konnten sich mit ihnen zu einem frühen Mittagessen treffen. Jen hatte für ein paar Kandidaten Interviews vereinbart, die vor der Show auf verschiedenen Radiosendern gebracht würden, und um halb zwei sollten alle zu den Proben im Granada Room erscheinen.

»Nach den Proben habt ihr eine halbe Stunde Pause, dann geht es direkt in die Maske. Das hier ist Livefernsehen, ihr müsst euch also genauestens an den Zeitplan halten.

Die Liveshow fängt um halb sieben an und dauert zwei Stunden. Die Verkündung der Ergebnisse beginnt um Viertel nach zehn. Ihr fragt euch sicher alle, was in den Schachteln hinter mir ist. Es gibt für jeden eine Schachtel. Seit die Show populär geworden ist, haben wir eine Menge Sachen von Leuten bekommen, die ihre Produkte gerne in der Show sehen würden, und auch einige Geschenke von Fans. Wir werden also gleich die Kameras einschalten und euch dabei filmen, wie ihr eure Geschenke aufmacht. Fragen?«

Doch die Kandidaten waren viel zu neugierig auf die Schachteln, um Fragen zu stellen. Die Profis bereiteten sich im Granada Room auf die Liveshow vor, daher übernahmen hier ein paar Hilfskräfte mit Camcordern die Filmarbeiten.

Hank gehörte zwar nicht zu den Kandidaten, bekam aber die Aufgabe zugeteilt, die Namen vorzulesen. Die meisten Schachteln waren leicht genug, dass der Sechsjährige damit fertigwurde, aber Summers Sachen waren in eine riesige Kiste gepackt worden, die er nur mühsam bewegen konnte.

»Das ist ja wie Weihnachten«, erklärte Jay, als er sich auf den Boden setzte und seine Schachtel aufmachte.

»Bei dir zu Hause vielleicht«, meinte Summer. »Meine Großmutter kann das Haus nicht verlassen. Ich bekomme ein einziges Weihnachtsgeschenk und das muss ich mir selbst kaufen gehen.«

»Das ist die traurigste Geschichte, die ich je gehört habe«, erklärte Jay und gab ihr einen Kuss.

»Was hast du gekriegt?«, fragte Hank aufgeregt, als er angelaufen kam, sich fallen ließ und auf den Knien zwischen Jay und Summer sitzen blieb.

Im Hintergrund hielt Eve ein sexy Krankenschwesternkostüm hoch.

»Seht mal, was mir so ein Perverser geschickt hat!«, rief sie.

»Die sind aber hübsch«, fand Summer und nahm ein paar Tops und Denim-Shorts aus ihrer Schachtel, an denen eine Karte hing. *Liebe Summer, wir hoffen, dass Dir unsere Herbstkollektion gefällt. Jess Winters, Marketing & PR, MW Apparel.*

»Teuer«, stellte Coco fest. »MW-Shorts kosten ungefähr hundertfünfzig Pfund.«

Jay holte aus seiner Schachtel coole Jeans, Plektren, ein Effektpedal und verschiedene Haargels und Toilettenartikel.

»Zwei Uhren«, verkündete er und hielt eine G-Shock und eine große schwarze Chronometer hoch.

Adam gab Hank Schokolade aus seiner Schachtel, und Summer lächelte über ein handgestricktes Kaninchen, das ein Mini-T-Shirt mit dem Logo von Industrial Scale Slaughter trug. Doch dann explodierte sie förmlich und las laut eine Nachricht vor:

Hi, Summer. Wir haben gesehen, dass Dein Telefon ein wenig altmodisch ist. Wir von XTA sind der Meinung, dass jeder ein topmodernes Smartphone verdient. Dieses Telefon hat einen Zwei-Jahres-all-inclusive-Vertrag und es liegt auch eines für Deine Nan dabei.

»Wow!«, rief Jay, als Summer den Deckel einer kleinen Schachtel öffnete. »Das hat überall Fünfsternebewertungen bekommen. Das ist ein 500-Pfund-Telefon!«

»Besser als deines?«, neckte ihn Summer und drückte sich die Schachtel an die Brust.

»Eine Sonnenbrille«, verkündete Adam und schob eine Designerbrille über seine Nasenmaske. »Wie sehe ich aus?«

»Du musst mir zeigen, wie man damit umgeht«, verlangte Summer, als sie das Telefon auspackte. »Das ist gigantisch!«

Summer war völlig überwältigt von all den kostenlosen Dingen, die ihr Firmen in der Hoffnung geschickt hatten, dass man sie im Fernsehen sehen würde. Es gab Halspastillen speziell für Sänger, Tonnen von Make-up, Riemchenschuhe und einen Stapel Umschläge mit Gutscheinen für alles Mögliche, von Essen in Restaurants in Dudley bis zu einem 100-Pfund-Wertgutschein für ein schickes Londoner Schuhgeschäft.

»Hank, du sollst das nicht alles auf einmal essen«, warnte Jay und nahm ihm die Schokolade weg. »Gleich beschwerst du dich, dass dir schlecht ist.«

Alfie freute sich über die Kleidung und Videospiele in seiner Schachtel, wurde aber wütend, als er feststellte, dass ihm eine Spielzeugfirma einen Plastikhubschrauber und einen Satz Actionfiguren geschickt hatte.

»Was glauben die, wie alt ich bin?«, stieß er hervor und schob die Sachen Hank zu. »Die wollen mich wohl verarschen!«

»Jemand hat mir gesimst, dass es hier was umsonst gibt«, bemerkte Theo, der in Boxershorts auftauchte, übermüdet aussah und sich im Schritt kratzte. Dann sah er Jen an. »Übrigens habe ich in der Lobby einen Fotografen getroffen, also habe ich die Hosen runtergelassen und ihm mein Werkzeug gezeigt.«

»Wie bitte?«, keuchte Jen.

»Die Gerüchte über die Größe meiner Ausstattung muss ich im Keim ersticken«, erläuterte Theo, fand die letzte ungeöffnete Schachtel und machte den Deckel auf. »Oh, eine Lederweste und Diamantohrringe. Jahoi!«

Der große Augenblick

»Dad!«, stieß Jay hervor. »Ich hatte keine Ahnung, dass du kommst!«

Er umarmte seinen Vater Chris stürmisch. Sie befanden sich backstage im Granada Room, wo in weniger als fünf Minuten die Livesendung anfangen sollte.

»Der Verkehr war nicht so doll«, erklärte Chris. »Sieh dich nur an mit deinem Make-up und der protzigen Uhr!«

»Die war ein Werbegeschenk«, erklärte Jay. »Ich habe nachgesehen und sie kostet bei Eldridges sechshundert Pfund!«

»Immer noch billiger, dir eine Uhr zu schenken, als eine Anzeige zu bezahlen«, bemerkte Chris. »Ist das die Lederjacke, die du von mir hast?«

»Die ist hier aus der Garderobe«, gab Jay zu. »Wie geht es dir?«

»Nicht schlecht, aber es ist schon ein Schock. Ich bin damals direkt nach der Schule zur Polizei gegangen, deshalb kann ich nicht viel anderes.«

Es gefiel Jay nicht, dass sein Vater so tat, als nehme er es leicht.

»Du musst mich nicht anlügen. Mir wäre es lieber, wenn ich wüsste, ob du dich schlecht fühlst.«

Chris zuckte mit den Achseln.

»Es ist ja schön, zu wissen, dass du dich um mich sorgst, mein Sohn. Aber ich werde nicht von einer Brücke springen oder so, okay? Ich habe schon mit einem Bekannten gesprochen. Er hat viel mit Personenschutz zu tun. Geschäftsleute und VIPs herumfahren und so. Hauptsächlich Leute aus Russland und dem Nahen Osten. Das sind lange Arbeitstage, wird aber gut bezahlt.«

»Klingt vernünftig«, fand Jay aufmunternd.

»Und könnten wir jetzt aufhören, über mich zu reden?«, verlangte Chris und nahm Jay an den Schultern, als sich ein Helfer mit einem Tablett leerer Kaffeebecher an ihnen vorbeidrängte. »Das ist dein großer Abend. Bist du bereit?«

»Ich habe ein bisschen Angst«, gab Jay zu. »Wir sind die Zweiten. Gleich nach Industrial Scale Slaughter.«

»Summer Smith, meine zukünftige Schwiegertochter?«, lächelte Chris. »Die Stimme ist beachtlich. Werde ich sie kennenlernen?«

»Vielleicht«, grinste Jay. »Aber nur, wenn du versprichst, sie nicht als *zukünftige Schwiegertochter* zu bezeichnen. Sie ist aber gerade auf der anderen Seite der Bühne.«

Über das Lautsprechersystem kam eine Ansage: »Livesendung in zwei Minuten. In zwei Minuten. Bitte die Zuschauer auf ihre Plätze. Alle Mobiltelefone müssen ausgeschaltet werden, und jeder, der dabei erwischt wird, wie er Ton- oder Bildaufnahmen macht, wird sofort des Saales verwiesen.«

»Dann gehe ich mal lieber«, sagte Chris und umarmte Jay noch einmal. »Du wirst das schon machen!«

Der Granada Room war nicht für Fernsehübertragungen gemacht, daher musste Jay einen Gang an der Bühne entlanggehen, um durch die Brandschutztür in ein großes Verbindungszelt zu gelangen. Dort wartete Lorrie voller Panik auf das Stichwort, auf das sie hinausgehen und zum ersten Male live moderieren sollte.

»Sie werden toll sein«, sagte Jay, als sie an ihm vorbeiging. »Wahrscheinlich werden Sie ein größerer Star als wir alle zusammen.«

Lorrie lächelte ihn dankbar an und Jay ging zu seinen Bandkollegen in der Backstagelounge.

Dieser Teil des Zeltes war wie eine Bar eingerichtet, wo alle Bands an Tischen saßen. Der Set war bereits entworfen worden, bevor Rage Cola den Vertrag gekündigt hatte, daher hatte man über die Rage-Logos auf den Tischen schnell silberne Tabletts geklebt.

»Du kriegst den Dreh bei den Ladys langsam raus«, bemerkte Adam und schlug Jay auf den Rücken.

Lorrie bekam ihr Stichwort. Dreißig Schritte brachten sie zu ihrem ersten Liveauftritt im Fernsehen, und sie war eine Million Meilen von der Studentin entfernt, die am ersten Tag des Bootcamps erschienen war, um als unbezahlte Praktikantin Arbeitserfahrung zu sammeln.

»Wow!«, rief Lorrie, als sie ihre Markierung in der Mitte der Bühne erreichte. Sie sah in eine Art Moshpit vor der Bühne, wo dicht gedrängt Teenager standen. Dahinter saßen ältere Zuschauer, darunter viele Familien der Kandidaten. »Vielen Dank für den herzlichen Empfang. Es freut mich, hier bei Rock War live dabei sein zu können!«

Wieder brach die Menge in Jubel aus.

»Wir haben eine unglaubliche Show vorbereitet«,

sagte Lorrie. Sie klang zuversichtlich, obwohl sie das Gefühl hatte, ein Eisbär sitze auf ihrer Brust. »Sechs Wochen lang haben die zwölf Bands ihre Fähigkeiten im Bootcamp geschult. Sie sind wild, hungrig und ready to rock!

Heute Abend werden alle zwölf Bands spielen, aber nur zehn von ihnen werden es zu *Rock War – Battlezone* schaffen. Unsere drei Rocklegenden werden jeder Band Punkte von eins bis zehn geben und am Ende des Abends wird es über die drei Bands mit den niedrigsten Punktzahlen eine Abstimmung geben. Und dann sind es Ihre, die Stimmen der Zuschauer, die entscheiden, welche Band gerettet wird. Und jetzt begrüßen Sie unsere Rock-War-Legenden!«

Erleichtert seufzte Lorrie auf, als ihr Part beendet war und der Set sich veränderte, indem die drei Juroren beleuchtet wurden, die an der Bühne saßen.

Während eine männliche Stimme aus dem Off die drei Legenden vorstellte, standen Summer, Michelle, Coco und Lucy schon an ihren Plätzen, und eine Crew stöpselte ihre Gitarren ein und rollte Lucys Schlagzeug an. Summer war nervös, aber nicht so nervös, dass sie sich hätte übergeben müssen wie beim Rage Rock.

Nachdem die Legende Jack Pepper die Mädchen vor der Bühne fast in Hysterie versetzt hatte, zeigte der große Bildschirm darüber dem Publikum im Saal und zu Hause eine kurze Vorstellung der Mädchen zusammen mit ein paar Clips von den Proben der letzten Woche.

Dann richteten sich die Scheinwerfer auf die Mädchen. Sie waren bereit. Jay konnte backstage gar nicht glauben, dass das sexy Rockergirl am Mikrofon seine Freundin war. Der Set war gut angelegt. Das Rock-War-Logo war aus altmodischen Neonröhren zusammengesetzt, und die Rückwand bestand aus alten Zeitungen, die die Geschichte des Rock illustrierten. *Presley in Bakersfield verboten, Beatles trennen sich, Cobain stirbt mit 27, Sex Pistols sorgen für Aufruhr – Zuschauer blockieren Telefone.*

Die Wirkung war grungy und cool und bildete einen starken Kontrast zur glitzernden großen Bühne einer Karen-Trim-Produktion.

»Dies ist ein Pantera-Song«, verkündete Summer leise. »Er heißt: ›Walk‹.«

Das Bootcamp war lustig gewesen, aber die zwölf Bands hatten auch Unterricht von Experten bekommen und viele Stunden geprobt. Das Resultat zeigte sich mit dem ersten Hi-Hat-Schlag von Lucys Schlagzeug. Michelles und Cocos Gitarren klangen klar und sie standen sich gegenüber und ließen in wohleinstudierter Choreografie die langen Haare fliegen.

Nach einer Minute starker Riffs setzte Summers Stimme ein. Das Publikum erwartete etwas Spektakuläres, doch dies war ein Hardcore-Metal-Song, bei dem sie mehr bellen als singen musste.

Die Reaktion des Publikums war lebhaft, aber nicht überschwänglich. Das Licht und die Kameras schwenkten zu den drei Legenden und Earl Haart sprach als Erster.

»Das hatte wirklich Wumms«, fand er, und das Publikum jubelte erneut. »Es ist schön, eine reine Mädchenband zu sehen, die nicht vor richtigem Hardcore-Metal zurückschreckt. Beeindruckend, beeindruckend, beeindruckend. Von mir gibt es dafür acht von zehn Punkten!«

Die Menge jubelte. Ein paar durchdringende Schreie waren zu hören, als sich die Aufmerksamkeit auf Jack Pepper richtete.

»Jack, ich will ein Kind von dir!«, rief jemand, was im Publikum Gelächter hervorrief, von den Fernsehmikrofonen jedoch nicht aufgenommen wurde.

»Ich stimme Earl größtenteils zu«, begann Jack. »Ich weiß, dass Michelle nicht immer die diszipliniertste Gitarrenspielerin ist, aber hier war sie toll. Und Summer hat wie immer eine so wunderbare Stimme. Ich sehe mir dieses vierzehnjährige Mädchen an und bin erstaunt, was da aus ihrem Mund kommt. Von mir also auch acht von zehn!«

»Danke, Jack!«, rief Summer, und Coco warf ihm eine Kusshand zu.

Doch Summer wurde besorgt, als sie das finstere Gesicht von Beth Winder sah.

»Tut mir leid, aber da bin ich anderer Meinung«, sagte sie und erntete ein Buh von der Menge. »Für mich war das einfach der falsche Song. Summers Stimme ist das Herz dieser Band. So einen Song zu spielen, das ist, als hätte man Lionel Messi in der Mannschaft und würde ihn ins Tor stellen. Tut mir leid, Mädels, aber von mir gibt es eine Drei.«

Auf einer Tafel an der Seite der Bühne tauchte *Industrial Scale Slaughter – 19 Punkte* auf.

Michelle zeigte Beth den Finger, als sie ihre Band von der Bühne führte. Die Bühnenarbeiter bereiteten die Bühne für Jet vor, und die vier Mädchen gingen zur Backstagelounge, wo ein ehemaliger Moderator des Kinderfernsehens, der für diesen Abend eingeladen worden war, Summer ein Mikrofon unter die Nase hielt.

»Wie fühlst du dich?«, fragte er.

»Ich glaube, es lief super«, meinte sie.

»Und was ist mit Beth Winders Bemerkung?«

Summer zuckte mit den Achseln. »Ich bin kein Soloartist. Industrial Scale Slaughter ist eine Band, und ich stehe voll hinter der Entscheidung, etwas zu spielen, das ein bisschen anders ist. Wenn wir durchkommen, werden wir im Laufe der nächsten Wochen bestimmt noch alle möglichen anderen Tracks spielen.«

»Lucy«, fragte der Moderator und überging Michelle geflissentlich, weil sie fürs Livefernsehen zu unberechenbar war. »Neunzehn von dreißig. Glaubt ihr, dass das reicht, um euch weiterzubringen?«

»Ich denke, es ist noch zu früh, um darüber etwas zu sagen«, meinte Lucy. »Aber mir wäre wohler, wenn wir von allen drei Juroren eine Topbewertung bekommen hätten.«

»Vielen Dank, Lucy«, sagte der Moderator. »Und jetzt, Summer, haben wir eine Überraschung für dich.«

Ein Vorhang hinter dem Set öffnete sich und Summers Großmutter wurde hereingerollt.

»Oh mein Gott!«, schrie Summer, sauste zu ihr und umarmte sie tränenreich. »Ich freue mich ja so, dass du hier bist! Warum hast du mir nicht gesagt, dass du kommst?«

Das Publikum hatte das Wiedersehen auf dem großen Bildschirm mitverfolgen können und seufzte kollektiv auf, als der Regisseur die Aufmerksamkeit wieder auf Lorrie in der Mitte der Bühne richtete.

»Ich hoffe, wir bekommen später noch mehr von Summer und ihrer Großmutter zu hören«, sagte Lorrie, »aber wir haben heute Abend noch viel vor. Es ist Zeit, unsere zweite Band zu begrüßen! Jet!«

Nach einem kurzen Videointro gingen die Bühnenlichter an und zeigten Adam, der mit seinem Nasenschutz aussah wie einem Slasherfilm entsprungen, Babatunde in Hoodie und mit Sonnenbrille hinter dem Schlagzeug und Jay an der Leadgitarre. Man wunderte sich ein wenig über Theos Fehlen, doch dann hörte man ein Quietschen.

Theo wurde in zerrissenen Surfhosen und einer schwarzen Weste in einem Metallkäfig auf die Bühne gerollt, an dessen Stäben er rüttelte.

»Die haben gesagt, ich dürfte im Livefernsehen nicht fluchen«, rief Theo, trat die Tür auf und sprang hinaus. »Also sage ich, PIEPST das!«

Die Livesendung wurde mit dreißig Sekunden Verzögerung übertragen, sodass die Fernsehzuschauer die eigentliche Beschimpfung nicht mitbekamen. Das stehende Publikum vor der Bühne drehte fast durch, als Theo seine Weste in die Menge warf und einen muskulösen Oberkörper entblößte, auf dem mit in der Hitze zerlaufendem Lippenstift JET geschrieben stand.

Das Publikum war aus dem Häuschen, noch bevor Jet auch nur eine Note gespielt hatte.

»Dieser Song wurde von John Bull geschrieben – mit einem Umweg über die Sex Pistols«, dröhnte Theo. »Er heißt ›God Save the Queen‹!«

Was für ein Drama

»Sehen wir uns mal den Punktestand an«, schlug Lorrie vor. Im Laufe der zweistündigen Show war sie selbstbewusster geworden, doch jetzt wurde sie langsam heiser.

1. Half Term Haircut	29 Punkte
2. Jet	27 Punkte
2. Dead Cat Bounce	27 Punkte
4. Pandas of Doom	23 Punkte
5. Crafty Canard	22 Punkte
6. I Heart Death	20 Punkte
7. Industrial Scale Slaughter	19 Punkte
8. Delayed Gratification	18 Punkte
9. Brontobyte	16 Punkte
10. The Messengers	15 Punkte
11. The Reluctant Readers	04 Punkte

»Vor der letzten Band werden sich also die Messengers und die Reluctant Readers der letzten Entscheidung stellen müssen. Und falls unsere letzte Band nicht weniger als siebzehn Punkte erreicht, wird sich Brontobyte zu ihnen gesellen. Und falls ihr euch fragt, was im Falle eines Unentschieden passiert: Dann wird eine

Münze entscheiden. Gerade eben haben wir hinter der Bühne mit Noah von Frosty Vader gesprochen.«

Der Bildschirm über der Bühne zeigte Noah, der von dem Moderator des Kinderfernsehens interviewt wurde.

»Noah«, fragte der Moderator. »Ihr wollt siebzehn Punkte erreichen, um euch euren Platz in der nächsten Phase von Rock War zu sichern. Wie zuversichtlich bist du?«

Noah zuckte mit den Achseln.

»Wir haben wochenlang geprobt. Jetzt können wir nur da rausgehen und spielen, bis die Schwarte kracht.«

Lorrie kühlte ihre Kehle mit Eiswasser, als Frosty Vader im Bühnenlicht erstrahlte. Neben Sadie und Noah gehörten Cal am Schlagzeug und der untersetzte blonde Otis am Keyboard zu Frosty Vader. Darin unterschieden sie sich vom Aufbau der meisten anderen Bands bei Rock War.

Ihr schrulliger Sound wurde durch ein fünfundvierzigsekündiges Intro aus Airs Klassiker »La Femme D'Argent« unterstrichen. Die Jugendlichen vor der Bühne wiegten sich leicht im Takt, während sich die Eltern auf den Stühlen über das gemäßigte Tempo freuten.

Gerade als die Leute anfingen, sich zu fragen, ob das überhaupt richtige Rockmusik war, riss Sadie ein Mikrofon vom Ständer und dröhnte die erste Zeile von »Teenage Whore« von Hole hinein. Noahs Gitarre und Cals Schlagzeug spielten richtigen Rock, aber der Keyboardspieler Otis machte mit Hammondorgelsound weiter, was man je nach Geschmack als exotisch oder nervig bezeichnen konnte.

Das Publikum war ziemlich ruhig, als der Song

endete, doch Noah überraschte die Zuschauer, indem er in seinem Rollstuhl lossauste. Die Bühne war nicht groß, daher war er in ein paar Sekunden an deren Rand und schoss darüber hinaus.

Die Leute im Granada Room schrien auf und einige riefen: »Oh Gott!«, und: »Helft ihm doch!«

Dann zeigte der Bildschirm den Zuschauern zu Hause, dass das Ganze ein Stunt war. Noah hatte sich aus dem Rollstuhl geworfen und war unversehrt auf einer Schaumstoffmatratze im Orchestergraben gelandet.

Als er eine Rampe hinaufrollte und sich wieder zu seinen Bandkollegen gesellte, lachten und johlten alle, und die Aufmerksamkeit wandte sich den Rocklegenden zu.

»Ich weiß ehrlich gesagt nicht, was ich dazu sagen soll«, begann Earl Haart. »Diejenigen von uns, die Rock War von Anfang an verfolgt haben, wissen, dass Frosty Vader aus zwei Mitgliedern aus Belfast und zweien aus dem Nordwesten besteht, die sich vorher gar nicht kannten. Sie spielen seit sechs Wochen zusammen, aber mir kommt es immer noch so vor, als würde ich zwei verschiedene Bands hören. Es tut mir wirklich leid, Leute, aber von mir gibt es nur drei von zehn.«

Noah wurde fast schlecht, als er neben Sadie rollte und sah, wie Earl eine Drei hochhielt.

»Drei von zehn finde ich zu hart«, sagte Jack Pepper, was ihm Beifall und zustimmendes Gemurmel eintrug. »Es ist eine gute Band mit viel Talent und großem Potenzial. Das Problem ist nur, dass ihr gegen Bands antretet, die genauso talentiert sind, aber schon ein viel klareres Bild von ihrem eigenen Stil haben.

Aus diesem Grund kann ich euch nur sechs von zehn geben.«

Sadie grub ihre Fingernägel in Noahs Arm, der im Kopf schnell nachrechnete. Sie hatten jetzt neun Punkte, was bedeutete, dass sie eine Acht von Beth Winder brauchten, um im Rennen zu bleiben. Bei sieben käme es zu einer Münzentscheidung zwischen ihnen und Brontobyte.

Ihm wurde übel, als er sah, wie Beth den Kopf schüttelte. Das sah nicht gut aus.

»Ich weiß nicht recht«, seufzte Beth, woraufhin das Publikum ganz still und traurig wurde. Doch dann grinste sie breit. »Ich weiß nicht recht, was Earl und Jack gesehen haben. Denn was ich hier gesehen habe, war unglaubliches Potenzial. Es gibt Tausende von Teenagerbands mit talentierten jungen Rockmusikern im Land.

Aber was ich hier suche, ist nicht die Band, die am besten Songs von Led Zeppelin oder den Sex Pistols covert. Ich suche die Band mit dem Potenzial, die nächsten Led Zeppelin oder die neuen Sex Pistols *zu sein*. Vielleicht hat bei Frosty Vader heute Abend nicht alles funktioniert. Aber ich habe jede Menge Kreativität und kühne Ideen gesehen. Also, Frosty Vader, ich gebe euch...«

Das Publikum wurde still, und Beth machte eine Kunstpause, bevor sie eine Zahl hochhielt.

»Neun von zehn!«

Sadie sprang auf und Noah schrie wie am Spieß. Das Publikum tobte, als Beth aufstand und Frosty Vader die Hände schüttelte und umarmte.

»Und damit steht es fest!«, krächzte Lorrie unter der großen Anzeigetafel. »Frosty Vader bekommt achtzehn Punkte, was sie auf den gleichen Platz bringt wie Delayed Gratification. Die drei letzten Plätze bleiben unverändert und jetzt liegt es an euch.

Die Telefonleitungen sind offen. Wenn ihr für Brontobyte stimmt, wählt die Nummer, die ihr auf dem Bildschirm eingeblendet seht, gefolgt von einer Eins. Wenn ihr die Messengers retten wollt, wählt die Zwei. Und eine Drei für die Reluctant Readers.

Ich fürchte, für mehr haben wir hier auf Channel Six keine Zeit, aber wir sind später wieder da, um das Ergebnis der Abstimmung zu verkünden. Und wenn ihr in ein paar Minuten zu 6point2 schaltet, könnt ihr Interviews und die Reaktionen der Bands und ihrer Familien hören sowie eine fantastische Pannenshow mit Dingen sehen, die in den letzten sechs Wochen im Bootcamp nicht ganz so glattliefen.

Unsere Kandidaten machen nächste Woche eine Pause, während sie sich wieder auf die Schule vorbereiten. Aber Channel Six zeigt ein dreistündiges Special zur Einstimmung auf die neue Staffel von Karen Trims Hit Machine. Und in der darauffolgenden Woche sind wir mit *Rock War – Battlezone* wieder da. Ich hoffe, euch hat das Zuschauen genauso viel Spaß gemacht wie uns das Präsentieren der heutigen Show. Vergesst nicht anzurufen und wir sehen uns um Viertel nach zehn mit den Ergebnissen!«

* * *

Es war halb neun, doch die Kandidaten hatten gerade eine zweistündige Show hinter sich und waren emotional am Ende. Für sie fühlte es sich viel später an.

Während das Publikum hinausging und sich fragte,

wie sie die fast zwei Stunden bis zur Verkündung der Ergebnisse verbringen sollten, versammelten sich die Bands und ihre Familien im Zelt hinter der Bühne. Neun Bands waren erleichtert. Brontobyte und die Reluctant Readers wurden von ihrer Familie umarmt, während die christliche Band The Messengers einen Gebetskreis bildete.

Tristans unausgegorenes Schlagzeug hatte wahrscheinlich dafür gesorgt, dass sie nicht definitiv weiterkamen, sondern in die Abstimmungsrunde mussten. Jay hätte gerne gesagt: »Wusste ich's doch«, aber seine Freunde Salman und Alfie waren auch in der Band, und außerdem war ihm klar, dass er vor all den Kameras nur gemein wirken würde.

Stattdessen suchte er Summer und stellte sich ihrer Großmutter vor.

»Hat es Ihnen gefallen, Miss Smith?«, fragte er höflich.

»Es war nicht schlecht«, antwortete sie. »Ich habe Summer gehört, aber bei den anderen Bands hatte ich die Ohrenstöpsel drin. Und nenn mich um Himmels willen Eileen!«

Karolina kam ins Zelt und verkündete von einer umgedrehten Bierkiste aus: »Wir haben gerade die Zahlen von IAB bekommen: sieben Komma neun Millionen Zuschauer. Damit liegen wir vor BBC und ITV, und das ist die höchste Zuschauerzahl für eine Channel-Six-Show, abgesehen von Hit Machine.«

Ein paar Leute klatschten und jubelten. Währenddessen ging Jen auf Summer und ihre Großmutter zu.

»Draußen ist eine Crew von News24«, rief sie laut, um sich in dem Lärm verständlich zu machen. »Sie hätten gerne ein Liveinterview.«

»Jetzt?«, fragte Summer.

Jen nickte. »Wenn das für euch beide okay ist.«

Eileen sah ein wenig nervös aus, doch sie war aufgeregt bei der Vorstellung, in die Nachrichten zu kommen.

»Geht es dir gut?«, erkundigte sich Summer, als sie ihre Nan aus dem Zelt rollte. »Brauchst du ein wenig Sauerstoff?«

»Mir geht es blendend«, antwortete Eileen. »Wer hätte sich träumen lassen, dass uns so etwas passiert?«

Etwa fünfzig Fans begannen zu kreischen, als Summer aus dem Zelt kam. Hinter dem Granada Room befand sich ein großer betonierter Platz, den geschlossene Läden umgaben und auf dem die zwölf identischen Limousinen in einer Reihe parkten.

Der Bereich zwischen den Limousinen und dem Hinterausgang des Granada Room war mit Metallschranken abgezäunt worden, und etliche Sicherheitsleute standen bereit, um Fans oder Presseleute hinauszubefördern, falls sie versuchten, in diesen Bereich einzudringen.

Jen übernahm den Rollstuhl, als Summer ein paar Autogramme gab. Als sie fertig war, sah sie sich um und brauchte eine Sekunde, bis sie Jen entdeckte, die ihre Großmutter zwischen zwei Limousinen hindurchschob. Wegen des Lärms der Menge hatte die BBC ihre Kameras auf dem Pflaster hinter der Umzäunung aufgestellt. Dort hatte sich eine kleine, gesittete Menge eingefunden, von der sich einige anstellten, um Eileen die Hand zu drücken und ihr zu sagen, wie großartig sie Summer fanden.

Eine Frau mit einem Aufnahmegerät sprang vor, als Summer zu den Limousinen kam.

»Findest du auch, dass dein Gesang heute Abend schlecht war?«, fragte die Journalistin.

Summer erinnerte sich an ihr Medientraining und sagte: »Kein Kommentar. Wenn Sie ein Interview möchten, müssen Sie sich an die PR-Abteilung von Rock War wenden.«

»Wie läuft es mit Jay?«, fragte die Journalistin hartnäckig. »Ist das etwas Ernstes oder nur ein Flirt?«

Summer überlegte, denn die Antwort darauf kannte sie selbst nicht.

»Kein Kommentar«, wiederholte sie bestimmt.

Endlich ließ die Journalistin Summer zwischen den Limousinen hervortreten, als einer der Sicherheitsleute sah, was dort vor sich ging. Doch sobald sie ins Freie kam, sprang ein Fotograf, der zwischen den nächsten beiden Wagen gesessen hatte, hervor und schoss vier Bilder von ihr.

»Wollen Sie die Kamera im Arsch stecken haben?«, rief der Bodyguard im Laufen.

Summer sah fast nur noch weiße Flecken vom Blitzlicht und konnte Jen und jemanden von der BBC nur undeutlich erkennen. Sie winkten sie zum wartenden Nachrichtenteam.

»Dreißig Sekunden!«, rief Jen. »Komm her!«

Summer begann zu rennen und trat hinter den Limousinen vom Bordstein, dicht gefolgt von dem Sicherheitsmann.

»Pass auf!«, schrie der entsetzt.

Halb blind vom Blitzlicht sah Summer nicht, dass die Limousinen das Ende des eingezäunten Bereiches bildeten. Plötzlich hörte sie ein Motorrad, dessen Scheinwerfer ihr mitten ins Gesicht leuchtete, als sie sich umdrehte.

Der Wachmann versuchte, sie zurückzuziehen, doch das Motorrad war zu schnell. Es traf Summer mit den Handgriffen in der Hüfte und ihr Kopf prallte auf den Helm des Fahrers. Das Motorrad fuhr auf den Bordstein und zerschmetterte das Rücklicht einer Limousine. Der Fahrer überschlug sich mehrere Male.

Summer machte eine Pirouette, wurde herumgeschleudert und landete auf der Seite. Den stärksten Aufprall fingen ihre Hüfte und Schulter ab, doch ihr Kopf landete auf dem Pflaster, sodass sie das Bewusstsein verlor. Der Kameramann von BBC News schaltete die Kamera ein und kam angelaufen. Ein paar Fans hatten den Unfall selbst aufgenommen, als sie mit ihren Telefonen Summer gefilmt hatten.

Der durch Leder und Helm geschützte Motorradfahrer hielt sich den Rücken und stand auf und erreichte Summer kurz vor Jen und dem Kameramann der BBC. Summer war bewusstlos, hatte eine Wunde an der Schulter, ihre Jeans war zerrissen und ein Bein in einem unnatürlichen Winkel verdreht.

»Sie ist auf die Straße gelaufen, ohne hinzusehen«, verteidigte sich der Motorradfahrer, als immer mehr Leute angelaufen kamen. »Ich konnte nichts machen.«

Jen rief einen Krankenwagen, doch Eileen hatte man in ihrem Rollstuhl auf der anderen Straßenseite stehen gelassen. Nach Atem ringend rollte sie sich den steilen Bordstein hinunter und zu ihrer verletzten Enkelin.

»Um Himmels willen!«, stieß sie hervor, als sie sie durch die Leute hindurchsah.

»Ich weiß nicht, wo das ganze Blut herkommt«, sagte der Motorradfahrer und bückte sich zu ihr. »Aber ich glaube, sie atmet.«

Robert Muchamore
Rock War – Unter Strom

384 Seiten, ISBN 978-3-570-16291-0

Drei Teens. Ein Traum. Rock War.
Jay spielt Gitarre und schreibt Songs – doch seine Großfamilie und ein miserabler Drummer verhindern seinen größten Traum: Rockstar zu werden.
Summer hat für kaum etwas anderes Zeit, als ihre schwerkranke Großmutter zu pflegen. Doch Summers Stimme ist dazu gemacht, Millionen zu begeistern – wenn ihr Lampenfieber es zulässt.
Dylan liebt nichts mehr als das Nichtstun. Erst als der Rugby-Coach seiner Schule droht, ihn auf dem Rasen zu atomisieren, tritt Dylan widerstrebend einer Band bei – und entdeckt sein Talent.
Alle drei stehen kurz vor dem größten Wettkampf ihres Lebens. Und sie spielen um alles.

www.cbt-buecher.de

Robert Muchamore

Top Secret – Der Agent

Band 1 – Der Agent, 384 Seiten
ISBN 978-3-570-30184-5

*Neue Serie mit Super-Story:
Jugendliche Agenten ermitteln für den MI 5!*

CHERUB ist eine Unterorganisation des britischen Geheimdienstes MI 5 und das Geheimnis ihres Erfolges sind – mutige Kids. Die jungen Agenten werden weltweit immer da eingesetzt, wo sie als unverdächtige Jugendliche brisante Informationen beschaffen können. Doch vorher müssen sie sich in einer harten Ausbildung qualifizieren! Auch James brennt nach diesem Härtetest auf seinen ersten Einsatz: Eine Gruppe von Öko-Terroristen bereitet einen Anschlag mit tödlichen Viren vor ...

www.cbt-buecher.de